Schauplatz dieser Erzählung ist die rheinische Kleinstadt Birglar. Vater und Sohn Gruhl stehen mit dem Fiskus wegen Steuerforderungen auf Kriegsfuß. Gruhl jun., zum Wehrdienst eingezogen, hat mit einem Jeep eine Dienstfahrt mit dem einzigen Zweck zu unternehmen, den 5000-Kilometerstand für die Inspektion zu erreichen. Ein unsinniger Befehl, den Gruhl in bizarrer Weise erfüllt: er und sein Vater verbrennen gemeinsam den Jeep. Wegen dieser aktenkundigen Straftat stehen die beiden vor Gericht. Die Sache wird höhernorts jedoch bewußt bagatellisiert, die öffentliche Aufmerksamkeit wird ihr entzogen, sogar die Presse bleibt fern. Die mit der Zerstörung des bundeswehreigenen Jeep inszenierte Demonstration der Gruhls, ihr Versuch, heilsame Unordnung zu stiften, wird vom professoralen Gutachter formal-ästhetisch gedeutet als Kunstwerk, als Happening. Ein Kunstwerk aber kann den Staat nicht ernstlich gefährden. Auch so lassen sich unliebsame Ereignisse ins Harmlose umfunktionieren ... »Wie Böll die Gerichtsverhandlung einerseits zu einer Art von turbulentem rheinischem Familientreffen ausbaut, wie er ihr andererseits aber doch jenen Beisatz von Unheimlichkeit erhält, der ja auch die zur Beurteilung stehende Tat kennzeichnet, das ist erzählerische Regie großen Formats. – Dies ist das Buch eines Humoristen, der seine Radikalität hinter einer Spaßhaftigkeit versteckt, bei der uns, sofern wir noch nicht ganz stumpf geworden sind, das Lachen vergehen sollte.« (Süddeutsche Zeitung)

Heinrich Böll:
Ende einer Dienstfahrt
Erzählung

Deutscher
Taschenbuch
Verlag

Ungekürzte Ausgabe
1. Auflage April 1969
7. Auflage November 1972: 156. bis 180. Tausend
Deutscher Taschenbuch Verlag GmbH & Co. KG,
München
© 1966 Verlag Kiepenheuer & Witsch, Köln · Berlin
Umschlaggestaltung: Celestino Piatti
Gesamtherstellung: C. H. Beck'sche Buchdruckerei,
Nördlingen
Printed in Germany · ISBN 3-423-00566-1

I

Vor dem Amtsgericht in Birglar fand im Frühherbst des vorigen
Jahres eine Verhandlung statt, über deren Verlauf die Öffentlichkeit sehr wenig erfuhr. Die drei im Kreise Birglar verbreiteten
Zeitungen, die ›Rheinische Rundschau‹, das ›Rheinische Tagblatt‹ und der ›Duhrtalbote‹, die unter den Rubriken »Aus dem
Gerichtssaal«, »Im Gerichtssaal« und »Neues aus den Gerichts-
sälen« gelegentlich, etwa bei Viehdiebstählen, größeren Verkehrsdelikten, Kirmesschlägereien umfangreiche Reportagen
veröffentlichten, brachten über diesen Fall nur eine kleinere No-
tiz, die überraschenderweise in allen drei Zeitungen gleich lautete: »Vater und Sohn Gruhl fanden einen milden Richter. Eine
der beliebtesten Persönlichkeiten des öffentlichen Lebens in unserer Kreisstadt, Amtsgerichtsdirektor Dr. Stollfuss, der an dieser Stelle noch gebührend gewürdigt werden wird, leitete als
letzte Verhandlung vor seiner Pensionierung den Prozeß gegen
Johann und Georg Gruhl aus Huskirchen, deren unverständ-
liche Tat im Juni einige Gemüter erregt hatte. Die beiden Gruhl
wurden nach eintägiger Verhandlung zu vollem Schadenersatz
und sechs Wochen Haft verurteilt. Sie nahmen nach kurzer Beratung mit ihrem Verteidiger Rechtsanwalt Dr. Hermes aus Birglar
das milde Urteil an. Da ihnen die Untersuchungshaft angerechnet wurde, konnten sie sofort auf freien Fuß gesetzt werden.«
   Die Lokalredaktionen der ›Rheinischen Rundschau‹ und des
›Rheinischen Tagblattes‹ waren schon einige Wochen vor Prozeßbeginn übereingekommen, einander in dieser Sache keine
Konkurrenz zu machen, den Fall Gruhl nicht »hochzuspielen«,
es sei »zu wenig drin«. Wenn – was nicht zu befürchten war –
Leser sich über die fehlende Information über den Prozeß Gruhl
beklagen sollten, so hatten beide Redaktionen eine Ausrede bereit, die, wie der Rundschau-Redakteur Krichel sagte, »besser
saß als die Schlittschuhe einer Eiskunstweltmeisterin«: der
gleichzeitig beginnende Prozeß gegen den Kindermörder Schewen in der nahe gelegenen Großstadt, der mehr Leser interessiere.
Ein Versuch dieser beiden Redaktionen, mit dem Chefredakteur,
Verleger und Drucker des ›Duhrtalboten‹, Herrn Dr. Hollweg,
die gleiche Vereinbarung zu treffen, war gescheitert. Dr. Hollweg, der im Kreise Birglar eine Art liberaler Opposition betrieb,
witterte – nicht zu Unrecht – eine »klerikal-sozialistische« Verschwörung und beauftragte seinen derzeitigen Reporter, den

ehemaligen Studenten der evangelischen Theologie Wolfgang Brehsel, sich die Sache vorzumerken. Brehsel, der Gerichtsreportagen allen anderen Reportagen vorzog, war auf den überraschend angesetzten Verhandlungstermin durch die Frau des Verteidigers Dr. Hermes aufmerksam gemacht worden, die ihm auch, als sie nach einem Vortrag über »Das Konzil und die Nichtchristen« bei einem Glas Bier mit dem Referenten, einem Prälaten Dr. Kerb, zusammensaßen, erklärt hatte, was am Fall Gruhl wirklich berichtenswert sei: das volle Geständnis der Angeklagten, deren Tat, deren Persönlichkeiten, vor allem aber die Tatsache, daß der Ankläger das merkwürdige Vergehen der beiden Gruhl nun lediglich als »Sachbeschädigung und groben Unfug« verurteilt zu sehen wünsche und den offenbaren Tatbestand der Brandstiftung ignoriere. Außerdem erschien der Hermes, die selbst cum laude in juribus promoviert hatte, bemerkenswert: die rasche Anberaumung der Verhandlung, die Unterbringung der Angeklagten in dem provisorisch mit ein paar Zellen ausgestatteten Gerichtsgebäude, wo sie, wie in Birglar bekannt sei, wie die Vögel im Hanfsamen lebten; ganz besonders bemerkenswert erschien der Hermes, daß man diesen Prozeß vor einem Amtsgericht ablaufen ließ, unter dem Vorsitz des zur Pensionierung anstehenden Dr. Stollfuss, der seiner humanen Vergangenheit und Gegenwart wegen berühmt und berüchtigt war. Auch dem Brehsel, obwohl er sich gerade in den Anfangsgründen der Rechtsprechung zurechtzufinden begann, schien für ein solches Vergehen mindestens ein Schöffengericht, kein Einzelrichter, zuständig; die Hermes bestätigte das, wandte sich dann dem Referenten des Abends, Prälat Dr. Kerb, zu und bat ihn, der sich angesichts dieser Birglarer Lokalschwätzereien schon zu langweilen begann, doch dem ökumenisch sehr interessierten Nichtkatholiken Brehsel ein paar Stichworte für seinen Artikel über das Referat zu geben.

Noch am gleichen Abend hatte Brehsel in der Redaktion mit seinem Chef Dr. Hollweg über diese juristischen Finessen im Falle Gruhl gesprochen, während er Hollweg, der gern bewies, daß er auch die Berufe des Druckers und Setzers »von der Pike auf« gelernt hatte, den Artikel über das abendliche Referat in die Setzmaschine diktierte. Hollweg, dem der Enthusiasmus des Brehsel gefiel, gelegentlich aber, wie er sagte »auf die Nerven drückte«, veränderte in dessen Artikel den Ausdruck »sehr optimistisch« in »mit einer gewissen Hoffnung«, den Ausdruck »prächtige Liberalität« in »mit einem gewissen Freimut« und beauftragte den Brehsel, über den Prozeß Gruhl für den ›Duhrtal-boten‹ zu berichten. Dann wusch er sich die Hände mit jener kindlichen Freude, die ihn jedesmal überkam, wenn er sich durch wirkliche und wahre Arbeit die Hände schmutzig gemacht hatte, und fuhr mit seinem Auto die wenigen Kilometer nach Kires-kirchen zu seinem Parteifreund, einem Abgeordneten, der ihn zum Essen eingeladen hatte. Hollweg, ein jovialer, sehr liebens-würdiger, wenn auch ein wenig zur Indolenz neigender Mensch Anfang fünfzig, ahnte nicht, daß er seinem Parteifreund erheb-lichen Kummer ersparte, indem er selbst auf den merkwürdigen Fall Gruhl zu sprechen kam. Er äußerte sich erstaunt darüber, daß die Staatsmacht, deren Härte, wo sie sich zeigte, er anzu-prangern nicht aufhören wolle; der man auf die Finger sehen müsse, sich in diesem Fall so milde zeige; ein solches Entgegen-kommen der Staatsmacht sei ihm genauso verdächtig wie über-mäßige Härte; als Liberaler fühle er sich verpflichtet, auch in einem solchen Fall den Finger auf die Wunde zu legen. Hollweg, der gelegentlich ins Schwätzen verfiel, wurde von seinem Partei-freund in der bewährten liebenswürdigen Weise ermahnt, doch die Vorgänge im Kreise Birglar nicht zu überschätzen, wie es ihm oft unterlaufen sei, zum Beispiel im Falle des Heinrich Gra-bel aus Dulbenweiler, in dem er sofort einen Märtyrer der Frei-heit gesehen, der sich aber als ganz kleiner Schwindler erwiesen habe, als mieser Gernegroß mit einer »ziemlich offenen Hand für Gelder aus der falschen Himmelsrichtung«. Hollweg wurde nicht gern an den Fall Heinrich Grabel erinnert; für den hatte er sich ins Zeug gelegt, ihm Publicity verschafft, ihn auswärtigen Kollegen ans Herz gelegt, sogar den Korrespondenten einer überregionalen Zeitung hatte er für ihn interessiert. Er küßte der Frau des Abgeordneten, die gähnend um Entschuldigung und die Erlaubnis sich zurückziehen zu dürfen bat – sie habe die ganze Nacht am Bett ihrer kleinen Tochter gewacht –, er küßte ihr die Hand, widmete sich eine Weile dem Nachtisch, mit Pa-prika und Zwiebeln garniertem Camembert, zu dem ein gutes Glas Rotwein serviert wurde. Der Abgeordnete goß ihm nach und sagte: »Laß doch die Finger von diesen Gruhls.« Aber Hollweg erwiderte, eine solche Aufforderung, hinter der er – so dumm sei er denn doch nicht – eine Absicht wittere – eine solche Mahnung sei für ihn, einen leidenschaftlichen Liberalen und Journalisten geradezu ein Ansporn, sich der Sache anzunehmen. Sein Gast-geber wurde ernst und sagte: »Du, Herbert, hab ich dich je um einen Gefallen gebeten, was deine Zeitung betrifft?« Hollweg, jetzt, verdutzt, sagte nein, das habe er nie. *Jetzt*, sagte der Gastgeber, bäte er ihn zum erstenmal um etwas, »und zwar um deinetwillen.« Hollweg, der wegen seines Birglarer Lokalpatriotismus genug gehänselt wurde, sich auch seiner Provinzialität schämte, versprach, seinen Reporter zurückzupfeifen, aber unter der Bedingung, daß der Abgeordnete ihm die Hintergründe erkläre. Es gebe keine Hintergründe, sagte der; Hollweg könne ja hingehen, an der Verhandlung teilnehmen, dann entscheiden, ob sie eines Berichtes wert sei; es sei eben nur töricht, wenn irgendein Reporter die Sache aufbausche. Hollweg überfiel schon ein Gähnen, wenn er sich den Gerichtssaal vorstellte: dieses muffige, immer noch nach Schule riechende Gebäude neben der Kirche; der alte Stollfuss, dessen Kusine Agnes Hall als obligatorische Zuschauerin, und außerdem: war es nicht wünschenswert, wenn die beiden Gruhl einen milden Richter fanden und von Publicity verschont wurden? Im übrigen würde es ein Segen für alle Liebhaber alter Möbel im Kreis Birglar und darüber hinaus sein, wenn Gruhl sen. wieder frei war, seine geschickten Hände, sein untrüglicher Geschmack der Gesellschaft wieder zu Diensten standen.

Beim Kaffee, den der Abgeordnete im Herrenzimmer aus einer Thermoskanne eingoß, fragte er Hollweg, ob er sich an eine gewisse Betty Hall aus Kireskirchen erinnere, die später Schauspielerin geworden sei. Nein, sagte Hollweg, er, der Abgeordnete, vergesse wohl den Altersunterschied zwischen ihnen, der immerhin fünfzehn Jahre betrage; was denn mit dieser Hall los sei; sie trete, sagte der Abgeordnete, in der nahe gelegenen Großstadt in einem polnischen Theaterstück auf und habe eine glänzende Presse. Hollweg nahm die Einladung ins Theater an.

Morgens gegen siebeneinhalb Uhr wurde Brehsel von Hollweg angerufen und aufgefordert, nicht über den Fall Gruhl in Birglar zu berichten, sondern in die nahe gelegene Großstadt zu fahren, wo zur gleichen Stunde der Sensationsprozeß gegen den Kindermörder Schewen begann. Brehsel kam es einige Augenblicke lang seltsam vor, daß sein Chef, der als Langschläfer galt, ihn so früh am Morgen anrief, bis ihm einfiel, daß Langschläfer meistens spät ins Bett gehen und Hollweg möglicherweise gerade erst nach Hause gekommen sei. Hollwegs Stimme kam ihm auch eine Spur zu energisch, fast befehlend vor, beides Nuancen, die ihn überraschten; Hollweg war sonst ein nachgiebiger, wenig energischer Mensch, der sich nur zu erregen pflegte, wenn an einem einzigen Tag drei oder vier Abbestellungen einliefen. Brehsel dachte nicht sehr lange über diese minimalen Abweichungen vom Gewöhnlichen nach, rasierte sich, frühstückte und fuhr mit seinem Kleinauto in die nahe gelegene Großstadt; er war ein wenig nervös wegen der Parkschwierigkeiten, die ihm bevorstanden, auch weil er sich vor den großen internationalen Reportage-Löwen fürchtete, die sich aus aller Welt angesagt hatten. Eine Pressekarte lag, wie Hollweg versichert hatte, für ihn bereit; durch frühe Morgentelefonate eine Karte zu besorgen, hatte sich der Abgeordnete, der Mitglied des Wehr- und des Presseausschusses war, stark gemacht.

Der Prozeß Gruhl fand im kleinsten der drei zur Verfügung stehenden Säle vor zehn Zuschauern statt, die fast alle mit den Angeklagten, Zeugen, Gutachtern, Gerichtspersonen oder anderen mit dem Prozeß befaßten Personen verwandt waren. Lediglich einer der Anwesenden war ortsfremd, ein schlanker, unauffällig, jedoch gediegen gekleideter Herr mittleren Alters, der nur dem Vorsitzenden, dem Staatsanwalt und dem Verteidiger als Amtsgerichtsrat Bergnolte aus der nahe gelegenen Großstadt bekannt war.

Im Zeugen-, dem ehemaligen Lehrerzimmer der Schule, die als vierklassige in den achtziger Jahren des vorigen Jahrhunderts erbaut, zur sechsklassigen um die Jahrhundertwende erweitert, in den späten fünfziger Jahren dieses Jahrhunderts durch einen Neubau ersetzt und der sprichwörtlich armen Justizbehörde übergeben worden war, die bis dahin in einer ehemaligen Unteroffiziersschule die Rechtspflege betrieben hatte; im Zeugenzimmer, das für sechs, höchstens acht Personen berechnet war, drängten sich vierzehn Personen verschiedener sozialer und moralischer Qualität: der alte Pfarrer Kolb aus Huskirchen, zwei Frauen aus dessen Gemeinde, von denen die eine den Ruf sagenhafter Biederkeit und Kirchentreue, die andere den Ruf einer übersinnlichen Person genoß, wobei über als Steigerung von sinnlich, nicht im Sinne von metasinnlich gemeint war; außerdem: je ein Offizier, Feldwebel und Gefreiter der Bundeswehr, ein Wirtschaftsprüfer, ein Gerichtsvollzieher, ein Finanzbeamter aus dem mittleren gehobenen Dienst, ein Reisevertreter, ein Kreisbevollmächtigter für Verkehrsfragen, der Obermeister der Tischlerinnung, ein Polizeimeister, eine Barbesitzerin. Als die Verhandlung begann, mußte Justizwachtmeister Sterck, der eigens zu diesem Zweck aus der nahe gelegenen Großstadt abkommandiert worden war, den Zeugen das Ambulieren auf dem Flur untersagen; wenn im Gerichtssaal laut gesprochen wurde, konnte man auf dem Flur die Verhandlung mithören. Dieser Umstand hatte schon zu mancher ergebnislosen Kontroverse zwischen dem Amtsgerichtsdirektor und seiner vorgesetzten Behörde geführt. Da bei Diebstählen, Erbschaftsstreitigkeiten, Verkehrsdelikten des Gerichts einzige Chance bei der Wahrheitsfindung darin bestand, Widersprüche in den Zeugenaussagen aufzudecken, mußte meistens ein Wachtmeister als Zeugenbewacher angefordert werden, der oft mit den Zeugen weitaus strenger verfahren mußte als sein Kollege drinnen im Saal mit den Angeklagten. Es kam auch gelegentlich im Zeugenzimmer zu Handgreiflichkeiten, wüsten Schimpfereien, Verleumdungen und Verdächtigungen. Der einzige Vorteil der ausgedienten Schule bestand, wie es ironisch in den entsprechenden Eingaben immer wieder hieß, in der Tatsache, »daß an Toiletten kein Mangel bestehe«. In der nahe gelegenen Großstadt, bei der dem Amtsgericht Birglar vorgesetzten Behörde, die in einem Neubau mit offenbar zuwenig Toiletten untergebracht war, gehörte es zu den Standardwitzen, jedem, der sich über Toilettenmangel beklagte, den Rat zu geben, er möge doch per Taxi in das nur fünfundzwanzig Kilometer entfernte Birglar fahren, wo notorischer Überfluß an justizeigenen Toiletten herrsche.

Im Verhandlungssaal herrschte unter den Zuschauern eine Stimmung, wie vor den Aufführungen von Liebhabertheatern, die ein klassisches Repertoirestück angekündigt haben; eine gewisse wohlwollende Spannung, die ihre Wohltemperiertheit aus der Risikolosigkeit des Unternehmens bezieht: man kennt die Handlung, kennt die Rollen, deren Besetzung, erwartet keine Überraschungen und ist dennoch gespannt; geht's schief, so ist nicht viel verloren, höchstens ein wenig liebenswürdiger Eifer verschwendet; geht's gut: desto besser. Allen Anwesenden waren die Ergebnisse des Ermittlungsverfahrens und der Voruntersuchung auf dem Umweg über direkte oder indirekte Indiskretionen, wie sie in kleinen Ortschaften unvermeidlich sind, bekannt. Jeder wußte, daß die beiden Angeklagten voll geständig waren, sie waren sogar, wie der Staatsanwalt vor wenigen Tagen im vertrauten Kreis gesagt hatte, »nicht nur geständiger« als alle Angeklagten, die er je gesehen hatte, nein, sie waren »die geständigsten«; sie hatten weder während des Ermittlungsverfahrens noch während der Voruntersuchung den Zeugen oder Gutachtern widersprochen. Es werde, so hatte der Staatsanwalt geäußert, eines jener reibungslosen Verfahren, wie sie jedem erfahrenen Juristen unheimlich seien.

Nur drei im Zuschauerraum anwesende Personen wußten, was gewiß auch »andernorts« – so nannte man in solchen Fällen die nahe gelegene Großstadt – bekannt war: daß die Staatsmacht, indem sie sich darauf beschränkte, den Angeklagten lediglich Sachbeschädigung und groben Unfug und nicht Brandstiftung zur Last zu legen, indem sie außerdem einen Einzelrichter als ausreichende Instanz mit der Durchführung des Verfahrens befaßte, auf eine überraschende Weise tiefstapelte. Die beiden Personen, die Einblick in solche Zusammenhänge hatten, waren die Frau des Staatsanwalts Dr. Kugl-Egger, die erst vor wenigen Tagen, nachdem ihr Mann endlich eine Wohnung gefunden hatte, nach Birglar übergesiedelt war, und die Frau des Verteidigers Dr. Hermes, eine Kaufmannstochter aus Birglar, die, was sie wußte, schon dem Reporter Brehsel am Vorabend erzählt hatte: daß man »andernorts« entschieden habe, weder ein Schöffengericht noch – was durchaus »drin« gewesen wäre – eine große Strafkammer zu befassen; da man aber wisse, daß kein Verteidiger so pervers reagiere, wenn er die Möglichkeit habe, seine Angeklagten von einem müden alten Humanitätslöwen wie Stollfuss abgeurteilt zu sehen, ihn vor die kleine Strafkammer, den »miesen Köter« Prell zu schleppen: habe man »andernorts« entschieden, den Fall Gruhl kleinzuhalten; darin müsse ein unausgesprochenes, aber spürbares Entgegenkommen erblickt werden und gleichzeitig eine Bitte um Entgegenkommen; Hermes, ihr Mann, behalte sich aber vor, je nachdem, wie der Fall verliefe, beides, Entgegenkommen und Bitte um Entgegenkommen, abzulehnen und auf einer neuen Verhandlung, mindestens vor einem Schöffengericht, zu bestehen.

Die dritte im Zuschauerraum anwesende Person, die über solche Zusammenhänge informiert war, Amtsgerichtsrat Bergnolte, wäre außerstande gewesen, sich solche Überlegungen bewußt zu machen; als Mensch von hoher Wahrnehmungsintelligenz, einer sprichwörtlichen Kenntnis der Gesetzestexte begriff er zwar den Vorgang: daß die zur Wiederherstellung des Rechtes vorhandene, mit Macht ausgestattete Justiz hier, wie ein Kollege es genannt hatte, »unter den Strich ging«; doch Begriffe wie Entgegenkommen oder gar Bitte um Entgegenkommen hätte er in diesem Zusammenhang als unzulässig bezeichnet.

Als Richter und Staatsanwalt eintraten und sich auf ihre Plätze begaben, die Zuschauer sich erhoben, zeigte sich in der Art, wie sie aufstanden, sich wieder hinsetzten, jene familiäre Lässigkeit, wie man sie nur in Klostergemeinschaften kennt, wo das Ritual zur freundlichen Gebärde unter Vertrauten geworden ist. Auch als die Angeklagten hereingeführt wurden, war die Bewegung nicht heftiger; fast alle Anwesenden kannten sie, wußten auch, daß sie während ihrer zehn Wochen dauernden Untersuchungshaft Frühstück, Mittagessen und Abendbrot aus dem besten Haus am Platz gebracht bekamen, von einer jungen Dame, einem der hübschesten Mädchen, die je im Kreis Birglar aufgewachsen waren; so gut, wie sie während der Untersuchungshaft versorgt wurden, waren die beiden seit zweiundzwanzig Jahren, seit dem Tode ihrer Frau und Mutter, nie versorgt worden; es wurde sogar gemunkelt, sie würden gelegentlich, wenn nicht gerade andere Häftlinge einsaßen, deren Indiskretion zu fürchten gewesen wäre, zu besonders populären Fernsehsendungen in das Wohnzimmer des Justizwachtmeisters Schroer eingelassen; Schroer und seine Frau widersprachen zwar diesen Gerüchten, aber nicht allzu heftig.

Lediglich der Frau des Staatsanwalts und dem Bergnolte waren die Angeklagten nicht bekannt; die Frau des Staatsanwalts gestand beim Mittagessen ihrem Mann, sie habe sofort eine starke Sympathie für beide empfunden. Bergnolte bezeichnete am Abend den Eindruck, den er gewann, als »wider meinen Willen positiv«. Die beiden wirkten gesund, waren gut gekleidet, sauber und ruhig; sie wirkten nicht nur gefaßt, sondern heiter.

Die Vernehmungen zur Person verliefen fast reibungslos; sieht man davon ab, daß Dr. Stollfuss tun mußte, was er gewöhnlich tun mußte: die Angeklagten aufzufordern, lauter, artikulierter zu sprechen und nicht zu sehr in den zungenschweren Dialekt der Landschaft zu verfallen; sieht man davon ab, daß dem Staatsanwalt, einem Orts- und Landschaftsfremden gelegentlich Dialektausdrücke ins Hochdeutsche übersetzt werden mußten, geschah nicht viel Erwähnenswertes, wurde auch nicht viel Neues zur Sprache gebracht. Der Angeklagte Gruhl sen., der seine Vornamen mit *Johann* Heinrich Georg angab, sein Alter mit fünfzig, ein schmaler, fast zarter mittelgroßer Mensch, dessen Kahlkopf dunkel schimmerte, sagte, bevor er sachliche Angaben zu seiner Person machte, er wolle hier noch etwas mitteilen, das der Herr Vorsitzende, den er kenne, schätze, ja, verehre, ihm nicht verübeln möge; es sei eben, was er zu sagen habe, die Wahrheit, die reine Wahrheit und nichts als die reine Wahrheit, wenn es auch eine sehr persönliche Aussage sei; was er sagen wolle: ihm läge nichts, nicht das geringste an Recht und Gesetz, er würde auch hier keine Aussage machen, nicht einmal sein Alter angeben, wenn nicht – und diese Aussage, die im Zuschauerraum kaum jemand verstand, ging in der tonlosen, leisen Aussprache des Gruhl fast verloren –, wenn nicht persönliche Gründe mitspielten; der erste dieser persönlichen Gründe sei seine Hochschätzung des Herrn Vorsitzenden, der zweite sei seine Hochschätzung der Zeugen, besonders des Polizeimeisters Kirffel, der ein guter, ja, sehr guter Freund seines Vaters, des Landwirts Gruhl aus Dulbenweiler, gewesen sei; auch die Zeuginnen Leuffen, seine Schwiegermutter, und Wermelskirchen, seine Nachbarin, die Zeugen Horn, Grähn und Hall und Kirffel wolle er hier nicht im Stich lassen oder in Schwierigkeiten bringen – *deshalb* sage er aus, nicht weil er erwarte, daß »aus den Gebetsmühlen der Gerechtigkeit auch nur ein Körnchen Wahrheit herausgemahlen« werde.

Während des größeren Teils dieser Vor-Aussage sprach er Dialekt, und weder der Vorsitzende noch der Verteidiger, die ihm beide wohlwollten, unterbrachen ihn oder forderten ihn auf, deutlich und in Hochdeutsch zu sprechen; der Staatsanwalt, der sich schon oft mit Gruhl unterhalten hatte und den Dialekt weder mochte noch verstand, hörte gar nicht richtig hin; der Protokollführer Referendar Außem schrieb in diesem Stadium noch nicht mit: ihn langweilte diese Verhandlung ohnehin. Ein paar Brocken dieser rasch und tonlos vorgebrachten Einleitung verstanden unter den Zuschauern nur zwei Kollegen des Gruhl, Frau Dr. Hermes und eine ältere, fast ältliche Dame, Fräulein Agnes Hall, die den Gruhl sehr gut kannte. Gruhl gab dann seinen Beruf als den eines Tischlermeisters an, seinen Geburtsort mit Dulbenweiler, Kreis Birglar; dort habe er die Volksschule besucht und im Jahre 1929 absolviert; dann sei er in Birglar »bei meinem verehrten Meister Horn« in die Lehre gegangen, habe schon im dritten Lehrjahr Abendkurse an der Kunstgewerbeschule der nahe gelegenen Großstadt besucht, sich im Jahre 1936 im Alter von einundzwanzig Jahren selbständig gemacht, mit dreiundzwanzig habe er im Jahre 1937 geheiratet, mit fünfundzwanzig »im erforderlichen Mindestalter« im Jahre 1939 seine Meisterprüfung gemacht; er sei erst 1940 eingezogen worden, bis 1945 Soldat gewesen. Hier unterbrach der Vorsitzende zum erstenmal Gruhls monotone, kaum verständliche Aussage, von der der Protokollführer später sagte, er habe dabei dauernd ein heftiges Gähnen unterdrücken müssen, und fragte den Angeklagten, ob er an Kampfhandlungen während des Krieges teilgenommen oder sich vor oder während des Krieges politisch betätigt habe. Gruhl, fast mürrisch – obwohl von Dr. Stollfuss energisch aufgefordert, lauter zu sprechen – sagte tonlos und fast unverständlich, er habe zu diesem Punkt fast dasselbe zu sagen wie zu Recht und Gesetz; er habe weder an Kampfhandlungen teilgenommen noch sich politisch betätigt, er möchte aber – und hier wurde er ein wenig lauter, weil er ärgerlich zu werden schien –, er möchte aber betonen, daß dies weder aus Heroismus noch aus Gleichgültigkeit geschehen sei: dieser »Blödsinn« sei ihm einfach zu dumm gewesen. Was seine Dienstzeit als Soldat betreffe, so sei er meistens in seiner Eigenschaft als Möbeltischler damit beschäftigt gewesen, Offiziersquartiere und -kasinos in »deren für mich undiskutablem Geschmack« auszustatten, hauptsächlich aber habe er »gestohlene oder beschlagnahmte Directoire-, Empire- und manchmal auch Louis-Seize-Möbel« im besetzten Frankreich restauriert und sachgerecht für den Versand nach Deutschland verpackt. Hier griff der Staatsanwalt ein, der Verwahrung gegen den Terminus »gestohlen« einlegte, der angetan sei, »überholte Kollektivvorstellungen von deutscher Barbarei« zu bekräftigen oder wiederzuerwecken; im übrigen, das sei so rechts- wie aktennotorisch, sei der Abtransport »französischen Eigentums aus dem besetzten Frankreich« verboten gewesen, ja, habe unter hoher Strafe gestanden. Gruhl blickte ihn ruhig an und erwiderte, er wisse nicht nur, er könne beschwören – falls ihm ein Schwur angebracht erschiene –, daß der größere Teil der Möbel gestohlen gewesen und trotz des Verbots, von dem er wisse, nach Deutschland transportiert worden sei, »meistens in den Flugzeugen hochdekorierter Sportskameraden«; es sei ihm, fügte Gruhl hinzu, schnurz und schnuppe, ob er damit ein Kollektivurteil ausspreche oder nicht. Was die Frage nach seiner politischen Betätigung betreffe: für Politik habe er sich nie sonderlich interessiert, »erst recht nicht für diesen Blödsinn«, der damals im Gang gewesen sei; seine verstorbene Frau sei sehr religiös gewesen, sie habe vom »Antichrist« gesprochen; das habe er, obwohl er seine Frau sehr geliebt habe, zwar nicht verstanden, aber respektiert und er habe »fast verehrt, wie sie sich ereiferte«; selbstverständlich sei er immer auf »der Seite der anderen gewesen«, das sei aber, wie er betonen möchte, *selbstverständlich*. Nach dem Krieg sei es ihm unter Mithilfe holländischer Freunde – er sei damals in Amsterdam gewesen – gelungen, »irgendeiner

Gefangenschaft zu entgehen«, und er habe von 1945 an, jetzt in Huskirchen, wieder als Tischlermeister gelebt und gearbeitet. Er wurde vom Staatsanwalt gefragt, was er unter dem von ihm so betonten *selbstverständlich* verstehe. Gruhl antwortete: »Das würden Sie doch nicht verstehen.« Der Staatsanwalt legte, zum erstenmal leicht gereizt, Verwahrung gegen diese unzulässige Beurteilung seiner Intelligenz seitens des Angeklagten ein. Als Gruhl, von Dr. Stollfuss gerügt, aufgefordert wurde, dem Staatsanwalt Antwort zu geben, sagte er, das sei ihm zu umständlich und er verweigere die Aussage. Vom Staatsanwalt, der böse zu werden begann, gefragt, ob er je mit dem Gesetz in Konflikt gekommen sei, sagte Gruhl, er habe in den letzten zehn Jahren in ständigem Konflikt mit dem Gesetz, dem Steuergesetz, gelebt, vorbestraft sei er aber im Sinne der Frage des Herrn Staatsanwalts nicht. Energisch dazu aufgefordert, die Beurteilung von »im Sinne des Staatsanwalts« diesem selbst zu überlassen, sagte Gruhl, er wolle ja nicht so sein und zugeben, daß er ständig unter Pfändungs- und Zwangsvollstreckungsbefehlen gestanden habe; darüber könne ja der Hubert aussagen; Hubert – das erklärte Gruhl, der auch gereizt zu werden begann, auf die Frage des Staatsanwalts – sei der *Herr* Gerichtsvollzieher Hubert Hall, wohnhaft in Birglar, übrigens ein Vetter des Vaters seiner Schwiegermutter, wenn er es genau ausdrücken dürfe. Vom Verteidiger nach seinen Einkommensverhältnissen und seiner Vermögenslage gefragt, lachte Gruhl liebenswürdig und bat darum, die Beantwortung dieser Frage, die sehr, sehr kompliziert sei, dem Zeugen Hall und dem Volkswirt Dr. Grähn überlassen zu dürfen.

Sein Sohn, Georg Gruhl, einen Kopf größer als der Vater, schwerer auch als dieser, fast dicklich, blond, glich dem Vater gar nicht, sehr aber seiner verstorbenen Mutter, die manche Zuschauer »direkt in ihm wiederzusehen« glaubten. Lieschen Gruhl, eine geborene Leuffen, Metzgertochter aus Huskirchen, deren Blondheit und Blässe so sprichwörtlich gewesen waren wie ihre Frömmigkeit und heitere Sanftmut, die in der mündlichen Überlieferung der Bevölkerung der umliegenden Dörfer als »Leuffens Lies« noch immer mit poetischen Vokabeln wie »unser Goldengel«, »zu gut für diese Erde«, »fast eine Heilige« erwähnt wurde, hatte nur dieses eine Kind gehabt. Mit einer, wie einige Zuschauer empfanden, etwas zu stark aufgetragenen Fröhlichkeit gab Georg an, er habe in Huskirchen bis zur vierten K̲l̲a̲s̲s̲e̲ die Volksschule besucht, dann die Realschule in Birgl̲a̲r̲, sei aber schon seit seiner frühen Kindheit dem Vater geh̲o̲l̲f̲e̲n̲ habe auf Grund einer Abmachung mit der Innung gleichzeitig mit der Abschlußprüfung in der Realschule, das heißt genau gesagt, wenige Wochen später, seine Prüfung als Tischlergehilfe abgelegt; er habe danach drei Jahre bei seinem Vater gearbeitet und sei mit zwanzig Jahren zur Bundeswehr eingezogen worden; »als das passierte«, sei er Gefreiter bei der Bundeswehr gewesen. Im übrigen schließe er sich dem an, was sein Vater vor seiner Aussage als Erklärung gesagt habe.

Was die Zuschauer am jungen Gruhl »als etwas zu stark aufgetragene Fröhlichkeit« empfanden, wurde in einem mehr privaten Teil des Protokolls, das Referendar Außem sich als literarische Skizze anlegte, mehrmals als »frivole Heiterkeit« bezeichnet; so beantwortete der junge Gruhl auch einige Fragen des Staatsanwalts. Ob ihn die Haft psychisch belastet habe, möglicherweise Schädigungen hervorgerufen habe? Nein, sagte der junge Gruhl, er sei froh gewesen, nach der Militärzeit wieder mit seinem Vater zusammenzusein, und da sie auch die Erlaubnis bekommen hätten, kleinere Arbeiten auszuführen, habe er sogar einiges gelernt; sein Vater habe ihm auch Französischunterricht gegeben, und »körperlich« habe es ihnen an nichts gemangelt.

Obwohl den Zuschauern alles, fast mehr als die beiden Gruhl hier ohne Pathos bekanntgaben, vertraut war, schienen sie diesen Ausführungen mit großer Spannung zu lauschen; auch der Verlesung der Anklage, die nichts Neues für sie brachte, lauschten sie mit Teilnahme.

Die beiden Gruhl waren an einem Junitag des Jahres 1965 auf einem Feldweg, der von den Dörfern Dulbenweiler, Huskirchen und Kireskirchen gleich weit, nämlich ungefähr zwei Kilometer entfernt lag, entdeckt (hier verbesserte sich der Vorsitzende, Amtsgerichtsdirektor Dr. Stollfuss, in »ertappt«) worden, wie sie, beide saßen rauchend auf einem Grenzstein, einen Jeep der deutschen Bundeswehr abbrennen ließen, als dessen Fahrer sich später der junge Gruhl herausstellte; nicht nur »seelenruhig, sondern mit offensichtlicher Genugtuung«, wie der Polizeimeister Kirffel aus Birglar zu Protokoll gegeben hatte, schauten sie dem Brand zu. Der Tank des Jeeps war, wie der Brandsachverständige Professor Kalburg, der als einer der bedeutendsten Pyrotechniker galt und hatte kommissarisch vernommen werden müssen, in einem schriftlichen Gutachten festgelegt hatte, zuerst durchlöchert worden »mit einem spitzen stählernen Gegenstand«, dann erst, was am Tatort geschehen sein müsse, aufgefüllt worden, auch müsse der Jeep »regelrecht mit Brennstoff übergossen,

ja, geradezu durchtränkt worden sein«, denn ein bloßes Leer-
brennen des Tanks habe solche Verheerungen, wie sie festgestellt
worden seien, nicht bewirken können. Angesichts dieser mut-
willig vorgenommenen Perforation, so hatte Professor Kalburg
es formuliert, habe eine Explosion als fast ausgeschlossen gelten
können. Das »erhebliche Feuer« hatte, obwohl die von den beiden Gruhl zugegebenermaßen mit Vorbedacht ausgewählte
Stelle von den umliegenden Dörfern jene bereits erwähnten je
zwei Kilometer entfernt, also in »relativer« Einsamkeit liege, in
erstaunlich geringer Zeit eine Menschenmenge herbeigelockt,
Bauern und Landarbeiter von den umliegenden Feldern. Schulkinder, die aus Huskirchen kommend auf dem Heimweg in die
umliegenden Weiler Dulbenhoven und Dulbkirchen sich befanden, vor allem aber Autofahrer, die von der Landstraße, einer
Bundesstraße zweiter Ordnung aus, den ungewöhnlichen Brand
bemerkt, angehalten hatten, um Hilfe zu leisten, ihre Neugierde
zu befriedigen oder sich am Anblick des »erheblichen Feuers«
zu ergötzen.

Zur Sache vernommen, erklärten beide Angeklagten, die
Schilderung stimme wortwörtlich, sie hätten nichts hinzuzufügen; einige für sie wichtige Details würden sich noch aus den
Zeugenaussagen ergeben. Vom Vorsitzenden aufgefordert, doch
nun endlich anzugeben, was sie sowohl in der Voruntersuchung
wie im Ermittlungs- und Zwischenverfahren verweigert hätten:
eine Erklärung für diese unerklärliche Tat, sagten beide, unabhängig voneinander, ihr Anwalt werde in seinem Plädoyer darauf eingehen. Ob sie nicht wenigstens den sie erheblich belasten-
den Termini »seelenruhig« und »mit offensichtlicher Genugtuung« widersprechen oder diese einschränken möchten? Nein,
der Polizeimeister Kirffel habe das sehr genau beobachtet und
zutreffend beschrieben. Ob sie sich im Sinne der Anklage für
schuldig erklärten. »Im Sinne der Anklage, ja« erklärten beide.
Der Vorsitzende, der gegen seine Gewohnheit jetzt einige Gereiztheit zeigte, fragte, ob er dieses »im Sinne der Anklage« als
einschränkend auffassen müsse, was beide Angeklagte bejahten
und mit ihrer vor der Aussage abgegebenen Erklärung begrün-
deten.

Vom Vorsitzenden gefragt, ob sie Reue empfänden, antwor-
teten beide ohne Zögern und ohne Einschränkung mit »Nein«.

Vom Staatsanwalt aufgefordert, sich zur Durchlöcherung des
Tanks zu äußern, wer von beiden, was noch immer nicht geklärt
sei, nun die Durchlöcherung vorgenommen habe und wie, ant-

wortete Gruhl sen., der Brandsachverständige habe festgestellt,
die Durchlöcherung sei mit einem spitzen stählernen Gegenstand
erfolgt, dem habe er nichts hinzuzufügen. Gefragt, ob die beiden
Kanister, die man am Tatort gefunden, Eigentum der Bundeswehr gewesen wären, antwortete der junge Gruhl, ja, sie seien
Eigentum der Bundeswehr gewesen, einer habe zur Ausrüstung
des Jeeps gehört, den zweiten habe er mitbekommen, weil er eine
»ziemlich lange Dienstfahrt« habe antreten sollen. Ob er die
Dienstfahrt angetreten habe? Ja, angetreten habe er sie, doch er
habe sie zu Hause unterbrochen und »dann nicht wieder aufgenommen«. Nicht der Staatsanwalt, der Verteidiger fragte den
jungen Gruhl, welcher Art die Dienstfahrt gewesen sei, doch hier
protestierte der Staatsanwalt, indem er sagte, eine solche Frage
vor der Öffentlichkeit zu stellen sei unzulässig; er beantrage also,
entweder die Frage nicht zuzulassen oder die Öffentlichkeit auszuschließen. Der Vorsitzende sagte, diese Frage bäte er dem Angeklagten Gruhl jun. in Gegenwart seines als Zeugen geladenen
damaligen Vorgesetzten Oberleutnant Heimüller stellen zu dürfen; ob Verteidiger und Staatsanwalt damit einverstanden seien;
beide nickten zustimmend.

Zur Beweisaufnahme sagte als erster der Kreisverkehrsbevoll-
mächtigte Heuser aus, der darum gebeten hatte, seine Aussage
als erster machen zu dürfen, da er einen über Nacht anberaumten
wichtigen Termin, bei dem lebenswichtige Interessen des Kreises auf dem Spiel stünden, wahrzunehmen habe. Heuser, ein etwas aufdringlich gekleideter, auch ziemlich beleibter Mensch
mit gelocktem Blondhaar, der sein Alter mit neunundzwanzig
Jahren angab, seinen Beruf als den eines Verkehrssoziologen,
sagte aus, »schon eine Viertelstunde nach dem als wahrscheinlich
angenommenen Zeitpunkt der Brandstiftung«, also etwa gegen
12.45 Uhr, habe sich eine Menschenmenge von mehr als hundert
Personen am Tatort befunden; es habe sich eine in südlicher
Fahrtrichtung parkende Motorfahrzeugschlange von fünfundzwanzig, in nördlicher Fahrtrichtung eine solche von vierzig
Motorfahrzeugen gebildet. Die Tatsache, daß die in nördlicher
Fahrtrichtung haltende Schlange um fünfzehn Fahrzeuge länger
gewesen sei als die in südlicher Richtung haltende, entspreche,
wie Heuser in umständlicher, recht selbstgefälliger Redeweise
zum Ausdruck brachte, »genau der Verkehrserfahrung, die wir
im Kreise Birglar gesammelt haben und die als Verkehrsnotstand
unseres Kreises der Öffentlichkeit hinlänglich bekannt ist«, da

sie eine unterschiedliche Abnutzung der Straßenoberfläche mit sich bringe. Heuser ging dann noch auf ein Problem ein, das ihn offensichtlich sehr zu beschäftigen schien: womit der seit Jahren auf dieser Bundesstraße festgestellte »Nord-Süd-Überhang« an Verkehrsteilnehmern zu erklären sei, ein Überhang, der sich permanent auf die während der Affäre Gruhl festgestellten sechzig Prozent belaufe; Heuser nannte die auf der Rückfahrt von Süden nach Norden fehlenden Fahrzeuge »Ab- oder Ausweichler«, auch »Zirkulanten« (was wie Zigeuner klang), und führte diese ihn offensichtlich quälende Differenz auf die Tatsache zurück, daß eben nördlich Huskirchen »auf Grund soziologisch leicht zu erfassender Umstände ein Reisevertreteransiedlungsschwerpunkt entstanden sei und daß jene, die Reisevertreter, in nördlicher Richtung die Bundesstraße, auf ihrem Rückweg aber offensichtlich Nebenstraßen benutzten«. Er übersah das Handzeichen des Vorsitzenden, der ihn hier unterbrechen wollte, und rief in den Saal, indem er drei Schwurfinger seiner rechten Hand drohend gegen Unbekannt erhob: »Aber ich werde noch dahinterkommen; ich werde diese Sache klären.« Er habe schon die Autonummern der »entsprechenden Herrschaften« notieren lassen und Ermittlungen eingeleitet über die Art und Weise, auch die Motive des Ab- und Ausweichens beziehungsweise der Zirkulation, denn eine einseitige Benutzung der Bundesstraße sei auf die Dauer »schlechthin nicht angängig«; dieser einseitige Verschleiß mache die Verhandlungen mit Bund und Ländern schwierig, die diesen auf die Landwirtschaft abzuschieben versuchten. Hier machte er endlich im Vortrag seiner Theorie eine Pause, die der Vorsitzende sofort benutzte, ihm jene schlichte Frage zu stellen, um deren Beantwortung es eigentlich ging: ob die Tat der beiden Angeklagten den Verkehr behindert habe. Heuser beantwortete diese Frage ohne Umschweife mit einem »Aber ja, ganz erheblich«. Es seien am Tatort zwei Unfälle passiert; ein Kleinwagen sei auf einen parkenden Mercedes 300 SL aufgefahren, es habe ein Handgemenge zwischen den beiden Fahrern gegeben, es seien beleidigende Äußerungen gefallen, der Mercedesfahrer habe von »Kaninchenzüchterauto«, der Fahrer des Kleinwagens von – »mit Verlaub, Herr Vorsitzender« – »Leute-Bescheißer-Auto« gesprochen. Außerdem habe er beobachtet, daß sich am Tatort die Fahrer eines Zementlastwagens mit den Fahrern eines Flaschenbierautos angefreundet hätten, daß es »an Ort und Stelle« zum Austausch von, »wie ich hoffe«, Deputaten gekommen sei; ob nun Bier gegen Zement oder Zement gegen Bier getauscht worden sei, in diesem Punkt wolle er sich nicht festlegen; er habe nur den Beifahrer des Flaschenbierlastwagens, einen gewissen Humpert aus dem Weiler Dulbenhoven, zwei Tage später seine Einfahrt mit Zement jener Firma ausbessern sehen; die beiden Zementfahrer aber hätten »das Bier auf der Stelle genossen« und wären drei Kilometer vom Tatort entfernt bei der Weiterfahrt von der Landstraße abgewichen und in eine Rübenmiete hineingefahren. Ein weiterer Unfall habe zwischen einem Tonröhrenlastwagen und einem Opel stattgefunden, sieben Tonröhren seien – aber hier blickte er plötzlich auf seine Armbanduhr, gab ein entsetztes »Um Himmels willen, die Landtagsabgeordneten warten ja schon« zu Protokoll und bat mit hastiger Stimme darum, entlassen zu werden. Der Vorsitzende blickte Verteidiger und Staatsanwalt fragend an – beide schüttelten resigniert den Kopf, und Heuser verließ, im Abgehen noch »Verkehrsnotstand« murmelnd, den Saal. Niemand, am wenigsten seine Frau, die im Zuschauerraum saß, bedauerte Heusers Abgang.

Die Aussagen des alten Polizeimeisters Kirffel waren klipp und klar. Er sagte, der Tatort sei allen Ortsansässigen im weiten Umkreis unter dem Namen »Küppers Baum« bekannt; obwohl dort weit und breit kein Baum zu sehen sei, auch nie zu sehen gewesen wäre – nicht einmal in seiner Kindheit habe er dort je einen Baum gesehen –, wähle er diese Bezeichnung, weil sie auch auf Flurkarten so vermerkt sei. Der als Heimatforscher bekannte Lehrer Hermes aus Kireskirchen habe den Namen so erklärt: daß vor einigen Generationen wahrscheinlich dort ein Baum gestanden hätte, an dem sich ein gewisser Küpper erhängt habe oder gehenkt worden sei. Was Heuser umständlich dargetan hatte, bestätigte er in wenigen Sätzen: die Verkehrsstauung, die beiden Unfälle, Handgemenge, Austausch von Beleidigungen; zwei Beleidigungsklagen seien schon anhängig, außerdem Schadenersatzklagen der anrainenden Bauern wegen Flurschadens; bei dem Zusammenstoß zwischen Tonröhrenlastwagen und Opel seien zum Glück keine Personen zu schaden gekommen, es sei nur erheblicher Protokollierungsärger entstanden, denn zu allem Überdruß sei von einem vorüberfahrenden Radfahrer, dem Bauern Alfons Mertens, mit der Felge des Hinterrads, »natürlich unwillentlich«, eine kleine Tonscherbe gegen einen fabrikneuen stahlblauen Citroën geschleudert worden und habe auf dessen Kotflügellack »eine, ich muß schon sagen, sehr unangenehme

Verkratzung« verursacht. Kirffel bestätigte auch den Rüben-
mietenunfall des Zementlastwagens, betonte aber, Trunkenheit
am Steuer sei als ausgeschlossen festgestellt worden; der Unfall
sei nachweislich durch fauliges Rübenlaub verursacht worden,
das nach Öffnen der Miete auf der Straße gelegen habe. Kirffel
bediente sich mehrfach des für Rübenmiete landschaftsüblichen
Ausdrucks »Patschkuhl«, der dem Staatsanwalt, einem kürzlich
erst aus Bayern zugezogenen Beamten, übersetzt werden mußte.

Kirffel, ein schwerfällig gewordener grauhaariger Polizei-
beamter, der es im privaten Kreis als »bitter, aber notwendig«
bezeichnet hatte, daß er so kurz vor seiner Pensionierung in seiner wahrscheinlich letzten Aussage vor Gericht ausgerechnet
den Sohn und Enkel seines alten Freundes Gruhl belasten müsse;
Kirffel, dem man den Dorfpolizisten alten Stils noch anmerkte,
berichtete weiter, der Jeep sei inzwischen schon fast ausgebrannt
gewesen, habe nur noch gequalmt und »Funken von sich gegeben«, die ihn veranlaßt hätten, die Schulkinder noch weiter
wegzuscheuchen. Die beiden am Tatort anwesenden Polizei-
wachtmeister Schniekens und Tervel hätten inzwischen mühsam
die beiden Autoschlangen wieder in Gang gesetzt; der erforderlichen Protokollierung wegen blieben lediglich am Tatort: die
Fahrer des Mercedes, des Kleinwagens, des Opels, des Citroëns
und des Tonröhrenlastwagens und der Bauer Alfred Mertens,
den er aber bald habe weiterfahren lassen, da ihm dessen Personalien bekannt gewesen seien. Was den alten Kirffel am meisten
erstaunt, »ja fast empört« hatte, war die Tatsache, daß die beiden
Gruhl gar nicht erst den Versuch gemacht hatten, einen Unfall
vorzutäuschen, sondern ohne Umschweife zugaben, den Jeep
absichtlich in Brand gesteckt zu haben. Hier griff zum erstenmal
der Verteidiger, der junge aus Birglar stammende Anwalt Dr.
Hermes ein; er stellte Kirffel die Frage, wieso er als erfahrener
Polizeimeister eine Lüge oder Ausflucht als das Wahrschein-
lichere erwartet habe, ob er, der Verteidiger, vielleicht daraus den
Schluß ziehen müsse, der ihm in seinem weiteren Leben als Anwalt vielleicht zugute kommen könne: zu lügen sei in solchen
Fällen das Übliche, und vielleicht sei das rasche Geständnis seiner Mandanten eine Lüge gewesen. Bevor der erstaunte Kirffel,
der Hermes natürlich von Kindsbeinen an kannte und später im
privaten Kreis diese Frage mit »unfair, aber geschickt – das wird
mal ein guter Anwalt« kommentierte, bevor Kirffel, dessen Be-
dächtigkeit im Alter zu Schwerfälligkeit geworden war, antworten konnte, nahm Staatsanwalt Dr. Kugl-Egger den Fehdehand-

schuh auf, erklärte mit scharfer Stimme, er verwahre sich gegen den Versuch, einen Beamten zu diffamieren, dessen Redlichkeit und untadelige politische Vergangenheit über jeden Zweifel erhaben sei. Er könne die Empörung des Zeugen sehr leicht erklären: eine solch schändliche, ja, zerstörerische Tat blankweg zu gestehen, ohne Reue zu zeigen oder Ausflüchte zu versuchen, das müsse das gesunde Volksempfinden empören. Er, der Staatsanwalt, und er werde noch ausführlich darauf zurückkommen, empfinde dieses »nackte Geständnis« als ausgesprochen empörend, weil es das frivole Bewußtsein der Angeklagten im rechten Licht zeige. Der Verteidiger antwortete, das gesunde Volksempfinden habe die Tat der Gruhl keineswegs empörend oder verbrecherisch empfunden – eher als einen »etwas zu weit gehenden Spaß«, und natürlich habe ihm, dem Verteidiger, nicht das geringste daran gelegen, Kirffel zu diffamieren, den er schätze und als musterhaften Beamten empfinde. Er habe lediglich von dessen langjähriger psychologischer Erfahrung mit auf frischer Tat Ertappten ein wenig profitieren wollen.

Hier mußte die Verhandlung unterbrochen werden, weil ein kleiner Tumult entstand. Der Angeklagte Gruhl sen. hatte sich ungeniert, auch unbemerkt, weil »keiner seinen Augen zu trauen wagte«, wie das Außemsche Privat-Protokoll festhielt, seine Tabakspfeife angezündet und – wie das Protokoll weiterhin festhielt – »mit frivoler Heiterkeit« geraucht; Justizwachtmeister Schroer, der Aufsehen vermeiden wollte, versuchte Gruhl die Pfeife aus der Hand zu nehmen; Gruhl wehrte sich, mehr instinktiv als in böser Absicht, riß die Tabakspfeife hoch, wodurch eine brennende Grobschnittflocke einer Dame im Zuschauerraum in den Halsausschnitt geschleudert wurde; die Dame, Frau Schorf-Kreidel, die jugendliche Gattin des Mercedes-300-Fahrers, die nur gekommen war, um, falls sich die Gelegenheit böte, zu Protokoll zu geben, daß ihr Mann seit dieser »kommunistischen Beschimpfung« an einem Nervenleiden darniederliege, das durch den behandelnden Arzt, Professor Fuhlbrock, bescheinigt werden könne; daß es gerade ihren Mann, dessen sozial fortschrittliche Gesinnung weithin bekannt, bei links und rechts gefürchtet sei, sehr getroffen habe, von diesem Kerl aus Huskirchen, dessen Gesinnung ebenso bekannt sei, beschimpft worden zu sein; die Dame schrie auf, was hinwiederum Gruhl zu einer erschreckten Bewegung veranlaßte, der dadurch mehrere Flocken glühenden Grobschnitts einer weiteren Dame in den Schoß schleuderte, wodurch ein Brandloch in deren neuerworbenem Seidenkleid entstand; auch diese Dame schrie; kurz: es entstand ein kleiner Tumult, die Verhandlung mußte unterbrochen werden; ein sonntäglich gekleideter Zuschauer, der später als der Metzgermeister Leuffen aus Huskirchen, Schwager ersten Grades des Angeklagten Gruhl, identifiziert werden konnte, rief im Hinausgehen den beiden Angeklagten das bei Dorfschlägereien übliche »Drop, immer drop, Johann und Schorch, immer drop«! zu.

Dem Vorsitzenden blieb auch nach der kurzen Verhandlungspause, die er benutzte, um mit seiner Frau zu telefonieren und ein paar Züge an einer Zigarre zu tun, Ärger nicht erspart; sobald Gericht und Anklage wieder Platz genommen hatten, stand die Dame mit dem beschädigten Seidenkleid unaufgefordert auf und fragte den Vorsitzenden, den sie ungeniert mit »Du« und »Alois« anredete, wer denn nun ersatzpflichtig sei; der Angeklagte Gruhl, der Justizwachtmeister Schroer, das Gericht, sie selbst oder ihre Versicherung. Was den Vorsitzenden besonders ärgerte, war die Tatsache, daß sie, nicht ohne verletzende Absicht, wie er vermutete, indem sie seinen Vornamen nannte, ein seit vielen Jahren in Birglar sorgsam gehütetes Geheimnis öffentlich preisgab, denn er war allen, die ihn mit Vornamen anredeten, als Louis bekannt; nicht einmal seine Frau erinnerte sich seines wahren und wirklichen Vornamens, dessen er sich zu sehr schämte. Diese Dame, seine Kusine ersten Grades, Agnes Hall, deren feines jüngferliches Gesicht eine zarte Schönheit bewahrt hatte, wie sie Ehefrauen gleichen Alters oft versagt bleibt, wohnte seit nunmehr zwanzig Jahren allen öffentlichen Verhandlungen bei, die er leitete; jeder kannte sie als »Agnes das Gerichtsmöbel«; sie wohnte, finanziell in mehr als unabhängiger Position, in einem alten Patrizierhaus, in dem Stollfuss' Mutter, eine Hall, geboren war und in dem Stollfuss als junger Mensch, noch als Assessor, viel verkehrt hatte, ja fast aus- und eingegangen war, auch oft, um Agnes zum Tanze oder zu anderen Vergnügungen abzuholen. Die Tatsache, daß sie den stummen Vorwurf, sie nicht geheiratet zu haben, nun in eine solche öffentliche Ungezogenheit verwandelte, mißdeutete Stollfuss gründlich; er empfand es als nackte, überraschende Bosheit, während sie, die am Morgen telefonisch davon unterrichtet worden war, daß seine Pensionierung nun endlich durch sei – sie wollte nur, da sie ihm wohl nie mehr begegnen würde, Abschied von ihm nehmen, ihn wenigstens noch einmal mit Alois angeredet haben, eine Freude, die niemand begreift, der platonische Existenzen nicht begreift. Stollfuss, der ohnehin eine immer größer werdende Gereiztheit spürte, reagierte unerwartet böse: Mit strengen Worten belehrte er Agnes, die er – zum erstenmal in seinem und ihrem Leben – mit »Fräulein Hall« anredete, daß sie vor Gericht nicht unaufgefordert zu sprechen habe; daß es hier um die Wiederherstellung des Rechts und nicht um banale, sekundäre Versicherungsfragen gehe. Wissend, daß ihr das gut zu Gesicht stand, setzte sie einen zarten Hohn aufs Gesicht, dann, als das nicht zu fruchten schien, weil Stollfuss, der viel amtlicher, als er's bisher getan hatte, sprach, in seiner trockenen und strengen Belehrung fortfuhr, zeigte Fräulein Hall Ansätze von Aufsässigkeit: ein gekränktes Verzerren der Schultern, mucksig aufgeworfene Lippen, und Stollfuss verwies sie des Saales, den sie stolz, mit erhobenen Schultern verließ; es herrschte ein peinliches Schweigen, als diese schöne alte Frau in einem Stil, der nur als »rauschend« bezeichnet werden kann, den Saal verließ; Stollfuss blickte ihr nach: erst verärgert, dann gedemütigt – dann räusperte er sich und bat den alten Kirffel wieder in den Zeugenstand. Schärfer, als der es verdient hatte, forderte er ihn auf, alles Nebensächliche – die Verkehrsstauung, deren Folgen, die damit zusammenhängenden Rechtsverletzungen, die daraus sich ergebenden Privatklagen und zu erwartenden Versicherungskontroversen – endgültig auszuschalten. Kirffel, den der Vorfall mit der Hall arg mitgenommen hatte, gab mit leiser Stimme zu Protokoll, er habe nach Regelung der verschiedenen »Aufhaltungen« sich sofort zu den Angeklagten begeben wollen, aber da sei die Feuerwehr am Tatort erschienen, und er habe nur mit äußerster Mühe und Not verhindern können, daß diese, die schon an der nahe gelegenen Duhr ihre Pumpe angesetzt gehabt habe, den langsam ausglühenden Jeep unter »Wasserbeschuß« genommen und so eventuelle Spuren und Beweise zerstört hätte; die Feuerwehr sei, »wie üblich gekränkt in solchen Fällen«, abgezogen, und er habe endlich Zeit gehabt, sich den Angeklagten zu nähern. Aus einer Entfernung von etwa sechs Metern schon habe er ihnen zugerufen: »Mein Gott, wie ist das denn passiert?« Darauf habe der junge Gruhl geantwortet: »Wir haben das Ding in Brand gesteckt.« Er, einigermaßen erstaunt: »Aber warum denn das?« Der alte Gruhl: »Wir froren ein bißchen und wollten uns durch ein Häppening aufwärmen.« Er: »Hännchen – sein Vater war einer meiner besten Freunde, ich kenne den Angeklagten schon von Kindesbeinen an und duze ihn –, weißt du, was du da sagst?« Der alte Gruhl: »Ich weiß, was ich sage, es war ein Häppening.« Er zum jungen Gruhl: »Schorch

– hat das Hännchen einen sitzen?« Der junge Gruhl: »Nee, Hennes – ich heiße mit Vornamen Heinrich, Herr Vorsitzender –, so nüchtern ist der schon lange nicht gewesen.« Kirffel fügte hinzu, diese ganze Unterhaltung sei im Dialekt geführt worden. Kirffel erzählte später, diese seine letzte Aussage vor Gericht sei wohl die »ungefähr fünfhundertste in einer von Stollfuss geführten Verhandlung« gewesen, und es sei ihm wie auch Stollfuss, was er bemerkt habe, schwergefallen, sich aufs rein Sachliche zu beschränken, denn sie beide, Stollfuss und er, hätten in dem »meist vergeblichen Bestreben, ein bißchen Ordnung in diese verrückte Welt zu bekommen«, so manches Mal, was die Personen beträfe, gegeneinander, was die Sache beträfe, aber immer miteinander gekämpft. Wie oft wohl, erzählte Kirffel, habe er allein diese Bemerkung zu Protokoll geben müssen: daß sein Vorname Heinrich sei, der jeweils Angeklagte ihn also mit Hennes angesprochen habe; allein diesen Satz habe er sicher zweihundert Mal zu Protokoll gegeben.

Der Verteidiger bat, an den Zeugen Kirffel einige Fragen stellen zu dürfen; als ihm dies gewährt wurde, sagte er, bevor er die Fragen stelle, möchte er betonen, daß es ihm nicht darum ginge, Kirffel, den er verehre und als zuverlässigen Polizeibeamten und makellosen Zeugen schätze, eine Falle zu stellen, seinen Bildungsstand in Frage zu stellen oder ihn lächerlich zu machen; Hermes erhitzte und verhedderte sich ein wenig, als er hinzufügte, die Frage sei, obwohl wahrscheinlich nebensächlich erscheinend, für seine Mandanten von entscheidender Wichtigkeit. Dann bat er den Zeugen Kirffel, ihm und dem Gericht doch zu erklären, wie er, Kirffel, den Ausdruck Häppening verstanden habe. Kirffel, der erst zustimmend nickte, womit er ausdrücken wollte, daß er diese Frage nicht als unfair empfand, schüttelte dann den Kopf und sagte, er habe den Ausdruck nicht recht verstanden, ihm aber auch keine Bedeutung beigemessen. Später habe er darüber nachgedacht und ihn sich ungefähr so gedeutet: es sei bekannt gewesen, daß Gruhl immer zu Scherzen aufgelegt und immer ohne Bargeld gewesen sei; daß er bei jeder Gelegenheit, da er ständig vom Gerichtsvollzieher verfolgt gewesen sei, betont habe, er habe keinen Pfennig, was im Dialekt Penning heiße, und er habe sich dieses Häppening als ein verstümmeltes »Ich habe keinen Pfennig« ausgelegt, obwohl ihm auch dadurch der Zusammenhang nicht klargeworden sei; so habe er es als eine unwichtige Variation auf Gruhls »altes Lied« von seiner Bargeldlosigkeit empfunden. In einen Zusammenhang mit der Tat habe er es nicht bringen können. Als der Verteidiger ihn fragte, wie er Häppening schreiben würde beziehungsweise im Protokoll geschrieben habe, ob mit a oder mit ä, antwortete Kirffel, er habe das Wort in seinem ersten Protokoll gar nicht erwähnt, wenn er es aber schreiben müsse, würde er es selbstverständlich mit ä schreiben, denn es sei eindeutig kein a, sondern ein ä gewesen beziehungsweise von Gruhl so ausgesprochen worden. Der Vorsitzende, dem diese Ablenkung nach dem peinlichen Zwischenfall mit seiner Kusine willkommen war, folgte dem Dialog zwischen Hermes und Kirffel mit interessiert erhobenen Brauen. Als Kirffel die Frage nach der Schreibweise des Wortes Häppening mit ä beantwortet hatte, fragte der Vorsitzende den Verteidiger, warum er auf der exakten Feststellung solcher phonetischer Kleinigkeiten bestehe; Hermes antwortete mit dem ominösen Hinweis, seine Fragen hätten *nicht* den Sinn, die Glaubwürdigkeit des Zeugen Kirffel in Frage zu stellen, mehr könne er in diesem Stadium des Prozesses nicht sagen.

Der Staatsanwalt verfolgte diese Auseinandersetzung über a und ä mit einem süffisanten Lächeln, murmelte etwas von »der Spitzfindigkeit, mit der hier rheinische Kinkerlitzchen abgehandelt würden«, die keinem etwas nützten. Ihm erschien das, wie übrigens auch dem Vorsitzenden, wie eine müßige, nur als Arabeske begreifbare Auseinandersetzung über einen Dialektausdruck, der ihm, dem Staatsanwalt, auf eine lächerliche Weise nebensächlich erschien. Er hatte in diesem ihm fremd und zungenschwer erscheinenden Dialekt schon manchen Anklang an die englische Sprechweise entdeckt, und der Ausdruck Häppening erinnerte ihn an die englische Sprechweise von Halfpenny. Als der Verteidiger darum bat, diese Ä-a-Auseinandersetzung ins Protokoll aufzunehmen, was ihm vom Vorsitzenden mit einem Lächeln gewährt wurde, lachte der Staatsanwalt, wurde aber sofort wieder ernst, als er dem Angeklagten Gruhl die Frage stellte, ob er das ernst gemeint habe, als er am Tatort gesagt, ihn fröre oder ihm sei kalt, es sei doch ein sehr heißer Junitag gewesen und eine Temperatur um 29 Grad im Schatten. Gruhl antwortete, ihm sei immer sehr kalt, wenn es heiß sei.

Die zweite Frage des Verteidigers brachte Kirffel, wie deutlich zu bemerken war, aber nicht im Protokoll vermerkt wurde, in arge Verlegenheit; ob es wahr sei, daß die beiden Gruhl gesungen, die Tabakspfeifen gegeneinandergeschlagen hätten und ob er, Kirffel, in »diesem Stadium des Brandes« noch die Knall-Geräusche gehört habe, von denen andere Zeugen berichtet hätten. Kirffel, dem offenbar das Lügen schwerfallen wollte, wand sich, wurde rot, blickte hilfesuchend Stollfuss an, der wiederum – mehr oder weniger um Gnade für Kirffel bittend – Hermes anblickte. Hermes, offenbar entschlossen, Kirffel sehr entgegenzukommen, sagte, die Beantwortung dieser Frage sei für seine Mandanten äußerst wichtig, und zwar in einem Sinne von »günstig«, sie hänge zusammen mit seiner Frage nach der Schreibweise von Häppening, und wenn ihm, dem Kirffel, daran liege, die Angeklagten zu schonen, indem er nichts über diese Details aussage, so könne er, Hermes, ihm versichern, das Gegenteil sei der Fall: seine Aussage könne den Angeklagten nur nützen. Hier bat Gruhl sen. ums Wort, bekam es gewährt und sagte zu Kirffel, den er ungeniert mit »Ohm Hennes« ansprach, sich weder zu quälen noch gequält zu fühlen; er solle sich nach so langer untadeliger Dienstzeit einen guten Abgang verschaffen und »offen« sprechen. Kirffel, der diese Szene später als »ungemein peinlich« bezeichnete, sagte stockend, nach Worten suchend, ja, er habe beobachtet, wie die beiden Angeklagten ihre Tabakspfeifen gegeneinandergeschlagen, und er habe gehört, daß sie gesungen hätten. Gefragt, ob das Gegeneinanderschlagen der Pfeifen rhythmisch erfolgt sei, sagte Kirffel, nun etwas freier, ja, es sei rhythmisch gewesen – er sei, wie bekannt, seit vierzig Jahren Mitglied des Kirchenchores und kenne sich in liturgischen Gesängen aus –, das Schlagen sei im Rhythmus des Ora pro nobis erfolgt, und zwar oft genug, so daß er es habe genau erkennen können, während er sich den beiden Gruhl genähert habe; aufgehört habe es erst, als er den Gruhl seine erste Frage zugerufen habe – und, so fügte Kirffel, jetzt wieder etwas verlegener, hinzu: gesungen hätte nur der junge Gruhl – leise, fast unverständlich, fügte Kirffel noch hinzu, er habe die Allerheiligenlitanei erkannt, und zwar müßten die beiden schon ziemlich weit damit gewesen sein; als er sich ihnen genähert habe, seien sie bei der heiligen Agathe und der heiligen Lucia gewesen; von den Knallgeräuschen habe er, Kirffel, »nichts mehr mitbekommen«; sie seien nur von den allerersten am Tatort eintreffenden Zuschauern, dem Reisevertreter Erbel aus Wollershoven bei Huskirchen, den Schuljungen Krichel und Boddem aus Dulbenhoven beobachtet und zu Protokoll gegeben worden. Hermes dankte Kirffel mit besonderer Herzlichkeit. Vom Staatsanwalt wurde Kirffel lediglich gefragt, ob dieser »ganze Unsinn«, über den auszusagen ihm, Kirffel, einem vernünftigen Mann, verständlicherweise schwergefallen sei, protokolliert worden sei. Kirffel sagte, die Aussagen der beiden Schuljungen Krichel und Boddem seien aufgenommen worden, im übrigen werde seines Wissens zu dieser Frage der Zeuge Erbel vernommen werden.

Höflich und leise, aber eindringlich erinnerte nun der Staatsanwalt den Vorsitzenden daran, daß er, der Herr Vorsitzende, den fälligen Verweis für Gruhl wegen Rauchens auf der Anklagebank vielleicht vergessen haben könnte. Dr. Stollfuss nahm diese Ermahnung dankbar auf, bat Gruhl sen. vor die Schranke und forderte ihn mit väterlicher Strenge auf, doch einmal zu erklären, was er sich denn eigentlich dabei gedacht, als er so einfach seine Tabakspfeife angezündet habe; er sei doch – was immer sich auch als gegen ihn beweisbar herausstellen würde –, ein unhöflicher oder gar ungezogener Mensch sei er doch nicht. Gruhl, der ernst und würdig blieb, sagte, er bitte dieses Vorfalls wegen um Entschuldigung; gedacht habe er sich nichts dabei, im Gegenteil, es sei in völliger Gedankenlosigkeit, ja, Geistesabwesenheit geschehen; es habe nicht in seiner Absicht gelegen, dem Gericht Mißachtung zu bezeugen, er habe an eine kleine Arbeit gedacht, die während der Untersuchungshaft auszuführen ihm gestattet worden sei – das Aufbeizen und die Reparatur einer kleinen Directoire-Schmuckschatulle aus Rosenholz, an der Verschlüsse und Gelenke fehlten, die, weil sie offenbar aus Gold gewesen seien, entfernt worden, durch einen geschmacklosen Eingriff um die Jahrhundertwende in Kupfer ersetzt worden seien; er habe plötzlich an seine Arbeit denken müssen, und immer, wenn er an seine Arbeit denke, griffe er zu seiner Tabakspfeife, stopfe und entzünde sie. Gefragt, ob er der für ihn so wichtigen Verhandlung in Gedankenlosigkeit und Geistesabwesenheit folgen könne, sagte Gruhl, gedankenlos sei er gewesen, geistesabwesend sei vielleicht nicht der richtige Ausdruck; er könne durchaus gedankenlos und gleichzeitig geistesgegenwärtig sein, es sei ihm, wie der als Zeuge geladene Pfarrer Kolb aus seinem Heimatdorf Huskirchen bezeugen könne, sogar schon widerfahren, daß er in der Kirche zu rauchen begonnen habe. Gruhl wandte sich dann kurz in den Zuschauerraum und bat die beiden durch seine Fahrlässigkeit geschädigten Damen um Verzeihung und erklärte sich bereit, den Schaden zu ersetzen, notfalls, wenn es ihm an Bargeld mangele, durch Arbeit; er habe ja schon des öfteren für Frau Schorf-Kreidel und auch für Fräulein Hall gearbeitet. Gruhl sprach leise und sachlich, jedoch ohne jede Unterwürfigkeit, bis der Staatsanwalt, diesmal noch schärfer, ihn unterbrach und sagte, er sehe in der Art, wie der Angeklagte hier seine

Dienste öffentlich anbiete, eine Art mit geschicktem understatement betriebenes advertising betreibe, einen neuen Beweis von dessen »frivoler Heiterkeit und Gelassenheit, auf deren Bestrafung zumindest durch einen strengen Verweis ich im Namen des Staates, der hier die Wiederherstellung des Rechts betreibt, aufs nachdrücklichste bestehen muß«. Mit nicht sehr überzeugt klingender Stimme sprach Dr. Stollfuss Gruhl sen. einen strengen Verweis aus, den dieser mit einem billigenden Kopfnicken entgegennahm. Gruhl begab sich auf die Anklagebank zurück, und es konnte beobachtet werden, wie er Tabakspfeife und -beutel, auch die Zündhölzer dem neben ihm sitzenden Justizwachtmeister Schroer aushändigte, der diese drei Gegenstände mit einem beifälligen Kopfnicken entgegennahm.

Kirffels Vernehmung konnte nun zu Ende geführt werden. Er habe, sagte er, die beiden Gruhl sofort verhaftet, sich gewundert, daß sie nicht nur widerspruchslos, sondern fast freudig mitgegangen seien; er habe einige Augenblicke gezögert, doch Gruhl sen. habe ihm zugerufen, sie hätten vor, nach Paris oder Amsterdam zu fliehen, es liege Fluchtverdacht vor; auch dann habe er noch gezögert, den uniformierten jungen Gruhl zu inhaftieren, die Rechtslage sei ihm nicht ganz klar gewesen; da Gruhl jun. aber keinen Widerstand geleistet habe, habe er sich berechtigt gefühlt, die Feldjäger bis zur Klärung der Rechtslage zu vertreten. Der Zwischenruf des Staatsanwalts: »Recht gehandelt«, war Kirffel offensichtlich peinlich. Der Staatsanwalt wurde durch den Vorsitzenden des unerlaubten und unsachlichen Zwischenrufs wegen gerügt; es sei hier, sagte der Vorsitzende, nicht der Ort für öffentliche Schulterklopfereien. Der Staatsanwalt entschuldigte sich, bat um Verständnis dafür, daß er angesichts der latenten Frivolität, die ihm in den Angeklagten begegne, die nüchterne, pflichtbestimmte Art des verdienten Polizeibeamten akklamiert habe.

Auf Antrag des Verteidigers wurde die Rechtslage des Angeklagten Gruhl jun. noch einmal genau geklärt. Der junge Gruhl sei am Morgen nach seiner Verhaftung von seiner Einheit abgeholt, dort in eine Arrestzelle verbracht, von seinem Vorgesetzten verhört worden, aber noch am Nachmittag des gleichen Tages entlassen, dann in Zivilkleidung von den Feldjägern in das Gefängnis von Birglar überstellt worden. Er behalte sich vor, die Frage zu klären, ob die Einheit des Gruhl berechtigt gewesen sei, einen eindeutig zur Zivilperson erklärten Untersuchungshäftling durch die Feldjäger nach Birglar transportieren zu lassen; jetzt liege ihm zunächst daran, zu erfahren, ob Gruhl jun. hier endgültig als Zivilperson vor Gericht stehe oder noch ein weiteres Verfahren zu gewärtigen habe. Der Vorsitzende erklärte, die Rechtslage sei zunächst nicht ganz klar gewesen, die Tat des jungen Gruhl sei zunächst als Tat während der Dienstzeit angesehen worden, dann aber, als sich die Frage erhob, ob nicht auch Gruhl sen. gegen die Bundeswehr straffällig geworden sei, habe sich in der Kompanieschreibstube der Gruhlschen Einheit herausgestellt, daß Gruhl auf Grund einer Verrechnung beziehungsweise falschen Urlaubsbuchführung in Wahrheit schon drei Tage vor der Tat zur Entlassung angestanden habe; er sei also zur Tatzeit wohl subjektiv, aber nicht mehr objektiv Angehöriger der Bundeswehr gewesen, sei ebenso subjektiv, aber nicht mehr objektiv berechtigt gewesen, den Jeep zu fahren; Gruhl habe das als großes Entgegenkommen zu werten, denn wenn die Tat als Sabotage bestraft werden würde, sei ihm ein schlimmes Verfahren entstanden; hier aber trete die Bundeswehr nicht als sachgeschädigte Nebenklägerin auf, betrachte ohnehin Gruhl sen. als den Haupttäter, die Bundeswehr, erklärte Dr. Stollfuss mit etwas säuerlichem Lächeln, »wasche ihre Hände in Unschuld«. Sie trete nicht als Nebenklägerin auf, sei nur mit einigen ihrer Angehörigen als »Zeugin« vertreten. Im übrigen sei diese Angelegenheit nur im Zusammenhang mit der eben erwähnten Dienstfahrt des Gruhl zu beurteilen, es würde, sobald der Zeuge Oberleutnant Heimüller aussage und die Öffentlichkeit ausgeschlossen sei, der militärrechtliche Aspekt des Falles noch zur Sprache kommen. Eines könne er dem Verteidiger versichern, Gruhl habe kein zweites Verfahren zu erwarten; was den Sachschaden betreffe, trete die Bundeswehr über das Amtsgericht Birglar an die Zivilpersonen Gruhl heran. Es läge ein entsprechendes Schreiben des Regimentskommandeurs Oberst von Greblothe vor. Der junge Gruhl, der ums Wort gebeten und dieses erhalten hatte, sagte, ihm läge nichts daran, von der Bundeswehr irgend etwas, und sei es ein Gerichtsverfahren, geschenkt zu bekommen. Der Staatsanwalt, ohne lange um Erlaubnis zu bitten, fuhr ihn hart an und schrie, er sei ein undankbarer Lümmel; Gruhl jun. schrie zurück, er verbäte sich den Ausdruck Lümmel, er sei ein erwachsener Mensch, und es stünde in seiner Entscheidungsgewalt, sich etwas schenken zu lassen oder nicht; er betone, nicht einmal ein ihm erspartes Gerichtsverfahren nähme er als Geschenk. Der Staatsanwalt wurde aufgefordert, den Ausdruck Lümmel zurückzunehmen, Gruhl ermahnt, keine Widerborstigkeit zu zeigen; beide entschuldigten sich, doch nicht voreinander, nur vor dem Vorsitzenden.

Der Reisevertreter Albert Erbel aus Wollershoven bei Huskirchen Kreis Birglar gab sein Alter mit einunddreißig an; er sei verheiratet, habe zwei Kinder und »zwei Hunde«, wie er scherzhaft hinzufügte; es wurde ihm vom Vorsitzenden untersagt, solche Scherze ungefragt zu wiederholen. Ja, sagte Erbel, der um Entschuldigung bat, er sei am fraglichen Tag mit seinem Auto gegen 12.35 Uhr an der besagten Stelle vorbeigekommen, habe das Feuer bemerkt, gehalten, gewendet – was ihn später, als er wieder in entgegengesetzter Richtung habe weiterfahren müssen, in erhebliche Schwierigkeiten gebracht habe –; nun, er sei die »etwa fünfzig Meter« auf das brennende Auto zugelaufen, habe die beiden Angeklagten gesehen, die ihre Tabakspfeifen – »Wissen Sie, wie man Biergläser beim Prost gegeneinanderschlägt« – gegeneinandergeschlagen, auch gesungen hätten; was sie gesungen hätten, hätte er nicht verstehen können, ja, es hätte schon lateinisch sein können, »jedenfalls nicht deutsch, auch nicht Dialekt, den ich kenne«. Über die Knallgeräusche gefragt, sagte Erbel, ja, das habe sehr merkwürdig geklungen, »fast schön«, eher wie Trommeln oder auch wie ein Rasseln, jedenfalls aber sei es das Geräusch von in einem geschlossenen Blechkörper heftig bewegten kleinen Gegenständen gewesen; es habe, wenn er es recht bedenke, einen gewissen Rumba-Rhythmus gehabt. Nun, er habe die beiden Angeklagten gefragt, ob er was für sie tun könne; nein, hätten diese gesagt, es sei ihre Sache, etwas für ihn zu tun, er solle sich »die Sache einmal anschauen und anhören«, ob ihm das denn nicht gefalle; er habe als Antwort mit dem Finger auf die Stirn gezeigt und eindeutig den Eindruck gewonnen, die beiden seien verrückt oder es handle sich um einen »für die Steuerzahler allerdings recht kostspieligen Ulk«, dann sei er zu seinem Wagen zurückgegangen. Vom Verteidiger gefragt, ob er die beiden Angeklagten als verrückt oder als *wie* verrückt empfunden habe, überlegte Erbel einige Sekunden und sagte, er habe sie eher als *wie* verrückt empfunden; ob er, fragte Hermes weiter, den Eindruck gehabt habe, Zeuge eines zufälligen Geschehens, eines Unfalls oder einer Veranstaltung zu sein; Erbel: Zufall oder Unfall halte er für ausgeschlossen, und das Wort Veranstaltung komme ihm in diesem Zusammenhang zwar nicht ganz angebracht, aber als »ziemlich annähernd« vor, jedenfalls – das sei ihm klargeworden – sei es eine *gemachte* Sache gewesen. Vom

Staatsanwalt auf seine Aussage während der Voruntersuchung aufmerksam gemacht, die erheblich umfangreicher gewesen sei, schlug Erbel sich an die Stirn, bat um Verzeihung und sagte, ja, jetzt fiele es ihm wieder ein: Gruhl jun. habe ihn gefragt, mit was oder für welche Firma er denn reise; er habe gesagt, für eine bekannte Firma, die ein Badespray herstelle; drauf habe Gruhl ihn um Probefläschchen oder -tübchen gebeten, aber er habe das verweigert; Gruhl habe dann gesagt, er wolle eine Flasche von dem Zeug kaufen, das Auto müsse auch einmal gebadet werden.

Die beiden Angeklagten bestätigten die Aussage des Erbel als »wortwörtlich« wahr. Erbel schilderte noch, welche Schwierigkeiten er gehabt habe, seinen Wagen wieder zu wenden und wieder in seine ursprüngliche Fahrtrichtung einzuschwenken; inzwischen hätten etwa zehn Fahrzeuge dort gestanden: der Wachtmeister Schniekens habe ihm geholfen, ihn beim Rückwärtssetzen in einen Feldweg eingewiesen.

Dem ortsfremden, erst seit einer Woche in Birglar amtierenden Staatsanwalt unterlief bei dem Versuch, den Charakter des Gruhl sen. in ein schlechtes Licht zu rücken, ein entscheidender Fehler. Noch wenige Minuten vor Verhandlungsbeginn hatte der Vorsitzende dem Staatsanwalt dringend nahegelegt, auf die Vernehmung der Zeugin Sanni Seiffert zu verzichten; der aber, lokale Korruption witternd, hatte darauf bestanden, die Zeugin Seiffert zur Person des Angeklagten vernehmen zu dürfen. Tatsächlich war Dr. Kugl-Egger, indem er die Zeugin Seiffert vorladen ließ, der Einflüsterung eines sozialdemokratischen Redakteurs vom ›Rheinischen Tagblatt‹ erlegen, der später dieser Einflüsterung wegen von seiner Partei nicht nur nicht gelobt, sondern scharf getadelt, fast geschaßt wurde. Die Seiffert, so hatte der Redakteur versichert, werde jederzeit bezeugen, daß Gruhl sen. verschiedentlich versucht habe, ihr Gewalt anzutun.

Als nun die Zeugin »Frau Sanni Seiffert« aufgerufen wurde, Justizwachtmeister Schroer auf den Flur hinaustrat und ohne jede Förmlichkeit, für alle im Saal Anwesenden deutlich vernehmbar ins Zeugenzimmer rief: »Komm, Sannichen, deine Stunde hat geschlagen«, breitete sich unter der Mehrheit der Zuschauer eine gewisse Schadenfreude aus, die eindeutig zu Lasten des Staatsanwalts ging. Das Erscheinen der Aufgerufenen, einer hübschen, nicht mehr so ganz jungen, modisch gekleideten Person, die sehr dunkel gefärbtes Haar und rote Lederstiefelchen zur

Schau trug, brachte den Vorsitzenden in Verlegenheit. Im Zusammenhang mit Hehlerei, Kuppelei, Zuhälterei und Verführung Minderjähriger hatte er schon einige Male mit der Seiffert sich zu befassen gehabt, der für jenen Vorgang, der gemeinhin »Geschlechtsverkehr« genannt wird, ein ganzes Arsenal von Dialektausdrücken zur Verfügung stand, das selbst abgebrühten Fachleuten gelegentlich die Schamröte in die Wangen trieb. Auch hatte er die Seiffert zweimal im Zusammenhang mit Spionageverdacht vernehmen müssen, der sich aber als unbegründet erwies; die Seiffert hatte nur sehr intime Beziehungen mit dem amerikanischen Offizier unterhalten, der auf dem Flugplatz, der noch näher an Birglar lag als die nahe gelegene Großstadt, die Atomsprengköpfe unter Verschluß hielt und in der Umgebung als Atom-Emil bekannt war; auch mit einem belgischen Major, der Geheimnisträger war, hatte die Seiffert sehr vertraulich verkehrt, aber beide Male nachweisen können, daß sie keine anderen Absichten als die in ihrem Beruf üblichen gehabt hatte. Mit ihren blauen Augen, die während ihres kurzen Auftritts immer heller und härter wurden, was bewies, daß man hier in die Augen einer von Natur extrem blonden Person von ganz bestimmter Veranlagung blickte, sah sie alle anwesenden Männer, die Angeklagten und den Staatsanwalt ausgenommen, mit verächtlichem Trotz an. Der Vorsitzende gestattete sich kein Lächeln, als sie ihren Beruf mit Gastronomin und ihr Alter mit »achtundzwanzig« angab. Der Staatsanwalt, der schon bei ihrem Eintritt seinen Fehler erkannt hatte, die Einflüsterungen des sozialdemokratischen Redakteurs verfluchte und beschloß, bei der nächsten Wahl dessen Partei *nicht* zu wählen, fragte nun die Seiffert mit unsicherer Stimme, ob sie von dem Angeklagten Gruhl je belästigt worden sei, oder ob er gar versucht habe, ihr Gewalt anzutun. Der Verteidiger sprang sofort auf und beantragte, nicht – wie er ausdrücklich betonte – im Interesse seines Mandanten Gruhl sen., der von den Aussagen der Zeugin nichts zu fürchten habe, sondern im Interesse des öffentlichen Anstands und der Sitte, die zu hüten ja eigentlich nicht seine, sondern des Staatsanwalts Aufgabe sei – er beantrage, nicht nur die Öffentlichkeit, sondern auch seinen jugendlichen Mandanten Gruhl jun. auszuschließen; seine Erregung, als er ausrief, er fände es geradezu ungeheuerlich, wie hier vom Herrn Vertreter der Staatsmoral versucht werde, einen Vater in den Augen seines Sohnes herabzusetzen, klang echt. Noch bevor der Staatsanwalt sich hatte entschließen können, zu antworten, sagte die Seiffert mit überraschend sanfter Stimme,

es sei ihr Beruf, sich von Männern belästigen zu lassen, sie sei –
der Vorsitzende unterbrach sie energisch mit dem Hinweis, sie
habe nur zu antworten, wenn sie gefragt sei, worauf sie lauter als
vorher sagte, gefragt worden sei sie ja, und sie habe bloß geantwortet. Der Staatsanwalt hatte inzwischen seine Frau im Zuschauerraum, eine schmale dunkle Person, die nur der Frau des
Verteidigers als die Frau des Staatsanwalts bekannt war, angeblickt; seine Frau hatte ihm durch einen Blick zu verstehen gegeben, auf der Vernehmung der Seiffert nicht zu bestehen, und
als der Vorsitzende nun fragte, ob er auf der Vernehmung der
Zeugin Seiffert bestehe, gab er mit leiser Stimme bekannt, er verzichte auf deren weitere Aussage. Der Vorsitzende blickte die
Seiffert nicht an, als er höflich zu verstehen gab, sie sei entlassen.
Daraufhin die Seiffert mit einer brüchig gewordenen Sanftmut,
ob sie, um Gruhl sen. nicht in falschem Verdacht zurückzulassen,
nicht wenigstens auch den zweiten Teil der Frage beantworten
dürfe; durch ein zögerndes Kopfnicken des Vorsitzenden dazu
aufgefordert, sagte sie, Gruhl sen. habe nie versucht, sie zu belästigen, schon gar nicht, ihr Gewalt anzutun; er habe lediglich
für sie gearbeitet, ihre Bar im Fin-de-siècle-Stil – was sie richtig
aussprach – eingerichtet, und Handwerker, die für sie arbeiteten,
kämen eben rasch in Verdacht, zu ihr in anderer geschäftlicher
Beziehung als der tatsächlichen zu stehen; übrigens habe auch
Gruhl jun. bei ihr gearbeitet, es habe ihr Spaß gemacht, für die
beiden »verwaisten« Männer zu kochen. Bevor sie dann auffor-
derungsgemäß den Saal verließ, schien ihre Stimme schon fast in
jenem Zustand zu sein, der gewöhnlich »tränenerstickt« genannt
wird. Eine Art Beifall wurde im Zuschauerraum laut, ein Stühle-
rücken, auch ein paar nicht artikulierte, doch als Akklamation
deutbare Laute, die der Vorsitzende sich verbat. Der Auftritt der
Seiffert, die man kurz darauf in ihren auf dem ehemaligen Schulhof parkenden roten Sportwagen steigen sah und starten hörte,
endete in einem peinlichen Schweigen, das nicht an Peinlichkeit
verlor, als der Protokollführer Referendar Außem zum Vorsitzenden ging und ihn flüsternd fragte, ob er diesen Zwischenfall als
»Tumult« zu bezeichnen habe; ärgerlich, weil das Geflüster im
ganzen Saal deutlich zu verstehen war, schüttelte der Vorsitzende
den Kopf.

Ein nicht sehr schüchternes Klopfen an die Tür alarmierte
Schroer, der aufsprang, zur Tür lief, von dort aus dann dem Vorsitzenden zurief, der Zeuge Kriminalkommissar Schmulck sei

soeben eingetroffen und aussagebereit. Der Vorsitzende ließ ihn hereinbitten. Schmulck, in Zivil, jugendlich, ganz »federnd und intellektualistisch«, schilderte, dazu aufgefordert, einige Tateinzelheiten, die noch nicht bekannt gewesen waren: der Täter – ob der junge oder der alte Gruhl sei auch in mehreren Verhören nicht zu erfahren gewesen – habe »aus sicherer Entfernung einen kleinen, hierzulande zu Karneval handelsüblichen Sprengkörper«, der vorher gezündet gewesen sei, in das völlig mit Benzin durchtränkte Auto geworfen, habe sofort die von ihm erwünschte Wirkung erzielt; sogar die Bereifung sei zur Verbrennung vorgesehen gewesen, zwei Reifen hätten aber der Verbrennung widerstanden, seien allerdings unter der Einwirkung der Hitze geplatzt; die Spurensicherung habe außer dem ausgebrannten Autowrack nur die verbrannten Reste knallerbsenartiger Gegenstände im Tank des Autos und in den beiden Reservetanks erbracht; lediglich sei – etwa vier Meter vom Autowrack auf dem anrainenden Rübenacker – die Papphülse des Sprengkörpers gefunden worden, eine Marke, die als »Kanonenschuß« im Handel sei. Die Angeklagten seien im Verhör zwar nicht gerade widerborstig, doch auch nicht sehr gesprächig gewesen; sie hätten darauf bestanden, die Tat »gemeinsam« ausgeführt zu haben, doch nur einer könne den Sprengkörper entzündet, nur einer ihn ins Auto geworfen haben. Das Wrack sei, nachdem es fachgerecht nach Spuren abgesucht gewesen sei, von der Bundeswehr als deren Eigentum reklamiert und abgeschleppt worden; allerdings seien alle abschraubbaren Teile, wie es unvermeidlich sei, von den jugendlichen Bewohnern des nahe liegenden Weilers Dulbenhoven vorher entfernt worden; der Stand des Kilometerzählers habe 4992 Kilometer betragen. Vom Vorsitzenden gefragt, ob eine Tatortbesichtigung Sinn haben könnte, antwortete Schmulck, nein, eine solche habe nicht den geringsten Sinn; im Spätsommer habe er noch neben dem Feldstein Zündhölzer gefunden und eine blecherne Tabakpackung amerikanischen Fabrikats, die er als von den Angeklagten stammend identifiziert habe, aber die beginnende Rübenernte, die bekanntlich mit schweren Fahrzeugen ausgeführt werde, habe die unmittelbare Umgebung des Tatorts »um und umgewühlt«, es sei dort nichts mehr zu sehen. Er blickte auf die Armbanduhr und bat mit sachlicher Höflichkeit darum, entlassen zu werden, er werde in den frühen Nachmittagsstunden in der nahe gelegenen Großstadt als Zeuge im Prozeß gegen den Kindermörder Schewen vernommen, der auch im Kreise Birglar, »zum Glück ohne Erfolg« tätig gewesen sei. Staatsanwalt und Verteidigung hatten nichts gegen die Entlassung des Schmulck einzuwenden.

Gericht wie Verteidigung hatten je zwei Psychiater zu Gutachtern bestellt, von denen je einer eine habilitierte, der jeweils zweite eine nichthabilitierte Kapazität war; ein weiterer Ausgleich, der Kontroverse wie Ungerechtigkeiten in der Beurteilung der Angeklagten ausschloß, war durch die Tatsache zustande gekommen, daß der von der Verteidigung bestellte Professor einer Schule angehörte, der auch der vom Gericht bestellte Nichtprofessor angehörte, einer Schule, die mit jener in ständiger, auch öffentlich ausgetragener Kontroverse stand, der der vom Gericht bestellte Professor und der von der Verteidigung bestellte Nichtprofessor angehörte. Das Zustandekommen dieses ungewöhnlichen Arrangements, das mit unendlichen Mühen verbunden gewesen war, sollte dem Vorsitzenden »andernorts« noch hohes Lob einbringen, in Fachkreisen später als das »Stollfuss-Modell« gerühmt und empfohlen werden, und auf diese Weise sollte auch Birglar, da es dort zuerst mit Erfolg angewendet worden war, sollten auch die beiden Gruhl noch in die Rechtsgeschichte eingehen. Da die Gutachter ausreichend Gelegenheit gehabt hatten, die Angeklagten während der Untersuchungshaft zu interviewen, habe er ihnen – der weiten Entfernung der Wohnorte der Sachverständigen wegen (München, Berlin, Hamburg) – im Einverständnis mit Verteidigung und Staatsanwaltschaft das persönliche Erscheinen vor Gericht erlassen und sie durch einen ersuchten Richter vernehmen lassen. Der Vorsitzende sagte, der Inhalt der Gutachten sei allen Parteien bekannt, sie enthielten auch, was die Viten der Angeklagten betreffe, nichts, was nicht schon gesagt worden sei, er könne sich also das Vorlesen der gesamten Texte ersparen und sich darauf beschränken festzustellen, daß alle vier Gutachter, unabhängig voneinander und obwohl kontroversen Schulen angehörend, übereinstimmend zu dem Ergebnis gekommen seien, die beiden Angeklagten seien überdurchschnittlich intelligent, sie seien für ihre Tat voll verantwortlich, es seien bei ihnen weder psychische noch geistige Defekte festzustellen, ihre Tat beruhe – was außergewöhnlich sei – nicht auf emotionalen, sondern auf Bewußtseinsantrieben, es sei nicht ausgeschlossen, daß es sich sogar um eine, wenn auch staatsrechtlich verwerfliche, so doch noch als solche bezeichenbare Äußerung des Homo ludens handele, wie es der Natur der Angeklagten, die beide ausgesprochen künstlerische Menschen seien, entsprechen könne. Lediglich einer der vier Gutachter, Professor Herpen, habe bei Gruhl sen. eine – er zitiere jetzt wörtlich, sagte der Vorsitzende – »eine gewisse, ich möchte nicht sagen minimale, doch auch nicht sehr erhebliche Verletztheit des Sozietätsbewußtseins festgestellt, die emotionsbedingt ist, vielleicht durch den frühen Tod der geliebten Frau entstanden«. Alle vier Gutachter hätten die Frage, ob Pyromanie die Ursache der Tat sein könne, einmütig und ohne Einschränkung abgelehnt. Es sei also, so fuhr der Vorsitzende fort, aus allen vier Gutachten ersichtlich, daß es sich bei der Tat um einen Willensakt handele; nicht aus dem Unter- oder Unbewußtsein seien die Antriebe gekommen, und diese Tatsache werde deutlich, wenn man bedenke, daß die beiden Angeklagten die Tat gemeinsam begangen hätten, obwohl sie ihren Anlagen und ihrem Charakter nach so verschieden seien. Als der Vorsitzende fragte, ob zum Verhandlungspunkt »psychiatrische Gutachten« noch Fragen anstünden, sagte der Staatsanwalt, er beantrage kein weiteres Gutachten, ihm genüge die Feststellung der vollen Verantwortlichkeit, auch die Bezeichnung Willensakt für die Tat, nur lege er Wert darauf, die Definition »anständiger Charakter«, die in den Gutachten einige Male vorkomme, als medizinische Definition verstanden zu wissen, nicht als juristische. Der Verteidiger bat darum, doch noch jenen Passus vorlesen zu dürfen, in dem von der »künstlerischen Veranlagung der beiden Angeklagten« die Rede sei. Als der Vorsitzende das genehmigte, las der Verteidiger vor, was, wie er betonte, in allen vier Gutachten fast gleichlautend sei: eine bei Gruhl sen. festgestellte »erstaunliche Fähigkeit, Stile zu erkennen, nachzuempfinden und zu reproduzieren, bei Gruhl jun. dagegen eine mehr zu eigener künstlerischer Arbeit angelegte Begabung, die sich bereits in einigen Holzplastiken und Gemälden nichtgegenständlicher Art artikuliert habe«. In höflicher, fast freundschaftlicher Weise wurde der Verteidiger nun vom Vorsitzenden gefragt, ob ihm daran liege, ein weiteres Gutachten anzufordern, um den Angeklagten angesichts der unbegreiflichen Tat die Chance der Unzurechnungsfähigkeit nicht ganz zu nehmen. Nach einer kurzen, geflüstert geführten Beratung mit seinen beiden Mandanten lehnte der Verteidiger dieses Angebot höflich ab.

In seiner bangen Gereiztheit (auch er kannte den Angeklagten Gruhl sen. von Kindesbeinen an, hatte immer Sympathie für ihn empfunden, ihn sogar noch wenige Wochen vor der Tat zur

Restaurierung einer kostbaren, nach langem Erbstreit mit seiner Kusine Lisbeth, einer Schwester der Agnes Hall, endlich in seinen Besitz gelangten Empire-Kommode herangezogen und sich bei der Entlohnung des Gruhl zwar nicht nachweisbar, aber faktisch schuldig gemacht, weil er, wissend, daß jener unter einem wahren Bombardement von Pfändungsbefehlen stand, ihm seinen Lohn »zugesteckt« hatte), in seiner bangen Gereiztheit vergaß Dr. Stollfuss, die Mittagspause rechtzeitig anzuberaumen, und ließ noch gegen 13.00 Uhr den Zeugen Erwin Horn aufrufen, den Obermeister der Tischlerinnung. Horn war ein älterer Herr, sauber und würdig gekleidet, weißhaarig und mit jenem Air rotgesichtiger Jovialität ausgestattet, mit dem er gut und gern als emeritierter Prälat hätte durchgehen können. Er gab sein Alter mit zweiundsiebzig an, seinen Wohnort mit Birglar, sagte, er kenne den Angeklagten, der bei ihm in die Lehre gegangen sei, nun schon seit fünfunddreißig Jahren; er, Horn, sei auch noch in der Kommission gewesen, als Gruhl mit Sehr gut seine Gehilfenprüfung ablegte; als Gruhl die Meisterprüfung gemacht habe, sei er aus politischen Gründen nicht mehr Mitglied der Kommission gewesen. Horn, der nicht gerade forsch wirkte, doch mit unverkennbar jugendbewegtem Elan ausgestattet, machte seine Aussage mit frischer, heiterer Stimme. Er sagte, Gruhl sei eigentlich immer ein stiller Junge gewesen, auch ein stiller Mann, der zwar mit ihm politisch sympathisiert, ihn auch während des Krieges, als er von diesen »miesen Vögeln« erheblich unter wirtschaftlichen Druck gesetzt worden sei, immer unterstützt habe. Er habe ihm zum Beispiel aus Frankreich Butter, Speck, Eier und Tabak mitgebracht, auch habe Gruhls Frau Lieschen ihn immer mit Milch und Kartoffeln versorgt – kurz, Gruhl habe aus seiner Sympathie für ihn auch öffentlich nie einen Hehl gemacht, sei aber nie politisch aktiv geworden. Auch für die handwerklichen Fähigkeiten des Gruhl war Horn des Lobes voll; er suche als Möbeltischler seinesgleichen, er gehöre mit seinen Fähigkeiten einer aussterbenden Rasse von Handwerkern an, er sei einfach eine Rarität. Horn konnte sich nicht verkneifen, darauf hinzuweisen, daß im Laufe der vergangenen fünfundvierzig Jahre deutscher Geschichte Tischler mehrfach zu höchsten Staatsämtern aufgestiegen seien, sogar Staatsoberhaupt sei einer geworden. Als der Vorsitzende ihn fragte, wen er denn meine, Ebert sei doch seines Wissens Sattler gewesen und Hitler Anstreicher, geriet Horn in Verlegenheit, aus der er sich durch eine grammatikalische Spitzfindigkeit zu retten versuchte, indem er sagte, er habe ausdrücken wollen, Staatsoberhaupt *geworden* nicht *gewesen* sei, und im übrigen – er wolle damit keineswegs den Anstreicherberuf diffamieren, denn Hitler sei ja nicht einmal ein richtiger Anstreicher gewesen, er treffe also keinen Kollegen dieser Innung – im übrigen wäre ein *Tischler* Hitler einfach undenkbar gewesen. Der Staatsanwalt hakte hier ein und sagte, bevor der Zeuge mit seinen Lobeshymnen fortfahre und bevor er, was er eben Ungeheuerliches gesagt habe, durch eine höchst unzulässige historische Arabeske zu vertuschen fähig sei, möchte er, der Staatsanwalt, mit aller, *aller* Schärfe dagegen protestieren, daß »hier in einem deutschen Gerichtssaal ohne Widerspruch von der Sowjetzone als einem Staat« gesprochen werden dürfe; kein deutsches Gericht dürfe das dulden, er beantrage, dem Zeugen Horn einen Verweis zu erteilen, den Angeklagten Gruhl sen., dessen Gesicht wieder »frivole Heiterkeit« ausdrücke, neuerlich zu Respekt vor dem Gericht zu ermahnen; was hier geschehe, sei ja unglaublich. Dem Vorsitzenden, der jetzt erst begriff, welches Staatsoberhaupt gemeint gewesen war, entschlüpfte ein »Ach so«; er bekannte, nicht gewußt zu haben, daß »jener Herr« Tischler sei oder gewesen sei, er erteilte dem Zeugen Horn mit offenkundig lustloser Stimme den beantragten Verweis und forderte Gruhl sen. auf, seine »Frivolitäten« zu lassen. Nach den finanziellen Verhältnissen des Angeklagten gefragt, antwortete Horn, diese seien seit zehn Jahren »permanent katastrophal«, doch er müsse energisch betonen, schuld daran sei nicht etwa Gruhl allein, der nie so recht habe rechnen können und wohl auch etwas leichtfertig mit dem Geld umgehe, schuld daran sei auch »eine mörderische Mittelstandspolitik«. Wieder unterbrach hier der Staatsanwalt, der sich als Vertreter des Staates verbat, die Verhandlung als Propagandamittel gegen die Steuerpolitik der Regierung zu mißbrauchen, aber der Vorsitzende wies ihn mit ruhiger Stimme darauf hin, es sei durchaus erlaubt, die subjektive Lage des Angeklagten in einen objektiven Zusammenhang zu bringen, auch wenn dieser Zusammenhang sich populär artikulierte. Horn fuhr mit sichtbarer Genugtuung fort, Einzelheiten zu schildern; er könne hier nicht alle, alle Zusammenhänge aufdecken, das sei Sache eines Finanzexperten; Gruhl sei, da er mit den zahlreichen Abgaben – Umsatz-, Gewerbe-, Einkommensteuer, Berufsgenossenschaft, Krankenkasse – nicht zurechtgekommen sei, in Steuerrückstand geraten; dieser habe sich durch Pfändungen addiert, ja, fast multipliziert; auf die Pfändungen seien Zwangsversteigerungen gefolgt; erst sei das Elternhaus des

Gruhl in Dulbenweiler, dann zwei Äcker und eine Wiese, die ihm seine Patentante bei Kireskirchen vermacht gehabt habe, schließlich sein Anteil an der Gastwirtschaft »Bierkanne« in Birglar, der aus mütterlichem Erbteil stamme, unter den Hammer gekommen; inzwischen sei er auch seines gesamten pfändungsfähigen Hausrats beraubt worden, der einige sehr wertvolle Möbelstücke enthalten habe, von denen allein zwei im Heimatmuseum wieder aufgetaucht seien. Ein Versuch des Staatsanwalts, gegen die Bezeichnung »beraubt« für eine staatlich legitimierte Maßnahme zu protestieren, wurde vom Vorsitzenden mit einer Handbewegung abgetan. Er könne, so sagte Horn weiter, sich weitere Einzelheiten ersparen, er begnüge sich mit der Feststellung, die finanzielle Lage des Angeklagten – er lasse dabei die Schuldfrage außer acht, schildere nur den Zustand – sei so verwirrt wie verworren gewesen. Zuletzt sei es schon zu Taschenpfändungen gekommen; Gruhl habe schließlich das Interesse an größeren Aufträgen verloren, auch seine besten Kunden, die Grund gehabt hätten, Komplikationen zu fürchten. Durch Schwarzarbeit habe Gruhl seinen Lebensunterhalt verdient, der schließlich – »er befand sich im natürlichen Zustand der Notwehr« – nur noch gegen Naturalien gearbeitet habe, die sehr schwer pfändbar seien. Heftig, fast schon unhöflich protestierte der Staatsanwalt gegen die Ausdrücke »natürlich« und »Notwehr« – es gehe einfach nicht an, die Bezeichnungen »natürlich« und »Notwehr«, auf die geschilderte Handlungsweise des Angeklagten angewendet, durchgehen zu lassen; als besonders subversiv, geradezu himmelschreiend empfinde er den Ausdruck Notwehr, kein Staatsbürger könne sich, wenn er das Gesetz einhalte, je dem Staat gegenüber in Notwehr befinden. Der Vorsitzende, dessen Ruhe den Staatsanwalt immer mehr zu erregen schien, gab diesem zu bedenken, wieviel Staatsbürger in Vergangenheit und Gegenwart, sich, nicht indem sie das Gesetz einhielten, sondern indem sie es *nicht* einhielten, strafbar gemacht, damit eine Notwehr praktiziert hätten, die die einzige Möglichkeit der Humanität gewesen sei; in einer Demokratie sei der Ausdruck Notwehr natürlich »etwas übertrieben«, und er bäte Horn, doch diesen Ausdruck tunlichst zu vermeiden. Den Ausdruck »natürlich« zu rügen, könne er sich nicht entschließen; eine Stellungnahme dazu setzte eine eingehende Definition dessen voraus, was als Natur des Menschen zu bezeichnen sei; keinesfalls könne irgendein Staatsbürger irgendeines Staates in der Welt die Steuergesetzgebung und deren Folgen als »natürlich« empfinden; ein Mensch mit den Erfahrungen des Zeugen Horn, dessen Redlichkeit bekannt sei, der deretwegen sogar schon Spott und Verfolgung habe ertragen müssen, sei durchaus berechtigt, die Handlungsweise des Angeklagten als »natürlich« zu bezeichnen. Recht und Gesetz richteten sich ja sogar in ihrer Intention *gegen* die unterstellte Natur des Menschen, und es könne nicht erwartet werden, daß jeder Staatsbürger alle gegen ihn ergriffenen Maßnahmen als »natürlich« empfinde oder betrachte. Stollfuss, der in einen etwas schläfrig vorgetragenen Sermon zu verfallen drohte, wurde hier durch ein heftiges Räuspern des Verteidigers aufgeweckt. Dieses Zeichen hatten die beiden privat für solche Fälle abgemacht. Stollfuss brach mitten im Satz ab und fragte Horn, ob denn ein Mann von Gruhls Fähigkeiten nicht gut und gerne sein Geld verdienen könne, ohne in Schwierigkeiten zu geraten. Horn gab zu, doch, das sei möglich, setze aber fast – so wie die Dinge heute nun einmal stünden –, er betone das fast, schon eine volkswirtschaftliche Vorbildung, zumindest ein solches Bewußtsein voraus; diese volkswirtschaftliche Unterweisung, eine Bildung des volkswirtschaftlichen Bewußtseins und eine Einweisung in alle nur möglichen Tricks, das strebe die Innung nicht nur an, sie biete es ihren Mitgliedern in Kursen und Rundschreiben, aber Gruhl habe nie an diesen Kursen, Vorträgen teilgenommen und die Rundschreiben nie gelesen; er habe – und das sei verständlich, denn seine Lage sei schon derart gewesen, daß Unterweisung wenig würde genützt haben – den Kopf in den Sand gesteckt, habe angefangen, Einnahmen, erhebliche Einnahmen, nicht zu buchen, das sei bei verschiedenen Betriebsprüfungen herausgekommen, habe hohe Steuerstrafen zur Folge gehabt. In solchen Fällen – es gebe deren mehr, als man denke, auch in anderen Berufszweigen – bliebe dem Betroffenen gar nichts anderes übrig als »in die Industrie zu gehen und sich bis an sein seliges Ende pfänden zu lassen«, und gerade dieses »in die Industrie gehen« habe Gruhl abgelehnt; sogar eine gutbezahlte Stellung als Leiter der Tischlerei eines bekannten Hauses für Innenausstattungen habe er abgelehnt mit dem Hinweis, er sei ein freier Mann und wolle ein solcher bleiben. Gefragt, ob denn die Katastrophe nicht vermeidbar gewesen sei, sagte Horn: »Vermeidbar schon, Herr Amtsgerichtsdirektor, doch wenn Sie einmal so drinhängen wie der Johann Gruhl, dann nützt Ihnen diese Erkenntnis nichts mehr. Sie kommen einfach nicht mehr heraus, bedenken Sie allein die Unkosten, die durch die Pfändungen entstehen, durch die Zinsen, Gebühren und Sporteln – das bringt Sie einfach um.« Der Vorsitzende verbat es sich höflich, mit einem leisen Lächeln, in diesem Zusammenhang mit »Sie« angeredet zu werden.

Der Staatsanwalt, nicht ohne bittere Ironie und Gekränktheit, sagte, er bäte doch darum »mit jener Demut, die mir hier als Vertreter des Staates nahegelegt wird«, den Zeugen Horn in der ergreifenden Schilderung der Märtyrerlaufbahn des Angeklagten Gruhl unterbrechen und ein paar Fragen stellen zu dürfen. Er wolle darauf verzichten, die Bezeichnung »alle möglichen Tricks«, mit denen die Steuergesetze zu einer Art Taschenspieleranweisung erniedrigt, ja, diffamiert würden, er verzichte darauf, diese Bezeichnung für eine Rüge anzumelden, fragen wolle er den Zeugen Horn nur, ob er von den Buchführungsvergehen des Angeklagten gewußt habe, bevor diese entdeckt worden seien. Horn gab ohne Zögern zu, ja, er habe davon gewußt, Gruhl habe zu ihm volles Vertrauen gehabt und ihm alles erzählt. Wieso denn er, der Zeuge Horn, sich nicht getrieben gesehen habe, das der Behörde mitzuteilen. Horn, dem es gelang, seinen Zorn zu unterdrücken, sagte, er sei als Obermeister der Innung kein Spitzel des Finanzamtes, er sei nicht nur kein Spitzel des Finanzamtes, sondern »überhaupt kein Spitzel«; der Herr Staatsanwalt möge sich, wenn es ihm erlaubt sei, darauf hinzuweisen, sich klar darüber werden, daß eine Innung ein Interessenverband von Kollegen sei. Er habe Gruhl ermahnt, ihm sogar geraten, seine Angelegenheiten in Ordnung zu bringen, er sei schon so weit gewesen, beim Finanzamt ein Stornierungsabkommen zu erzielen, damit sein Kollege Gruhl wieder Boden unter die Füße und Lust zum Arbeiten bekommen könne, und es habe so ausgesehen, als würde das Finanzamt Entgegenkommen zeigen, aber gerade da habe sich Gruhls Lage durch die Einberufung seines Sohnes, der eine gute Stütze gewesen sei, verschlimmert. Gruhl habe nur noch gerade so viel gearbeitet, wie nötig war, um sein Haus in Huskirchen vor der Zwangsversteigerung zu bewahren, seine Stromrechnung und die notwendigsten Materialien bezahlen zu können. Gruhl habe seitdem auf ihn einen resignierten Eindruck gemacht, und eins möchte er noch einmal ausdrücklich betonen: ein Spitzel sei er nicht, er sei auch nicht zum Spitzel geboren. Vom Vorsitzenden aufgefordert, das Wort Spitzel im Zusammenhang mit der vom Staatsanwalt gestellten Frage zurückzunehmen, weigerte sich Horn; er habe die Aufforderung, einen Kollegen zu bespitzeln, zu deutlich herausgehört. Noch einmal ermahnt, dann freundschaftlich aufgefordert, sich doch nicht in Schwierigkeiten zu bringen und das Wort zurückzunehmen, sagte Horn nein, er habe im Laufe seines Lebens – vor 33, nach 33 und nach 45 – insgesamt mehr als drei Dutzend Verhöre mitgemacht, er weigere sich, das Wort Spitzel zurückzunehmen. Er wurde auf der Stelle zu einer Ordnungsstrafe von fünfzig Mark zugunsten der Staatskasse verurteilt, gefragt, ob er das Urteil annehme, antwortete er, wenn es so teuer sei, die Wahrheit zu sagen, wolle er diese Summe gern zahlen, lieber sei ihm allerdings, wenn er sie der Arbeiterwohlfahrt zahlen dürfte. Stollfuss wurde schärfer, als er Horn aufforderte, diese neuerliche Beleidigung des Gerichts zurückzunehmen. Da dieser sich durch eigensinniges Kopfschütteln weigerte, wurde er zu einer zweiten Ordnungsstrafe von fünfundsiebzig Mark zugunsten der Staatskasse verurteilt. Er wurde nicht mehr gefragt, ob er das Urteil annehme, der Vorsitzende beraumte eine Mittagspause von eineinhalb Stunden an und sagte, der Zeuge Horn sei entlassen.

2

Bergnolte, der schlanke, unauffällig, jedoch gediegen gekleidete Herr mittleren Alters, der als stiller Beobachter im Saal saß, hatte schon zehn Minuten bevor der Vorsitzende die Mittagspause anberaumte unauffällig den Saal verlassen. Sobald er den Schulhof betreten hatte, beschleunigte er seinen Schritt, wurde nach einem Blick auf seine Armbanduhr noch eiliger und fiel, bis er die nächstgelegene öffentliche Telefonzelle am Ostchor der Birglarer Pfarrkirche erreichte, in einen überraschend stilvollen Laufschritt, der ihn als Nach-Feierabend-Leichtathleten ausgewiesen hätte. In der Telefonzelle, nicht außer Atem, doch eilig, stülpte er kurzerhand sein schwarzes Portemonnaie auf dem kleinen Pult um, einige Münzen prallten am Telefonbuch ab, rollten auf den Boden, von dem er sie aufhob. Nach einigem Zögern entschloß er sich, zunächst Groschenstücke einzuwerfen, Münzen höheren Wertes aber bereitzuhalten; er steckte also die sieben einzelnen Groschenstücke, die er herausgesucht hatte, einzeln in den für diesen Münzwert vorgesehenen Schlitz, beobachtete mit einer gewissen Wehmut, wie seine Groschen sich in der schräg verlaufenden Rinne im Inneren des Apparats hintereinander versammelten; dieser Vorgang erinnerte ihn an einen ähnlichen Vorgang in jenen Spielautomaten, die »Bajazzo« geheißen hatten und an denen er in seiner Jugend so manches Mal (verbotenerweise, denn sie befanden sich meistens in Kneipen, die zu betreten ihm untersagt gewesen war) gespielt hatte; er warf zwei Groschen, die durchgefallen waren – lächelte, als er das Wort Durchfallen dachte –, noch einmal ein, diesmal mit Erfolg, wählte vier Vorwahlziffern, dann sechs weitere, suchte, während er auf die Stimme von Grellbers Sekretärin wartete, die größeren Münzen mit der rechten Hand zusammen, steckte sie in sein offen daliegendes Portemonnaie zurück, tat dasselbe mit den Fünf-Pfennig-Stücken, fing an, die verbleibenden brauchbaren Münzen, Fünfzig-Pfennig- und Eine-Mark-Stücke aufzuhäufeln, als sich endlich die erwartete Jungmädchenstimme meldete. »Hallo«, sagte er rasch, fast mit Verschwörereile, »hier Bergnolte«; das Mädchen stöpselte durch, wobei ihr »Moment« zu einem schmerzlichen Laut, von dem nur ein »Mo« hörbar wurde, verstümmelt zu Bergnolte drang; es meldete sich eine Männerstimme mit Grellber und wischte die mürrische Amtlichkeit weg, sobald Bergnolte erneut seinen Namen genannt hatte. »Schießen Sie los!«

»Also«, sagte Bergnolte, »es läuft ein wenig langsam, aber gut, womit ich meine, in Ihrem Sinne.«

»Der doch auch, wie ich hoffe, der Ihre ist.«

»Das ist vorausgesetzt. Keine Presse, das übliche Lokalkolorit, das dem guten Stollfuss sowohl Spaß wie zu schaffen macht; im großen ganzen: keine Gefahr!«

»Und der Neue?«

»Ein bißchen eifrig, verwirrt auch, weil ortsfremd – hin und wieder töricht –, er könnte einen kleinen, höflichen Dämpfer vertragen. Nicht weil er sachlich Unrecht hätte, sondern weil er, was ja vermieden werden muß, zu viele politische, ich meine: staatsrechtliche Momente ins Spiel bringt.«

»Und Hermes?«

»Ausgezeichnet. Er verbirgt die unvermeidliche Advokatendemagogie geschickt unter seiner rheinischen Aussprache und einer permanenten Reverenz vor Stollfuss und den Zeugen. Verrennt sich gelegentlich in Spitzfindigkeiten. Der Unterschied zwischen a und ä wird seine Mandanten kaum retten.«

»Was meinen Sie damit?«

»Eine Arabeske, die ich Ihnen am Abend erklären werde.«

»Was denken Sie – soll ich Stollfuss…?«

»Nur ein wenig zur Eile antreiben – vorsichtig. Er ist ja doch großartig – aber wenn er die verbleibenden elf Zeugen so lange reden läßt, braucht er noch vier Tage.«

»Gut – bleiben Sie bitte, heute abend mehr.«

»Wie läuft die Schewen-Sache?«

»Oh, nichts Neues – er gesteht mit Wollust, wie die Gruhls.«

»Ihr Geständnis enthält keine Wollust.«

»Was denn?«

»Oh, eine geradezu atemberaubende Gleichgültigkeit.«

»Schön – erzählen Sie heute abend – auf Wiedersehen.«

»Auf Wiedersehen.«

Bergnolte schaufelte den Rest seines Kleingeldes über den Rand des Pults hinweg in sein Portemonnaie zurück, erschrak, als in dem Augenblick, da er den Hörer einhängte, zwei von seinen sieben Groschen mit erheblichem Geräusch aus der Schrägrille in die Geldklappe zurückrasselten, nahm auch diese zwei heraus, verließ die Zelle, ging langsam um die Kirche herum auf die Hauptstraße von Birglar zu, wo er nach kurzem Suchen das ihm empfohlene beste Haus am Platze, das Gasthaus zu den Duhr-Terrassen entdeckte. Er verspürte redlichen Appetit, der durch die Aussicht auf ein Spesenkontoessen, wie es ihm selten vergönnt war, noch erhöht wurde. In der Hoffnung auf einen sonnigen Herbst waren einige weiße Tische draußen auf der Terrasse über der Duhr stehengelassen worden; die Tische waren mit frühen Herbstblättern bedeckt, die ein zäher Regen festgeklebt hatte. Bergnolte war der erste Mittagsgast; in der stillen, dunkel getäfelten Gaststube verbreitete ein altmodischer Ofen wohlige Wärme, die ihm als Zeichen traditionsbewußter Gastlichkeit erschien. Von den etwa zwanzig Tischen waren fünfzehn fürs Mittagessen gedeckt; auf jedem Tisch stand in einer schlanken Vase eine frischgepflückte Rose. Nachdem er Mantel, Hut und Schal abgelegt hatte, ging Bergnolte händereibend auf einen Fenstertisch zu, der Ausblick auf die Duhr bot, einen kleinen Fluß, den Bach zu nennen als Beleidigung galt, der zwischen herbstlich müden, nassen Wiesen auf ein weiter entferntes Kraftwerk zuströmte; die Duhr führte Hochwasser; hier, in der Ebene, war ihre Wildheit verausgabt, war sie nur noch breit und gelb. Bergnolte streichelte eine rötliche Katze, die auf einem Schemel neben dem Ofen schlief, nahm einen der Buchenklötze hoch, die neben dem Ofen gestapelt waren, und roch daran. In dieser Pose wurde er vom Wirt überrascht, einem behäbigen Fünfziger, der im Hereinkommen seinen Rock, indem er energisch an den Revers zog, straff über die Schulter zum Sitzen brachte. Bergnolte, der fast zusammengezuckt war, entschloß sich, den Holzkloben mutig in der Hand zu halten, sein Schnüffeln daran wirkte jetzt schon nicht mehr so überzeugend. »Ja«, sagte der Wirt, der seinen Rock zugeknöpft und seine Zigarre wieder aufgenommen hatte, »das ist Natur.« »Ja, ja«, sagte Bergnolte, der froh war, den Kloben wieder hinlegen zu können, um endlich zu seinem Tisch zu kommen. Der Wirt brachte ihm die Speisekarte hinterdrein, Bergnolte bestellte ein Glas Bier, zog sein Notizbuch heraus und notierte »Dienstfahrt nach Birglar: Rückfahrt (I.Kl.) 6,60. Taxi Bahnh.-Ger. 2,30 DM – Telefon…« hier zögerte er, sowohl amüsiert wie bestürzt über den inneren Schweinehund, der ihm einflüsterte, anstatt 0,50 – 1,30 hinzuschreiben; schon beim Hinschreiben der Taxikosten hatte dieser innere Schweinehund ihm zugeflüstert, anstatt 2,30 – 3,20 hinzuschreiben, gleichzeitig aber hatte er, dieser selbe innere Mitbewohner, zu bedenken gegeben, daß die Taxifahrt sehr leicht zu kontrollieren wäre, da die Distanz Bahnhof-Amtsgericht ja einigermaßen festliege (am Morgen, als der Taxifahrer, um eine Quittung gebeten, ihm anbot, fünf, sechs, wenn er wolle, acht Mark hinzuschreiben, war Bergnolte errötet und hatte um korrekte Angaben gebeten, ein-

schließlich des Trinkgeldes, das er auf einen Groschen bemaß);
die Telefongebühren, flüsterte jener unsichtbare Mitbewohner
seiner Seele, seien ja schlechthin nicht zu kontrollieren, da ja
kaum anzunehmen war, Fräulein Kunrats, Grellbers Sekretärin,
habe mit einer Stoppuhr die Dauer des Gesprächs gemessen.
Kopfschüttelnd, von der menschlichen Schwäche so betroffen wie
über sie amüsiert, schrieb er die wahre Summe 0,50 DM, schrieb
dann die Positionen »Mittagessen«, »Trinkgelder« und »Sonsti-
ges« untereinander. Das Studium der Speisekarte endete, wie er
bereits vorher gewußt hatte, zugunsten jenes unheilbaren Bruders Leichtfuß, der sich ebenfalls in ihm verbarg, jenes zweiten
Mitbewohners seiner Seele, dessen Auftauchen er immer fröhlich begrüßte. Da sich außerdem als Nachspeise für das teuerste
Menü – es wurden deren vier im Preis zwischen 4,60 (rheinischer
Sauerbraten) und 8,50 (Kalbsmedaillons mit Spargel, Ananas
und Pommes frites) angeboten – eine seiner Lieblingsspeisen anbot: Schokoladenparfait mit frischer Sahne, ergab er sich seufzend den Einflüsterungen des Bruders Leichtsinn. Er spitzte die
Ohren, als er hinter der Theke die Namen »Hännchen« und
»Schorch«, ausgesprochen von einer jungen Dame, hörte, deren
große sanfte graue Augen ihm so bemerkenswert erschienen wie
ihre schlanken Hände, mit denen sie einen großen, vierstöckigen
Essenträger, der auch als Tortenträger hätte dienen können, fast
zärtlich streichelte. Nicht eigentlich mürrisch, nicht einmal un-
gehalten, nur mit einer Spur Verärgerung in der Stimme sagte
der Wirt gerade zu der jungen Dame in einem mit dem zungenschweren Dialekt der Landschaft untermischten Halbdeutsch:
»Wie oft soll ich dir denn noch sagen, dat Hännchen trink kein
Milch im Kaffee – nur der Schorch, aber du hass ja nur den
Schorch im Kopf.« Offenbar spielte er damit auf den Inhalt einer
hübschen, rot-schwarz gemusterten Thermosflasche an, in die er
hineinblickte, an der er dann kurz roch, bevor er sie zuschraubte.
»Da«, sagte er, griff unter die Theke und holte eine schlanke,
teuer wirkende Zigarre hervor, aus einer unsichtbaren Kiste, die
nur für den Eigengebrauch dort zu stehen schien, denn andere
Zigarren standen in reichlicher Auswahl in der Glasvitrine. »Gib
die dem Hännchen«, sagte er. Er umwickelte die Zigarre sorg-
fältig mit einer Papierserviette, schob sie in eine Blechhülse, diese
in des Mädchens Manteltasche und sagte: »Bring aber die Hülse
wieder mit.«

Unwillkürlich blickte Bergnolte auf das Mobiliar der Gaststube, dessen überraschende Schönheit ihm jetzt erst aufging.

Die Füllungen der Paneele waren dezent aus dem Holz herausgearbeitet, durch zarte Beizvarianten voneinander unterschieden; an einem Wandstück, das kaum ein Zwanzigstel der gesamten Fläche darstellte, waren um eine große Tafel herum, aus der eine Ernteszene herausgearbeitet war, Tee-, Kaffee- und Kakaosträucher in verschiedenen Blüte- und Reifestadien dargestellt – in einem anderen Feld Kamille und Pfefferminz, Schafgarbe und Lindenblüte. Zwischen den Paneelen schlanke Kirschbaumschränke, flach, hellbraun mit rötlichem Schimmer. Der Wirt brachte das Bier, setzte es vor Bergnolte hin, folgte dessen Blick, schürzte anerkennend die Lippen und sagte: »Ja, das würde manches Museum gern haben.« Als Bergnolte fragte: »Aber das ist doch keine alte Arbeit, sondern neu – wer macht denn heutzutage so etwas noch?«, antwortete der Wirt dunkel: »Ja, für die Adresse würde manch einer was springen lassen.« Dann fragte er Bergnolte, ob er als Suppe Consommé oder Spargelcreme wünsche, Bergnolte bat um Consommé und überlegte, während er einen tiefen Schluck Bier trank, ob seine Frage vielleicht zu plump gewirkt habe. (Später in der Küche sagte der Wirt zu seiner Frau, die auf Grund der plötzlichen Mitteilung ihrer Tochter, daß sie sich dem jungen Gruhl »hingegeben und von ihm empfangen« habe, fassungslos war: »Wenn einer vom Gericht ist, das riech' ich doch.«)

Im Zeugenzimmer war die Stimmung in der ersten Stunde recht gespannt gewesen; der Feldwebel und der Gefreite der Bundeswehr, obwohl durch heftiges Kopfschütteln ihres Vorgesetzten eindringlich gemahnt, hatten sich sofort an die Seiffert herangemacht, ihr einen Stuhl gesichert, mit ihr eine Unterhaltung über die gerade herrschenden Modetänze begonnen; als sich herausstellte, daß die Seiffert keine sehr begeisterte Tänzerin war, war der Feldwebel, hierbei von dem Gefreiten unterstützt, auf das Gesprächsthema Drinks übergeschwenkt; der Gefreite sagte, er zöge Bloody Mary mit einem Schuß Wodka allen anderen vor; die Seiffert, mürrisch, der frühen Morgenstunde wegen unausgeschlafen, hatte ihre Mühe, den Feldwebel mit leiser, immer eindringlicherer Stimme darauf aufmerksam zu machen, sie hasse Männer, die ihr so früh am Morgen auf die Pelle rückten oder an die Kledasche wollten, sie möge überhaupt aufdringliche Männer gar nicht, und als der Feldwebel ihr zuflüsterte, so sähe sie aber gar nicht aus, sagte sie, schon nicht mehr sehr leise: »Der Bäcker mag nicht immer Brötchen, auch wenn er sie geschenkt bekommt«, was der Feldwebel nicht verstand, wohl aber der Gefreite, der nicht ohne Genugtuung spürte, daß er bei der Seiffert – relativ allerdings, denn mürrisch blieb sie auch ihm gegenüber – in Gunst stünde; er gab sich das Air einer Weltläufigkeit, die ihm gut stand, sprach von Gin-Fizz, Manhattans, während der Feldwebel sich in rauher Männlichkeit zu Bier und Korn bekannte, was ihm die Verachtung der Seiffert eintrug, die murmelte, das wahre Liebesgetränk sei Wein. Der Gefreite war ein kleiner schmächtiger Kerl mit Brille, aber einem kräftigen Mund und einer sehr charaktervollen Nase; der Feldwebel, kurznasig und mit einem schwachen Kinn, versuchte vergebens, ihn durch Blicke zu bewegen, die Seiffert ihm zu überlassen, was der Gefreite durch ein unmerkliches Kopfschütteln und ein verächtliches Schürzen seiner Lippen ablehnte. Dem jungen Offizier, beider Vorgesetzter, einem jungen Menschen von etwas kahl wirkender männlicher Schönheit, war diese Gruppierung Bundeswehr – Seiffert offensichtlich peinlich; als das Wort »Wodka« fiel, wurde er sehr ärgerlich. Es mißfiel ihm schon lange, daß Wodka das Modegetränk zu werden schien; ihm schien – wie er auch in einem entsprechenden Schreiben an das Werbefernsehen schon dargetan hatte – hinter dieser Wodkamode und Wodkawerbung schleiche sich eine Verkennung und Verharmlosung der Russen ein, die ihm sogar die in Mode gekommenen Pelzmützen verdächtig mache.

Der alte Pfarrer Kolb aus Huskirchen unterhielt sich leise mit seinen beiden Pfarrkindern, die jüngere, eine Witwe Wermelskirchen, die ältere, Gruhls Schwiegermutter, eine Witwe Leuffen geborene Leuffen; die drei unterhielten sich leise über ein Thema, das keinen der Anwesenden außer ihnen so recht interessieren mochte: welcher Hund in der vergangenen Nacht in Huskirchen gebellt habe; Frau Wermelskirchen meinte, es könne nur Grabels, des Gastwirts Schäferhund »Bello« gewesen sein, während Frau Leuffen auf Berghausens Pudel »Nora« tippte, der Pfarrer aber hartnäckig die These vertrat, es sei Leuffens, des Stellmachers Collie »Pitt« gewesen; er wies gütig darauf hin, daß er in seinem Alter gar manche Nacht schlaflos verbringe, er erkenne alle Hunde von Huskirchen am Gebell, und Leuffens, des Stellmachers Collie »Pitt« sei ein besonders sensibles, sehr intelligentes, eifriges Tier, das bei dem geringsten Geräusch anschlage; er finge schon an zu bellen, wenn er, der Pfarrer, manchmal mitten in der Nacht, um den Pfeifenrauch auszulassen, sein Fenster öffne, Grabels Schäferhund »Bello« dagegen würde nicht einmal wach, wenn er, was oft geschehe, nachts noch, um frische Luft zu schöpfen, einen Spaziergang durch »sein schlafendes Dorf« mache, vom Pfarrhaus bis zur Linde und noch einmal den gleichen Weg hin und zurück; was Berghausens Pudel angehe, so sei der einfach zu bange zu bellen, selbst wenn er wach würde. Am schönsten seien ja immer noch die Geräusche von Kühen in der Nacht: ihr Atem, ihr Husten, ihr Gähnen und selbst jene Geräusche, die bei einem Menschen als unschicklich gelten, wären bei Kühen friedlich, während Hühner…, Hühner wären nur zu ertragen, weil sie Eier legten; schön sei es auch, nachts auf schlafende Vögel zu stoßen; hinter Grabels, nicht des Gastwirts, sondern des Bauern Grabel Scheune auf den Apfelbäumen hockten sie oft, vor allem Tauben, die er aber gar nicht so gern möge. Frau Wermelskirchen, die jüngere der beiden Frauen, eine kräftige Person mit schwarzen Augen, sagte, sie habe noch gar nicht gewußt, daß der Pfarrer nachts spazierengehe, ob sie, Frau Leuffen, das gewußt habe. Frau Leuffen sagte, nein, sie habe es nicht gewußt; man wisse ja doch sehr wenig voneinander, und das sei schade, die Menschen sollten mehr voneinander wissen, auch das Gute, nicht nur das Böse, woraufhin die junge Frau Wermelskirchen errötete; sie genoß zwar einige Sympathien im Dorf, jedoch keinen sehr guten Ruf; sie verstand diese Bemerkung der Leuffen, als was sie gar nicht gemeint war: als Anspielung. Der Pfarrer sagte, er wisse viel Gutes von den Menschen, obwohl er zu allen Zeiten der Nacht im Dorf spazierengehe, auch zu Zeiten, in denen gewöhnlich das weniger Gute vor sich gehe; die Wermelskirchen errötete noch heftiger: der Gedanke, daß der Pfarrer in der Nacht – mit seiner schwarzen Kleidung wie eine schwarze Katze ohne deren weithin sichtbare Augen – im Dorf auf der Lauer liegen oder gelegen haben könnte, schien ihr nicht sehr zu behagen, aber auch des Pfarrers Bemerkung war gar nicht als Anspielung gemeint gewesen; die Wermelskirchen sagte, ein Pfarrer höre doch im Beichtstuhl fast nur das Böse, sie sei erstaunt, daß er so gut von den Menschen denke; der Pfarrer sagte, er denke weder gut noch böse von den Menschen, und was ein Pfarrer im Beichtstuhl an Bösem höre, werde gewöhnlich weit überschätzt; »aber nachts so durchs Dorf zu gehen, wenn alles ruhig ist, nur die Tiere ein wenig unruhig«, nun, er liebe das einfach, und er bekäme Mitleid mit den Menschen, wie gut oder böse sie auch sein möchten; um die Wermelskirchen, der das Rot immer noch um die Ohren stand und in ihren blanken Wangen, zu beruhigen, legte er ihr eine Hand auf den Arm und sagte, er sei ja nicht hartnäckig, aber es sei eben doch Leuffens Collie gewesen; die Wermelskirchen räumte das als möglich ein. Ungeachtet der Anweisung für Pfarrer, in der Öffentlichkeit tunlichst nicht zu rauchen, zog der seine Tabakspfeife aus der Manteltasche, stopfte sie umständlich aus einer grünlichlackierten, ziemlich verkratzten Blechdose, auf der noch zu lesen war »Pfefferminzschokoladentaler«, rauchte kalt an der gestopften Pfeife, schrak zusammen, als der junge Offizier, dem die Gelegenheit, von einer der anwesenden Gruppen ins Gespräch gezogen zu werden, günstig erschien – etwas zu rasch mit einem brennenden Zündholz zur Stelle war, das er, wie alle Nichtraucher, dem Pfarrer zu nah an die Nase hielt; der, erschreckt, auch ein wenig verärgert über den Eifer und die gefährliche Nähe des Zündholzes, blickte ängstlich in die Runde, blies das Zündholz aus, wobei er den jungen Offizier entschuldigend anblickte und sagte: »Verzeihen Sie, ich glaube, bevor Sie kamen, waren wir übereingekommen, nicht zu rauchen.« Sofort erhob sich ein freundliches Protestgemurmel, in das die Seiffert besonders lautstark einstimmte, auch der zu dieser Zeit noch anwesende Horn; ein Gemurmel, aus dem deutlich herauszuhören war, daß man ihn, den Pfarrer, erstens als Pfarrer, zweitens als den weitaus Ältesten im Zimmer als Ausnahme gelten lasse. Der Pfarrer ließ sich überreden unter der Bedingung, daß aber dann dem Alter nach reihum geraucht werden sollte, und er nickte dankbar, als der Oberleutnant, froh, diesmal nicht abgewiesen zu werden, ein zweites Zündholz anbrannte. Gehemmt und mit der meist abrupt wirkenden Vertraulichkeit der Gehemmten fing der Oberleutnant, den der Pfarrer durch eine unnachahmliche Geste, die er mit der Pfeife vollführte, in den Huskirchener Gesprächskreis einbezogen hatte, nun mit überraschend harter Stimme ein Gespräch über den Terminus »Volkssprache« an, der ihm als besonders überraschend in den neuesten Konzilsberichten erscheine. Ob das nicht eine Vulgarisierung einer heiligen Sprache zur Folge haben könnte; die beiden Frauen, die zu diesem Zeitpunkt aus Höflichkeit noch zuhörten, blickten erwartungsvoll ihren Pfarrer an, auf dessen Klugheit sie stolz waren, auch wenn sie ihn nicht immer verstanden oder zu würdigen wußten; der Pfarrer sagte, ob der Offizier je den Ausdruck Vulgata gehört habe; ja? nun, dann wisse er ja, daß das die allgemein verbreitete sei, was man auch als die vulgäre deuten könne; er, der Pfarrer, sei der Meinung, die Volkssprache könne gar nicht vulgär genug sein, er habe schon angefangen, die bekanntesten Sonntagsevangelien in Huskirchener Platt zu übersetzen, das sich schon vom Kireskirchener wesentlich unterscheide. Die beiden Frauen blicken einander stolz an. Der Sieg der Klugheit ihres Pfarrers machte sie stolz. Dem Offizier schien diese Auslegung des Pfarrers nicht recht zu passen, er sagte, er habe mehr an ein strenges hymnisches exklusives Stefan-George-Deutsch gedacht, ja, ein elitäres, er scheue sich nicht das Wort auszusprechen. Das Interesse der Frauen an diesem Thema erlosch an diesem Punkt, auch ihre Höflichkeit erlahmte, sie steckten hinter dem Rücken des Pfarrers, der, um es ihnen bequem zu machen, etwas vorrückte, die Köpfe zusammen und sprachen über ihre Blumengärten, ob man die Dahlien jetzt *schon* oder *noch* aus der Erde nehmen solle, fragte die Leuffen die Wermelskirchen, die als geschickte Gärtnerin bekannt war; *schon* raus sei zu früh, sagte sie, und *noch* ginge es bis kurz vor dem ersten Frost. Das kapiere sie nicht, sagte die Leuffen, obwohl sie schon fünfzig Jahre den Garten habe. Wie sie es immer wieder schaffe, ihre Rosen so lange in Blüte zu halten, fragte die Leuffen, worauf die Wermelskirchen antwortete, sie wisse es selber nicht, wirklich nicht, sie täte gar nichts Besonderes daran, was die Leuffen mit einem verschmitzten Lächeln und einem Augenzwinkern als »zu große Bescheidenheit« abtat, es sei ein Geheimnis, sagte sie, aber sie verstehe sehr gut, daß die Wermelskirchen das Geheimnis nicht preisgebe, sie wisse selbst nicht, ob sie, wenn sie ein solches Geheimnis besäße, es preisgäbe; sie habe nie eine Hand für Blumen gehabt. Die beiden Herren waren jetzt beim Thema Religion und Theologie, die der Pfarrer als zwei völlig voneinander verschiedene Bereiche bezeichnet hatte, wodurch er den Protest des Offiziers hervorrief. In diesem Augenblick wurde die Seiffert mit dem Ruf: »Komm, Sannichen, deine Stunde hat geschlagen« in den Zeugenstand gerufen. Der Feldwebel, dessen männliches Gebaren der Seiffert zuletzt, wie sie es wörtlich nannte, »auf den Wecker gefallen« war, knurrte den Gefreiten jetzt offen an; dieser schlenderte, soweit die drei Schritte, die er machen konnte, das erlaubten, zu der dritten Gesprächsgruppe hinüber, die durch den Wirtschaftsprüfer Dipl. Volkswirt Grähn, den Gerichtsvollzieher Hall, den Finanzoberinspektor Kirffel (Sohn des Polizeiwachtmeisters) und den zu diesem Zeitpunkt noch anwesenden Obermeister Horn und den Reisevertreter Erbel gebildet wurde. Die fünf, die offensichtlich über Gruhl sprachen, waren gerade bei einem Thema, das von dem derzeitigen Wortführer der Gruppe, Grähn, mit »Strukturwandel im Handwerk« umrissen worden war. Der Pfarrer verkündete, er habe seine Pfeife »angesichts des langen Fastens mit unverzeihlicher Hast« schon zu Ende geraucht, Horn sei der nächste, aber der sei ja jetzt Nichtraucher, womit nach seiner bescheidenen Kenntnis des Alters der Anwesenden das Los zu rauchen auf Hall falle, denn die zweitälteste nach Horn, Frau Leuffen, rauche ebenfalls nicht. Hall nahm das Los erfreut an und steckte sich eine Zigarette in den Mund. Die beiden Frauen standen auf, flüsterten an der Tür mit Justizwachtmeister Sterck, verschwanden dann kichernd in den Tiefen des Flures, der den älteren der anwesenden Zeugen – Hall, Kirffel und Horn – noch aus ihrer Schulzeit in Erinnerung war. Die drei wechselten rasch das Thema, wodurch sie Grähn und Erbel, die jung und ortsfremd waren, vorübergehend ausschalteten, bis sie über Schulerinnerungen wieder an ein Thema gerieten, das auch Grähns Mitsprache erlaubte: die Wirtschaftskrise der zwanziger Jahre.

Als kurz danach Erbel und Horn aufgerufen wurden, fragte der Gefreite, der in Grähn den Fachmann erkannt hatte, ob im Kreise Birglar die Kreditlabilität der kleinen und mittleren Betriebe auch so groß wie in seiner Heimat sei; er stamme aus dem Bergischen, sein Vater sei dort bei einer Bank. Grähn nahm das Thema gern auf, während Hall und Kirffel es vorgezogen hätten, endlich, nachdem Horn aufgerufen war, mit Grähn den »Tenor« ihrer Aussage über Gruhl abstimmen zu können. Sie betrachteten den Gefreiten, der Worte wie Schwankungsfaktor und revolvierende Kreditpolitik so gelassen aussprach wie soeben vor der Seiffert »Bloody Mary« und »Manhattan«, mit unverhohlenem Mißbehagen, trennten sich dann von den beiden und eröffneten eine eigene Gruppe, indem sie sich zunächst ans Fenster stellten und flüsternd ausmachten, »weder den Johann noch Birglar in den Dreck zu zerren«.

Als kurz nach der Seiffert Erbel und Horn aufgerufen wurden, ging ein erleichtertes Seufzen durch die verschiedenen Gruppen, besonders der Feldwebel, der von seinem Vorgesetzten durch eindringliche Blicke aufgefordert worden war, sich in die Fensternische zu stellen, atmete auf. Die moralischen Vorstellungen des Oberleutnants, der in der Garnison als der fromme Robert bezeichnet wurde, waren ihm recht unangenehm. Als dann aber Horns Vernehmung sich als ausgedehnt erwies, die Frage an den Justizwachtmeister Sterck, ob man nicht die Reihenfolge der Zeugenaufrufe herausbekommen, sobald man dies erfahren, abwechselnd einen Kaffee trinken könne, als diese Frage von Sterck abschlägig beschieden wurde, weil ja das Nichtbekanntgeben der Reihenfolge Absprachen verhindern sollte, schlug Grähn, der sich schon in der »Vereinigung akademischer Volkswirte« einen Ruf als Unterhalter erworben hatte, irgendein Rate-, notfalls Pfänderspiel vor; er sei sogar bereit, sagte er grinsend, und er bäte alle anwesenden unkonfessionell Erzogenen um Entschuldigung, sich dem Pfarrer zu einer Fragestunde über Katechismus zu stellen, woraufhin der Pfarrer sagte, er habe den Katechismus nie im Kopf gehabt, auch nie in den Kopf »hineinbekommen«; die alte Frau Leuffen bezeichnete diesen Spielvorschlag als »zu weit gehend«; sie wurde durch ein heftiges Kopfnicken des Oberleutnants bestärkt. Nach dieser kurzen, anarchisch anmutenden Unterbrechung gruppierten sich die Zeugen neu: der Feldwebel, der Gefreite und Gerichtsvollzieher Hall fingen an, auf der hölzernen Fensterbank Skat zu spielen; Grähn schaute zu; der Oberleutnant, der Kartenspiel grundsätzlich mißbilligte, bei einer solchen Gelegenheit und schon gar nicht öffentlich nicht den Vorgesetzten herauskehren wollte, schlug sich wieder zum Pfarrer, der mit Kirffel, der in seiner Pfarre das Amt eines Ehrenrendanten ausübte, eine Unterhaltung über den Stand seiner Pfarrfinanzen führen wollte; besonders über die ihm zur Last gelegte Zweckentfremdung von Geldern, die für eine Glocke gesammelt, zum größten Teil aber dazu verwendet worden waren, den Umzug einer gewissen Fiene Schurz zu finanzieren, die vor sechs Jahren in die nahe gelegene Großstadt gezogen war, dort jenen Schurz geheiratet hatte, der sie nach der Zeugung des vierten Kindes im Stich ließ; diese Fiene Schurz, eine geborene Kirffel, war daraufhin einer in ihr verborgenen leichtfertigen Ader erlegen, die sich erst gezeigt hatte, nachdem sie, um ihre Kinder vor der schlimmsten Not zu bewahren, begonnen hatte, als Kellnerin in einem Nachtlokal sich etwas Geld zu verdienen; kurz: sie hatte nach Huskirchen ins elterliche Haus zurückgeholt werden müssen, weil sie von ihrem Arbeitgeber, einem unverantwortlichen Kerl namens Keller, verleitet worden war, in dem Lokal, wo sie kellnerte, »ein bißchen zu strippen«; der Pfarrer, der hier Vertrauliches besprach, empfand das Hinzutreten des Oberleutnants als nicht »geradezu aufdringlich«, wie er später bekannte, »doch dieser Junge hatte eine merkwürdige Art, penetrant zu sein«. Jedenfalls: der Pfarrer hatte also die Glockengelder zweckentfremdet, um der Schurz den Umzug ins heimatliche Huskirchen zu ermöglichen (vergebens, wie er jetzt bereits einzusehen begann, aber noch nicht zuzugeben bereit war, denn die

Schurz, ihre Kinder im Schutz ihrer Mutter wissend, fuhr all-
abendlich mit dem Schnellzug in die nahe gelegene Großstadt,
um, wie sich herausstellte, »nicht mehr nur zu strippen«). Hier
entstand durch die voreilige Intervention des Oberleutnants ein
kleines, fast komisches Mißverständnis, an dem auch Kirffel
nicht unschuldig war. Er, der Oberleutnant, ein, wie er selbst
sagte, »leidenschaftlicher Nachrichtenmann«, kannte den Ausdruck »strippen« nur als Variation von Strippenziehen, einem
jedem Nachrichtensoldaten geläufigen Ausdruck; in der gleichen
Bedeutung und nur in dieser kannte ihn auch der harmlose
Kirffel II, und beide, Kirffel und der Oberleutnant, verharrten
eine Zeitlang in der Vorstellung, die Schurz sei bei einer privaten
Telefongesellschaft mit nächtlichem Kabellegen beschäftigt:
eine befremdliche Vorstellung, zumal ihnen die Nachtarbeit an
der Sache nicht einleuchtete. Dem Oberleutnant kam gleich der
Verdacht, es handele sich um Nachrichtenarbeit für eine »fremde
Macht«, dem Kirffel schwirrte ohnehin der Kopf, hauptsächlich
seiner bevorstehenden Aussage in der Sache Gruhl wegen, aber
auch, weil der Pfarrer sich durch die Zweckentfremdung der
Glockengelder in eine Schwierigkeit gebracht hatte, deren Aus-
maß er selbst noch nicht ahnte; schließlich wurde dem alten
Pfarrer, der nicht begriff, warum die beiden Herren ständig von
Telefon sprachen, die Sache zu dumm und er sagte: »Aber meine
Herren, sie ist doch kein Call-Girl, sondern sie strippt ja nur.«
Mit jenem Sarkasmus, der ihn zum beliebten Gast in allen Pfarr-
häusern machte, fügte er hinzu: »Ich traue ihr schon zu, daß sie
auf die Dauer beides tut: strippen und sich als girl callen lassen.«
Vollends verwirrt blickten Kirffel II und der Oberleutnant den
Pfarrer nun an; zwischen beiden begann sich eine Art Zuneigung
anzubahnen, da sie beide das kaltschnäuzig ausgesprochene »Call-
Girl« aus dem Munde eines Pfarrers doch für recht merkwürdig
hielten, ihnen beiden auch der Hintersinn von »strippen« in
einem offenbar unmoralischen Zusammenhang noch nicht ganz
aufging. Er sehe, sagte der Pfarrer, dessen Stimme alles Scherz-
hafte verloren hatte, zum Oberleutnant, wie wichtig es sei, das
vulgäre Vokabular zu kennen; im übrigen, fügte er hinzu, habe
er inzwischen erfahren, daß die Schurz, deren moralische Zukunft ihm sehr naheginge, in der nahe gelegenen Großstadt dieser verwerflichen Beschäftigung in einem Lokal nachgehe, in
dem es »von Bundeswehrmenschen und CDU/CSU-Abgeordne-
ten wimmele«, die sich nicht entblödeten, »anderswo sich als
Hüter der christlichen Moral aufzuspielen.« Mit einer gewissen

Gereiztheit antwortete der Oberleutnant, man könne und dürfe solche »Einzelbeobachtungen« nicht verallgemeinern. Der größere Teil der Bundeswehroffiziere sei intakt und dringe auf Sauberkeit, leider – wie er mit einem Blick auf den Stuhl, auf dem die Seiffert gesessen hatte, jetzt Witwe Wermelskirchen saß, bemerkte – leider nicht immer mit Erfolg, da Moral noch nicht zu den befehlbaren oder im Befehlsbereich liegenden Punkten gehöre. Der Pfarrer blickte ihn ernst an und sagte: »Aus Ihrem Holz werden anderswo die besten Kommunisten geschnitzt«, eine Bemerkung, die den Oberleutnant nicht, wie erwartet, zum Widerspruch, sondern zur Nachdenklichkeit anzuregen schien.

Über den Fall Schurz unterhielten sich, noch leiser flüsternd als die drei Herren, auch die Wermelskirchen und die Leuffen, wobei überraschenderweise die junge Wermelskirchen weitaus härter über die Schurz urteilte als die alte Leuffen, die die Hauptschuld dem davongelaufenen Schurz gab, während die Wermelskirchen, zugebend, daß sie selbst eine »sinnliche und manchmal leichtfertige Person« sei, die himmelschreiende Verdorbenheit der Schurz darin erblickte, »irgend etwas dieser Art für Geld zu tun«. Dem widersprach die Leuffen, sie sagte, Frauen, die »irgend etwas dieser Art für Geld« täten, seien eigentlich weniger gefährlich, da sie ja die Männer nur »abfertigen«, während Frauen, die kein Geld nähmen, schlimmer seien, sie »verstrickten die Männer«; die Wermelskirchen, die alles gleich persönlich nahm, sagte, sie habe noch keinen Mann verstrickt – sie habe jedem seine Freiheit gelassen. Doch an diesem Punkt, wo in allen drei Gruppen die Gereiztheit nahe bis an den Zündpunkt gestiegen war – auch bei der Skatspielergruppe, wo der Gefreite in einer wahren Glückssträhne einen Grand nach dem anderen auf die Fensterbank kloppte, während der Feldwebel dazu erniedrigt wurde, sogar noch einen Null zu verlieren –, an diesem Punkt riß der Justizwachtmeister Sterck die Tür auf und verkündete die eineinhalbstündige Mittagspause.

Bevor er sich zum Mittagessen in seine Wohnung begab, bat Stollfuss Staatsanwalt und Verteidiger zu einer kurzen Besprechung ins Obergeschoß des Gebäudes, wo er sie auf dem Flur wegen der noch verbleibenden neun Zeugen zu einem verhandlungstechnischen Stehkonvent einlud. Er meinte, ob Hoffnung bestünde, indem man die Zeugen rascher vernähme, keine unsachlichen Fragen mehr stellte, die Verhandlung zu beschleunigen und möglicherweise alle neun noch am Nachmittag zu vernehmen, oder ob es ratsam sei, einige – etwa den alten Pfarrer Kolb und die kaum jüngere Frau Leuffen – für den Nachmittag zu entlassen und auf den morgigen Tag zu bestellen. Nach kurzem Bedenken sagte der Verteidiger, die Vernehmung des Gefreiten, des Feldwebels, der alten Frau Leuffen und des Pfarrers könne er, was ihn beträfe, auf je zehn Minuten beschränken, für den Oberleutnant allerdings, da jener zum eigentlichen Kern der Verhandlung aussagen müsse – also für den brauche er allein wohl eine halbe Stunde, während wiederum Grähn und Kirffel II wohl in je zwanzig Minuten abzufertigen seien, da es sich um fast rein gutachtliche Aussagen handele. So könne, was ihn angehe, die Vernehmung heute noch abgeschlossen, vielleicht morgen plädiert werden – er überschaue allerdings nicht, was die Zeugin Wermelskirchen, die ja von seinem Kollegen geladen sei, an Zeit brauchen werde. Der Staatsanwalt, keineswegs so energisch und stramm, wie er im Saale manchmal erschienen war, sondern jovial, meinte, er brauche die Wermelskirchen höchstens zehn Minuten, ob der verehrte Kollege nicht die Vernehmung des Oberleutnants verkürzen könne, denn dessen Einvernahme bedeute ja eine doch eigentlich überflüssige Politisierung des Falles, der ja eigentlich als abgeschlossen gelten könne, woraufhin der Verteidiger sagte, nicht er, sondern der verehrte Kollege politisiere den Fall, dessen »geistiges Volumen doch im Grunde kaum über Schmuggler- und Wilderer-Mentalität hinausginge«, wobei ihm übrigens einfiel, daß er für den Nachmittag noch einen Zeugen, einen Kunsthändler namens Motrik aus der nahe gelegenen Großstadt geladen habe. Auch sei ja noch als Gutachter für den späten Nachmittag der Kunstprofessor Büren geladen. »Also gut«, sagte der Vorsitzende ungeduldig, »schicken wir keinen nach Hause, kommen aber, wenn Sie gestatten, den älteren Herrschaften etwas entgegen, indem wir sie als erste drannehmen.« Die beiden jüngeren Juristen halfen ihm in den Mantel, der auf dem Flur an jenem altmodischen Haken hing, an dem einst Oberkläßler ihre Mützen aufgehängt hatten – jeder nahm eine Schulter, um dem alten Herrn in den Mantel zu helfen, der Verteidiger hängte des Richters Robe an den leergewordenen Haken.

Zeugen und Zuschauer verteilten sich nun ihrer sozialen Stellung entsprechend in die zur Verfügung stehenden Birglarer Gasthäuser. Während die Herren oben ihre kurze Beratung abhielten, machte die Hermes sich der Kugl-Egger bekannt, schlug ihr vor, mit ihr schon in die »Duhr-Terrassen« vorzugehen; die schüchterne Kugl-Egger war in Birglar geboren, hatte den Versetzungswunsch ihres Mannes nicht nur gebilligt, sogar mit betrieben wegen eines alten Erbonkels namens Schorf, der sie, »seinen Liebling«, in der Nähe haben wollte. Die Hermes kannte die Hintergründe der Kugl-Eggerschen Versetzung, erkannte auch die Schüchternheit, mit der »Grabels Marlies« – so der Mädchenname der Kugl-Egger – sich auf heimatlichem Boden zu bewegen begann; sogar bayerischen Dialekt sprach diese, sprach mit leiser Stimme von der bayerischen Kleinstadt weit dort hinter den Wäldern, die im Sprachgebrauch des Hermes »dieses Nest östlich Nürnberg« hieß. Mit resoluter Herzlichkeit nahm die Hermes die Kugl-Egger sozusagen im Sturm, hakte sich schon nach fünfzig Schritten bei ihr ein, wußte nach sechzig Schritten, daß auch Kugl-Egger katholisch war (in Bayern gab's, wie ihr verschwommen dämmerte, protestantische Partien!) und begann schon mit rheinischer Mundfertigkeit von ihren Plänen für den Nikolaus-Ball des katholischen Akademikerverbandes zu erzählen, bei dem sie »einen rapiden Einbruch der Modernität zu erzielen« entschlossen sei, vor allem, was die ansonsten dort für tragbar gehaltenen Tänze betraf. Sie plane auch eine »offene Aussprache über sexuelle Probleme, einschließlich der Pille«. Der kaum fünf Minuten währende Weg zu den Duhr-Terrassen war nicht ganz zurückgelegt, da wußte sie schon, wieviel Quadratmeter Wohnfläche die gestern bezogene Wohnung der Kugl-Eggers in Huskirchen umfaßte; daß diese »natürlich« auf den teuersten Anstreicher des Kreises hereingefallen waren, eine zu hohe Miete zahlten, dafür aber – und das schien ihr ausschlaggebend – den nettesten Pastor erwischt hätten, der im ganzen Regierungsbezirk zu haben sei; und natürlich – dieses Thema ergab sich rasch, als die Kugl-Egger erwähnte, wie schwer ihre Kinder es haben würden mit ihrer bayerischen Aussprache –, natürlich könnte man stundenlang, tagelang diskutieren über den Segen und Unsegen von Nonnen in Kindergärten. Die kleinere, auch um wenige Jahre jüngere Kugl-Egger, fühlte sich, wie sie später ihrem Mann gestand, »einerseits überrumpelt, andererseits hingerissen von diesem Tempo«, mit dem sie in das Birglarer katholische Akademikerleben hineingezerrt wurde. Sie hatten die Duhr-Terrassen erreicht, entdeckten Bergnolte, der mit überraschend ältlicher Löffelführung gerade sein Schokoladenparfait verzehrte – da sagte die Hermes, es gäbe noch

»in Birglar manchen Mief zu lüften« und ein Lüftchen Freiheit in »gewisse katholische Ehen« wehen zu lassen.

Es beruhigte die Kugl-Egger ein wenig, daß die Hermes zwei Martini mit Eis bestellte, sie hatte Schärferes befürchtet, obwohl sie gleichzeitig der Hermes' beunruhigende Raschheit in einem merkwürdigen Gegensatz zu deren rundem offenen Blondinengesicht empfand, in dem sie, wie sie feststellte, vergebens nach Bosheit forschte; erleichtert merkte sie auch, daß die Martinis nicht dazu benutzt wurden, ihr ein allzu rasches Du anzuhängen; die Hermes beließ es bei einem Sie und Marlies, indem sie das Glas hob und ein »Auf Ihre glückliche Heimkehr, Marlies«! als Willkommen bot. Die Kugl-Egger, während sie ohne wirklich zu lesen, die Speisekarte las, dachte darüber nach, ob die Hermes nicht jenes als sehr temperamentvoll verschriene blonde Ding gewesen sein müsse, das, als sie die zweite Klasse der Birglarer Schule besucht hatte, in der vierten gewesen war: ein munteres, dickes, ewig lachendes blondes Mädchen, das sie als »irgendwie immer in Äpfel beißend« in Erinnerung behalten hatte. Ihr Vater hatte – wie hieß er doch gleich? – mit Düngemitteln, Kohlen und Saatgut einen nicht immer so ganz legalen schwunghaften Handel getrieben. Nun, all das würde sie wohl spätestens in einer Viertelstunde erfahren haben.

Kurz darauf trafen ein, von der Hermes nicht allzu leise als »liberal fortschrittliche« Gruppe bezeichnet: Dr. Grähn, die Schorf-Kreidel und der Protokollführer Referendar Außem; ein kurzes Winken der Schorf-Kreidel, zwei angedeutete Verbeugungen des Grähn und des Außem, die sich an den Tisch neben Bergnolte setzten, offenbar den Blick auf die lehmigen Fluten der Duhr begehrend, die von der Hermes nicht als Fluß, sondern als ein ausfließender Brei bezeichnet wurde.

Nach der soeben herausgelassenen Pointe eines Witzes kamen Kugl-Egger und Hermes in schallendem Gelächter vereint ins Restaurant; Hermes machte sich der Kugl-Egger als »einer Ihrer allerdings entfernten Vettern« bekannt, durch seine Großmutter mütterlicherseits von den Halls aus Ober-Birglar her, die eine Tante ihres, der Kugl-Eggers, Erbonkels Schorf gewesen sei, durch den sie übrigens auch mit jener Dame dort hinten verwandt sei, die sie bald – wie Hermes mit einem Kichern, das der Schadenfreude nicht ganz ermangelte, feststellte –, die sie bald werde als ihre »liebe Kusine Margot« umarmen müssen oder dürfen, das komme ganz darauf an, wie man mit der eleganten Dame zurechtkomme, deren einziges Leiden darin bestehe, sich zu langweilen und deren sich daraus ergebendes schlechtes Gewissen sich meist falsch oder ungeschickt artikuliere. Der Redefluß des Hermes, dem seiner Frau kaum unterlegen, kam der Kugl-Egger schon »fast französisch« vor. Er habe zwar, sagte Hermes, nichts, nicht das geringste für heimatliche Spezialitäten übrig, aber den rheinischen Sauerbraten könne er empfehlen; alles, was hier auf den Tisch käme, wäre vorzüglich; der Wirtin, Frau Schmitz, gelänge sogar so etwas Primitives wie Kartoffelpuffer, hier Reibekuchen geheißen, ja, sogar der dümmste Eintopf gelänge ihr zur Delikatesse (mit dieser Voraussage fiel Hermes übrigens herein; an diesem Tag, dem ersten, doch nicht einzigen, mißlang der Schmitz fast alles, so sehr hatte die Eröffnung der Tochter Eva – daß sie sich dem jungen Gruhl hingegeben und von ihm empfangen habe – sie in ihrer Natur, Moral und Existenz getroffen, wobei die Vorstellung, daß ihr erstes Enkelkind im Gefängnis gezeugt worden war, ihr den meisten Schrekken bereitete; die falsche Voraussage trug Hermes bei der Kugl-Egger den unwiderruflichen und irreparablen Ruf eines falschen Propheten ein oder – was Hermes als noch peinlicher empfand – eines schlechten Kenners der Kochkunst). Hier gelang der Kugl-Egger der erste Einbruch in den liebenswürdigen flotten Redestrom der Hermes, indem sie einflocht, es sei gar nicht so leicht, einen guten Eintopf schmackhaft zu bereiten, und Reibekuchen, das sei so heikel, sie habe es – sentimental der heimatlichen Genüsse gedenkend – vergebens in dem »Nest östlich Nürnberg« versucht. Sie würde gern wissen, fuhr sie fort, die Bresche benutzend, ob Hermes in dieser merkwürdigen Sache Gruhl wirklich so engagiert sei, wie er tue; sie sei ja die Frau eines beamteten Juristen, der nicht den Ehrgeiz habe, die freie Wildbahn zu betreten, aber...doch schon hatte Hermes die Bresche wieder besetzt und erzählte ihr von den Traditionen seiner Familie: wie sein Vorfahre Hermes, dem alle ihm zustehenden Ur- vorzuhängen ihm lästig sei, den Freiheitsbaum in Birglar mitgepflanzt, Napoleon zwar nicht gemocht habe, aber die Preußen noch weniger, die nichts gebracht hätten als Gendarmen, Gesetze und Steuern.

Inzwischen hatte die Hermes den Kugl-Egger – »ich kann es mir nicht verkneifen« – auf seinen Reinfall mit der Seiffert angesprochen und prophezeite ihm das gleiche mit der Wermelskirchen; Kugl-Egger lachte, gab sich, was die Seiffert betreffe, geschlagen und fügte hinzu, das für ihn Überraschende sei nicht, daß die Seiffert sich in einem kleinen Städtchen wie Birglar aufhalten, sondern daß sie sich halten könne, er meine auch finanziell, wo doch in der nahe gelegenen Großstadt für Personen ihres Gewerbes und deren potentielle Kundschaft so viel und so anonyme Gelegenheit sei. Die Hermes sagte, ihm müsse doch die Guillotinegrenze aus der Rechtsgeschichte bekannt sein; diese falle überein mit der Bordellgrenze, die hinwiederum auch eine Konfessionsgrenze sei, und die Guillotinegrenze, rechtsgeschichtlich gesprochen die Grenze des Code Napoléon, sei noch jünger als die viel ältere »Liebesgrenze«, diesseits derer das technisch Handwerkliche betonter sei wie jenseits dieser Grenze das Emotionelle und Barbarische. Aber was ihr im Augenblick wichtiger erscheine: er könne das, wenn er wolle, als Versuch der Beeinflussung zugunsten der Mandanten ihres Mannes nehmen – aber das sei es nicht: er möge sich die Blamage mit der Wermelskirchen ersparen, jedenfalls diese nicht zur Person, sondern nur zur Sache Gruhl vernehmen. Als Kugl-Egger fragte, ob denn die Wermelskirchen »auch so eine sei«, sagte die Hermes, nein, eben »so eine« sei die nicht, sie sei keine Hure, sondern eine Sünderin, »das ist so eine, die man vor dreihundert Jahren als Hexe verbrannt hätte«, es sei tatsächlich etwas Merkwürdiges an der Wermelskirchen, deren Blumengarten oft noch weit über die Zeit hinaus in voller Blüte stehe; sie sei zwar eine aufgeklärte Person, aber in der Wermelskirchen träte ihr Unerklärliches entgegen, fast als komme der uralte keltische Matronenkult wieder mit ihr hoch. Aber die sei doch gar nicht hübsch, sagte Kugl-Egger, worauf die Hermes lachte und sagte, hübsch seien heutzutage von hundert Frauen und Mädchen dreiundneunzig – darauf käme es nicht an, er, der Staatsanwalt, solle sich einmal die Augen und die Hände der Wermelskirchen anschauen, dann wisse er, was eine Göttin sei; nein, sagte sie, die jetzt mit gutem Appetit ihre Spargelcremesuppe aß, er solle die Finger von der Wermelskirchen lassen, natürlich habe die mit Gruhl sen. ein Verhältnis gehabt – aber was er denn damit erreiche, wenn es herauskäme?

Die Schorf-Kreidel, der des jungen Referendars Außem Art, sich um ihre winzige Halswunde zu kümmern, denn doch ein wenig aufdringlich, »fast erotisch«, wie sie später erzählte, vorkam (er stand mehrere Male auf, stellte sich vor sie und betrachtete kopfschüttelnd die winzige rote Blase, die der Schorf-Kreidel gar nicht mehr wehtat) – die Schorf-Kreidel lenkte das Gespräch auf den Fall Gruhl, den sie als »gespenstisch« bezeichnete. Ja,

sagte Außem, gespenstisch sinnlos, er würde für solche Fälle –
wo doch die Angeklagten geständig seien und gar nicht auf einer
Verhandlung bestünden – Schnellgerichte einführen; die Tat
sei ja nicht eigentlich kriminell, sondern nur gesellschaftlich zu
verstehen, was er persönlich für viel gefährlicher hielte als das
»klar Kriminelle«. Grähn sagte, er könne natürlich nicht seine
Aussage vorwegnehmen, aber »der Gruhl« – das sei einer, den er
fast bewundere; hinter dem verberge sich eine ungeheure Intelligenz. Er verstehe nicht, sagte Außem, wieso nicht wenigstens
Hollweg einen Reporter geschickt habe, um über diesen merkwürdigen Prozeß zu berichten, den er nur als eine hübsche Ab-
schiedsparty für den verehrungswürdigen Stollfuss und den
ebenso verehrungswürdigen Kirffel ansehe. »Im Grunde ist es
ein Betriebsfest«, sagte er, stand dann nervös noch einmal auf,
um mit vieldeutigem Zungenschnalzen den winzigen, streich-
holzkopfgroßen roten Fleck am hübschen Hals der Schorf-Kreidel zu betrachten, von dem er sagte, er werde sie und alle ihre Ver-
ehrer auf ewig an den Prozeß Gruhl erinnern.

Eine Gruppe von Beamten und Sekretärinnen der Kreisverwaltung, die schichtweise in den Duhr-Terrassen ihr Mittagessen einnahmen, brachte Unruhe und die Notwendigkeit, die
Stimmen zu dämpfen. Bergnolte grübelte über einer Tasse Kaffee
darüber nach, ob »Trinkgeld«, spesenrechtlich betrachtet, ein
subjektiver oder objektiver Begriff sei; natürlich, dachte er, objektiv – was er sich eingestehen mußte: daß er die einschlägigen
Vorschriften offenbar nicht kannte; rein abstrakt betrachtet, interessierte ihn die Frage, ob der Staat »Großzügigkeit« bei Trink-
geldern billigen könne; wahrscheinlich war es, wie er seufzend
dachte, eine Rangfrage, und natürlich durfte ein Präsident mehr
Trinkgeld geben als ein Amtsgerichtsrat: in solchen Einzelheiten zeigten sich wohl noch Reste des alten Begriffes der Gnade,
die nur im Zusammenhang mit Macht betrachtet werden konnte,
populär ausgedrückt: je mächtiger, desto gnädiger, großzügiger
durfte einer sein.

Feldwebel Behlau hatte vergebens versucht, in das Nachtlokal
der Seiffert einzudringen, das er in einer Nebenstraße unter der
Bezeichnung »Die rote Latüchte« entdeckte; nachdem er des
öfteren plump gegen die Tür geschlagen, wüst auf die Klingel
gedrückt hatte, öffnete sich im ersten Stock ein Fenster, wo ein
ziemlich grob wirkender Kerl, der ungeniert sein schwarzes
Brusthaar zur Schau stellte, erschien und ihm androhte, wenn er

nicht sofort verschwände, würde er wegen Hausfriedensbruchs verklagt; deutlich war aus der Stimme des Kerls herauszuhören, daß er ein Ausländer, wahrscheinlich ein Amerikaner war; deutlich auch im Hintergrund die Stimme der Seiffert, die von »diesem miesen Kommiß-Freier« sprach. Behlau gab sich geschlagen und kehrte zu einem weniger anrüchigen, auch billigeren Lokal zurück, in das er den Gefreiten Kuttke hatte hineingehen sehen. Das Lokal hieß »Die Bierkanne«, es wurde dort kein regelrechtes Mittagessen gereicht, doch kräftige, sättigende, kurzfristig erstellbare Kost: eine deftige Gulaschsuppe, Kartoffelsalat, Würstchen, Bouillon und Buletten; eine Lastwagenfahrer- und Arbeiterkneipe, in der Musik- und Spielautomaten eine Kurzweil boten, die man in den Duhr-Terrassen vergebens gesucht hätte. Dort fand Behlau den Gefreiten im eifrigen Gespräch mit zwei Lastwagenfahrern an der Theke; denen sowohl imponierend wie heftiges Mißtrauen einflößend, da er über Autotypen, Bremswege, Schmierpläne, Achslasten und Inspektionsfristen so genau Bescheid wußte; der Feldwebel mochte dem Gefreiten verschiedener am Morgen durch ihn erlittener Niederlagen wegen nicht auch über Mittag noch nahe sein, setzte sich auf einen Barhocker in die entgegengesetzte Ecke, bestellte sich drei Mettbrötchen mit Zwiebeln und – für ihn wie für den Wirt, der in ihm sofort den Biertrinker erkannt hatte, überraschenderweise – dazu einen Schoppen Wein; von seinem Thekennachbarn, einem melancholisch dreinblickenden Reisevertreter mittleren Alters, der mit der einen Hand lustlos sein Bierglas drehte, mit der anderen sich bedauernd über seine Glatze fuhr, wurde er gefragt, ob's beim Militär noch genauso sei wie zu seiner, des Reisevertreters Zeit; ohne lange zu zögern, sagte der Feldwebel: »Wahrscheinlich noch genauso«, begann dann ein Gespräch über sein Lieblingsthema: die unterschiedliche Besoldung innerhalb der Nato-Truppen; das schaffe böses Blut, besonders in Weibersachen, es wäre bald schon soweit: wenn man irgendwo hinkomme, läge immer schon ein Ami im Bett, aber zum Glück wären die ja meistens verheiratet und moralisch, und den armen Schweinen, den Belgiern und Franzosen ginge es ja noch viel dreckiger als den Deutschen; nein, sagte er auf die Frage des Vertreters, wie denn die Holländer und Dänen besoldet würden, nein, sagte Behlau, das wisse er nicht, was er nur wisse, die allerärmsten Säue seien die Italiener, aber die wären ja auch nirgendwo - soweit er wisse – ständig mit diesen Dollarschwenkern konfrontiert, wie sie, die Deutschen und die armen Belgier und Franzosen.

Pfarrer Kolb hatte überlegt, ob er sich nicht selbst zu seinem Birglarer Konfrater zum Essen und einem guten Kaffee einladen könne; er beantwortete diese Frage mit einem theoretischen Ja, entschied sich aber dann, dieser theoretischen Einsicht nicht zu folgen: der neuernannte ortsansässige Pfarrer, den er einmal erst bei einer Dekanatskonferenz gesehen und halbwegs sympathisch gefunden hatte, war, wie ihm »andernorts« zugesteckt worden war, dazu ausersehen, demnächst seine, Kolbs, Glockengeld-Unkorrektheiten zu überprüfen, und ein Besuch bei ihm könnte wohl zu leicht als eine Bitte um Nachsicht betrachtet werden und demütigende Folgen haben. Er schloß sich seinen beiden Pfarrkindern an, die einem Lokal zustrebten, das nur Einheimischen, fast nur Eingeweihten bekannt war: der Bäckerei Frohn, in deren Hinterzimmer, dem notdürftig als Café eingerichteten Wohnzimmer der Frohns, guter Kaffee, sehr guter Kuchen serviert wurde, auf Wunsch auch ein preiswerter Topf oder Teller Tagessuppe, auf besonderen Wunsch mit Einlage: einer guten Scheibe Speck oder kleingeschnittener Mettwurst. Was Kolb außerdem lockte: die Möglichkeit eines guten, nicht so öffentlich wie im Zeugenzimmer geführten Gespräches mit der Wermelskirchen, die er nachdrücklich darüber beruhigen wollte, daß weder er noch irgendein anderer im Dorf sie bei seinen nächtlichen Spaziergängen bespitzele. Er bereute schon längst, schalt sich eines Urfehlers, der Voreiligkeit, daß er den Frauen von seinen nächtlichen Spaziergängen erzählt hatte; in Wirklichkeit machte er diese Spaziergänge gar nicht so oft, wie es nun sofort weitererzählt werden würde, sondern vielleicht ein-, zwei-, höchstens dreimal im Monat, wenn die Schlaflosigkeit ihn zu arg quälte und er des Lesens und Betens überdrüssig wurde; er hatte zwar einmal einen Mann gegen drei oder vier Uhr morgens aus dem Haus der Wermelskirchen kommen sehen, diesen Mann sogar erkannt, aber nicht einmal *denken* würde er den Namen, geschweige denn ihn je nennen, und nicht einmal, wenn er diesem Menschen – mit dem er häufig zu tun hatte – begegnete, dachte er *jedesmal* an dessen verschwiegenes nächtliches Abenteuer. Die Bäckerei Frohn lag ziemlich weit ab von der modernisierten Hauptstraße von Birglar in einem Ortsteil, der noch dörflich und schmutzig war. Kolb – das vorauszusehen bedurfte es keiner Prophetie – rechnete damit, daß die Leuffen von den Frohns in die Küche an den Familientisch würde gebeten werden, während man der Wermelskirchen ihres schlechten Rufes wegen diese Ehre nicht antun, ihm aber als Pfarrer, weil es eine

zu geringe Ehre für ihn gewesen wäre, die Küche nicht anbieten
würde. Seine Voraussicht erwies sich als zum Teil zutreffend:
die Leuffen wurde sofort in die Küche geführt, er ging mit der
Wermelskirchen ins Café, fand aber dort noch zwei Gäste vor:
das Ehepaar Scholwen aus dem nahe gelegenen Kireskirchen,
das eines Grundstücksverkaufs wegen beim Notar gewesen war
und sofort mit der Wermelskirchen ein Gespräch anfing; die
Wermelskirchen stand auch im Ruf einer geschickten Immobi-
lienverkäuferin, denn sie bestritt ihren Lebensunterhalt damit,
den ererbten Grundbesitz Stück für Stück zu verkaufen und im
günstigen Augenblick Land zu kaufen; man sprach ihr auch in
diesem Punkt einen »sechsten Sinn« zu. Der Pfarrer nahm die
Einladung an, sich zu den dreien an den großen Tisch zu setzen,
der mit einer Plüschdecke geziert war; eine offene Terrine mit einem Rest Gemüsesuppe rief ihm seinen Appetit in Erinnerung.
In unvermischtem Dialekt wechselten die Scholwens mit der
Wermelskirchen Überlegungen aus, die Grundstückspreise in
Kireskirchen betreffend, wo die Scholwens die Landwirtschaft
aufgegeben und sich einen Bungalow gebaut hatten. Das riesige
schwarze Portemonnaie der Scholwen, das offen auf dem Tisch
lag, schien darauf hinzudeuten, daß diese kurz vor dem Aufbruch standen.

Der Oberleutnant Heimüller hatte nur kurz in die »Bierkanne«
hineingeblickt, keine rechte Lust verspürt, mit seinen beiden
Untergebenen bierselige Vertraulichkeiten auszutauschen oder
gar versteckte halbintellektuelle Anpöbeleien hinzunehmen, wie
er sie dem Gefreiten Kuttke durchaus zutraute. Er ging langsam
über die Birglarer Hauptstraße, verwarf die beiden recht großen
neumodischen Cafés, in denen es von Berufs-, Landwirtschafts-,
Gymnasial-, Mittelschülern und Lehrlingen wimmelte, und lan-
dete nach unglückseligem Zögern unweigerlich in den Duhr-
Terrassen, wo er an allen Tischen so eifrige Gesprächsgruppen
vorfand, daß er sich nicht nur unglücklich, auch verkannt, fast
als Außenseiter fühlte und erleichtert war, einen unbesetzten
Tisch zu finden. Das eifrige, mit viel Lachen untermischte Gespräch am Nebentisch, wo die Hermes' und die Kugl-Eggers
sich durch Scherze über das mißglückte Essen hinwegzutrösten
versuchten; die stille, aber intensiv vertrauliche Unterredung
zwischen der Schorf-Kreidel, Dr. Grähn und dem Referendar
Außem, sogar Bergnoltes Genießerpose, der sich eine Zigarre
geleistet (vergebens gehofft hatte, der Wirt würde auch für ihn

unter die Theke greifen) – all das kam ihm feindselig vor, obwohl kein einziger der Anwesenden böse Gedanken hegte oder verbarg. Sogar die Beamten der Kreisverwaltung, Abonnementgäste, die eben aufstanden und mit ein paar jungen Damen, offenbar Sekretärinnen, scherzten, schienen ihm, dem Oberleutnant, Verachtung zu zeigen. Er stand auf und holte sich vom Garderobenständer eine überregionale Zeitung.

Zum häuslichen Mittagstisch begab sich: Horn, der Speckpfannkuchen, grünen Salat und Zitronencreme aufgetischt bekam und nach dem Essen noch bei einer Tasse Kaffee mit seiner Frau über das Problem der »Koedukation im Pubertätsalter« sprach, ein Thema, über das Frau Horn, eine ehemalige Mittelschullehrerin, im »sozialistischen Arbeitskreis für Erziehung« zu referieren sich bereit erklärt hatte. Über die Geldstrafen, die über ihn verhängt worden waren, schwieg Horn sich wohlweislich aus. Grete Horn, eine weißhaarige schlanke Dame mit sehr dunklen Augen, bezeichnete alle mit dem Fall Gruhl befaßten Männer, ihren eigenen einbegriffen, als »Schwachköpfe«, die nicht verstünden, welche Chance sich in der Möglichkeit verberge, diesem Fall Publicity zu verschaffen. »Stell dir vor«, sagte sie ruhig, »alle Soldaten kämen auf die Idee, ihre Autos und Flugzeuge in Brand zu stecken! Aber diese laffen Sozialdemokraten, diese scheinheiligen Schwindler, sind ja noch bürgerlicher als die Bürger geworden.« Horn, der solche und schärfere Äußerungen von ihr gewohnt war, schüttelte den Kopf und sagte, ihm liege nur daran, den Gruhl möglichst bald und mit geringer Strafe aus dem Gefängnis zu holen; sie sagte, auf ein, zwei Jahre Gefängnis käme es dem Gruhl gar nicht an, der würde sogar im Zuchthaus als Tischler Beschäftigung finden, denn die »Zuchthausdirektorenweiber« seien wahrscheinlich genauso scharf auf Stilmöbel wie alle anderen bürgerlichen »Miezen«; nur, fügte sie einschränkend und mit einem Lächeln hinzu, das um ihren harten Mund überraschend hübsch wirkte, nur würde er, der Gruhl, natürlich im Zuchthaus auf die Frauen verzichten müssen, aber das wäre auch das einzige, fügte sie hinzu.

An der Tatsache, daß seine Frau ihm seine Lieblingsspeise – gefüllte Paprikaschoten – vorsetzte, erkannte der Gerichtsvollzieher Hubert Hall, daß sie wieder einmal um Milde für einen seiner Klienten bitten würde: tatsächlich, als sie ihm den Nachtisch servierte, eine Mokkacreme mit flüssiger Sahne, gestand sie, eine Frau Schöffler sei bei ihr gewesen und habe sie gebeten, bei ihm einen Aufschub der Zwangsvollstreckung, die ihr Kleinauto betreffen sollte, zu erwirken; in zwei, spätestens drei Tagen könne sie die Sache regeln, und er wisse doch, habe Frau Schöffler gesagt, wie schwer es sei, einen schon der Zwangsvollstreckung anheimgefallenen Gegenstand wieder »aus den Klauen der Hyänen« herauszuholen. Hall, der zur Überraschung seiner Frau milde blieb, sagte, er könne in dieser Sache nichts tun, er käme sonst in Teufels Küche, die Schöffler habe sich mehrfach schon der Zwangsvollstreckungsvereitelung schuldig gemacht, einmal habe sie aus einem gepfändeten und zwangsvollstreckten Radioapparat vorher die Röhren herausgenommen, diese zu einem Schleuderpreis bei einem Althändler in der nahe gelegenen Großstadt um den Preis einer Tasse Kaffee und eines Stückes Sahnekuchen verkauft; nein, nein, einen Tag könne er ja noch warten, aber nicht länger, das könne sie der Schöffler sagen.

Der Zeuge Kirffel II, Finanzoberinspektor, so beliebt in Birglar wie sein Vater, der Polizeimeister, fand seine Frau in ziemlicher Auflösung vor, wenn auch zum Glück getröstet von seiner Tochter Birgit und seinem Sohn Frank, die sich auch des Mittagessens erbarmt, die Nudeln vor dem Anbrennen bewahrt, die aus Cornedbeef, Paprika und grünen Erbsen erstellte Sauce dazu vor der Gefahr, »zu einem ekelhaften Brei zusammenzuschmoren«, gerettet und, »um die Situation zu verbrämen«, zum Nachtisch Makronen und einen guten Kaffee bereitet hatten. Die Auflösung der Kirffel, einer von fast jedermann als »prachtvoll« bezeichneten Frau, hatte begonnen, als ein junger Maler gegen elfeinhalb Uhr vormittags seine Bilder in der Kirffelschen Wohnung abgeliefert hatte; Kirffel, der auf Grund seiner Nachgiebigkeit Vorsitzender der meisten Birglarer Vereine war, auch des »Vereins zur Förderung kreisansässiger Künstler«, hatte nach langen Verhandlungen von seiner vorgesetzten Behörde die Erlaubnis erhalten, in der Vorhalle des kleinen Finanzamtes Ausstellungen abzuhalten, und bei der letzten Vorstandssitzung (bei der Frau Hermes sich wieder einmal als kühne, sämtliche Tabus durchbrechende Modernistin auswies) war beschlossen worden, nicht mit Sammel-, sondern mit Einzelausstellungen zu beginnen: je vierzehn Tage lang sollten durch eine Jury bestimmte Künstler Gelegenheit haben, den Steuerzahlern des Kreises Birglar, die das Finanzamt aufzusuchen gezwungen waren, ihre Werke vorzustellen; die Reihenfolge war durch das Los bestimmt worden, und die Nummer 1 war auf den Maler Tervel gefallen, einen entfernten Neffen des Polizeibeamten, der auf seinen Verwandten gleichzeitig stolz war und sich durch seine Bilder angeekelt fühlte. Der junge Maler Tervel hatte schon in der Presse der nahe gelegenen Großstadt hin und wieder »von sich reden gemacht«, war auch überregional in ein paar Notizen vermerkt worden; er hatte die Einladung, nun im Birglarer Finanzamt auszustellen, zunächst ablehnen wollen als »einen Versuch, mich in diesem miesen Provinznest festzunageln«, war aber dann durch den Kritiker Kernehl (Zeichenlehrer am Birglarer Gymnasium, des jungen Tervel ehemaliger Lehrer, väterlicher Freund und wohlwollender Förderer) davon überzeugt worden, er dürfe das einfach nicht ablehnen, schließlich hätten die Menschen im Kreise Birglar Augen wie die Menschen anderswo; kurz: Tervel (dessen Bilder später von der ›Rheinischen Rundschau‹ als »Genital-Schmiereien«, im ›Rheinischen Tagblatt‹ – wo Kernehl unter dem Pseudonym Opticus die Kunstkritiken schrieb – als »kühne Sexual-Aussagen«, von Hollweg, der im Duhrtalboten selbst die Kunstkritiken schrieb, als »hoffnungsvoll – hoffnungslos« bezeichnet wurden), Tervel hatte morgens gegen elf Uhr bei Frau Kirffel seine Bilder (sechs, wie ihm zugebilligt worden war, von denen vier zwei mal drei Meter maßen) abgegeben beziehungsweise diese mit Hilfe eines Freundes in das ohnehin enge Kirffelsche Wohnzimmer gestellt, wo er zu seiner Wut ein Bild seines Kollegen Schorf entdeckte, den er als »abstrakten Kitschier« zu bezeichnen pflegte. Frau Kirffel fürchtete weniger den Skandal als die Bilder selbst, vor denen Angst zu haben sie ihren aus der Schule heimkehrenden Kindern bekannte; diese ertappten sie daher, wie sie mit einem Leintuch ein Bild bedeckte, das sie als »ganz besonders abstoßend« bezeichnete: es war eines der zwei mal drei Meter großen Gemälde, in lehmigem Rot, Violett und Fußbodenbraun zeigte es in verschwommenen, aber noch erkennbaren Umrissen einen nackten jungen Mann, der sich auf den Brüsten einer nackten liegenden Dame, die er als Gasbrenner angelegt hatte und aus denen gelblich-bläuliche Flammen hervorschossen, Spiegeleier briet; das Bild hieß ›Frühstück zu zweien‹; die anderen Bilder, auf denen auch das lehmige Rot vorherrschte, zeigten fast alle mit Liebeshandlungen befaßte Paare; es war ein Zyklus, der ›Das Sakrament der Ehe‹ hieß; Kirffel selbst, sobald er seine Frau ein wenig beruhigt, das Behängen der Bilder mit Leintüchern genehmigt hatte, bekam, während er unaufmerksam aß, Angst vor seiner eigenen Courage; vor allem fürchtete er den (wie er glaubte, nicht unberechtigten) Zorn der

Steuerzahler, die ja nicht freiwillig das Amtsgebäude betraten und ebenso unfreiwillig mit dieser Kunst konfrontiert, wahrscheinlich einen Mißbrauch ihrer Steuergelder wittern würden; gewiß würden auch Eltern noch unmündiger Steuerzahler, die häufig morgens ins Finanzamt kamen, um Lohnsteuernachlässe in ihre Karten eintragen zu lassen, empört sein (zu seiner Überraschung, nicht Enttäuschung, wie die wenigen, die ihm übelwollten, unterstellen, blieb der Skandal gänzlich aus; nur ein Jugendlicher, der später als der Enkel des Bäckers Frohn identifiziert wurde, heftete an das Bild ›Frühstück zu zweien‹ einen Zettel mit der Bemerkung: »Hat wahrscheinlich Erdgas geschluckt – das wirkt sich günstig auf die Gasrechnung aus«). Der junge Tervel war gekränkt, weil es keinen Skandal gab, den es sogar in der nahe gelegenen Großstadt gegeben hatte. Mit dem Versprechen, die Bilder noch am gleichen Tag »behängt, ja verhängt« in sein Amtszimmer befördern zu lassen, wo eine neuerliche Jurysitzung sich noch einmal mit den Tervelschen Gemälden konfrontieren wollte, konnte Kirffel seine Frau halbwegs beruhigen, das Mittagessen unter Kichern der Kinder eingenommen werden; über den Stand des Gruhlschen Prozesses gefragt, sagte Kirffel, er wisse nichts; ihnen, den Zeugen, werde keine Gelegenheit gegeben, »auch nur einen Fetzen aufzuschnappen«.

In der Küche des Justizwachtmeisters Schroer, der auch die Funktionen eines Hausmeisters und Gefängnisschließers ausübte, saßen Schroer, seine Frau Lisa, der Justizwachtmeister Sterck und der alte Kirffel bei Schweinskoteletten, gemischtem Salat und Salzkartoffeln, die Männer in Hemdsärmeln, die Bierflaschen neben sich; Sterck, der erst seine mitgebrachten Brote hatte auspacken und seine Thermosflasche aufschrauben wollen, war von der Schroer ziemlich energisch aufgefordert worden, diese »feinen Touren« zu lassen und sich mit an den Tisch zu setzen, sie sei ohnehin auf ihn gerichtet, und falls es ihn kränke, zum Essen eingeladen zu werden, sie hätte nichts dagegen, wenn er sich bei ihrem nächsten Besuch in der nahe gelegenen Großstadt revanchiere; Sterck, der fragte, ob er vielleicht seine Brote und den »sehr guten Kaffee« den beiden Angeklagten in die Zelle schicken oder bringen dürfe, sie hätten doch heute einen schweren Tag, erntete höhnisches Gelächter. Kirffel, der gut gelaunt war, da es ihm schien, er habe durch seine Aussage weder seine Ehre noch die der beiden Gruhl erheblich verletzt, riet dem Sterck, sich zur Bundeswehr einziehen, auf Dienstfahrt schicken zu lassen, das Auto dann in Brand zu stecken, sich einsperren zu lassen, dann allerdings sich mit einem Sohne zu versehen, dem es gelänge, das Herz des hübschesten Mädchens von Birglar zu entflammen, deren Vater der Gastwirt Schmitz, deren Mutter die beste Köchin weit und breit sei; Sterck, dem das Essen der Schroer schmeckte, der aber die Anspielungen nicht begriff, wurde, als es klingelte, gebeten, die Tür zu öffnen, die junge Dame, die dort stehe, zu den Untersuchungshäftlingen zu führen, vorher aber, wie es Vorschrift sei, den Essenträger auf unerlaubte Gegenstände zu untersuchen, dann, so wurde prophezeit, würde er wissen. Sterck tat, wie ihm geraten. Die Schroer benutzte seine Abwesenheit, den alten Kirffel zu fragen, wie es denn nun jetzt zwischen ihm und seinem Sohne stehe, heute habe er doch die beste Gelegenheit gehabt, mit ihm im Zeugenzimmer zusammenzutreffen und Versöhnung zu feiern, statt dessen aber habe er »melancholisch hier in ihrer Küche am Herd gesessen und auf seinen Auftritt gewartet«. Kirffel sagte, wobei er sich seufzend den Mund mit einem großen Taschentuch abwischte und auf den von der Schroer schon auf den Tisch gestellten Schokoladenpudding blickte – er sagte ominös, es sei eben ein Kreuz und es bleibe wohl ein Kreuz, es sei halt alles im Haushalt seines Sohnes so fein, daß er sich nicht getraue, dorthin zu gehen. »Für einen Gendarmen wie mich«, sagte er, »der in seinen ersten Dienstjahren noch mit den Landstreichern, die er einsperrte, Skat gespielt hat – ist das alles zu rasch gegangen. Und außerdem bleibt es ja immer noch Verrat«. Damit spielte er auf einen Tatbestand an, der ihn sehr schmerzte, er hatte seinen Sohn aufs Gymnasium geschickt, damit er Pfarrer werde; der aber hatte zwar das Abitur (Kirffel sagte Abitür) gemacht, sogar zwei Semester Theologie studiert, war aber dann nach Kirffels Meinung »auf die erste beste aufgetakelte und angemalte Puppe« hereingefallen, und eben dieses, die Puppe, jene von allen als »prachtvoll« bezeichnete Frau Kirffel, »darüber komme ich nun mal nicht hinweg«. Schroer, auch dessen Frau Lisa redeten ihm beim Pudding kopfschüttelnd zu, doch endlich, nach so vielen Jahren, Vernunft anzunehmen, aber Kirffel sagte, das sei weder eine Frage der Jahre noch eine Sache der Vernunft, oder ob die Religion etwa eine vernünftige Sache sei? Schroer und Frau wußten darauf keine Antwort, außerdem kam in diesem Augenblick Sterck zurück, der sich wortlos an seinen Platz setzte, kopfschüttelnd seinen Teller leer aß, dann, von den Schroer und von Kirffel angeblickt, sagte, er fände, *das* ginge doch ein wenig zu weit; die Zigarre koste mindestens eine Mark fünfzig, und das Essen, nein, er möge ja so feine Sachen gar nicht – nach einem energischen Blick der Schroer korrigierte er sich in »so teure Sachen nicht«, nahm auch das schon fast stotternd zurück und sagte, er meine, solch ein Herrenfressen, als er am Blick der Schroer merkte, daß auch das falsch war, weil er damit ja ihr Essen zum Proletenfraß degradierte, sagte er: »Mein Gott, Sie wissen doch, was ich meine, eine Frau, die so kocht wie Sie, braucht doch gar nicht beleidigt zu sein.« Damit hatte er die Schroer halbwegs versöhnt, bekam auch Pudding und einen Kaffee, von dem er später sagte, der »habe sich gewaschen« gehabt.

Agnes Hall gab sich in ihrer weiträumigen alten Villa verschiedenen Beschäftigungen hin; zunächst setzte sie sich, als sie vom Gericht heimkam, nicht mehr Hohn noch mucksigen Trotz, eher einen wehmütigen Triumph auf dem zarten Gesicht, in Hut und Mantel ans Klavier und spielte eine Beethoven-Sonate; was sie nicht wußte, nie erfahren, was niemals jemand ihr sagen würde: sie spielte sehr gut, tat etwas, das Musikliebhaber entsetzt hätte: unterbrach sich nach dem zweiten Satz, steckte eine Zigarette in den Mund und spielte weiter: genau, fast hart, bei geöffneten Fenstern, hoffend, es würde die Musik bis ans Gerichtsgebäude vordringen, obwohl sie nicht für ihn spielte, sondern für den anderen, von dem außer ihr niemand etwas wußte und von dem alle Dummköpfe der Welt nie etwas wissen würden; sie unterbrach sich auch nach dem dritten Satz, steckte noch eine Zigarette an, spielte weiter; nicht der erste war's gewesen, nicht der zweite: der dritte, und sie Anfang vierzig (sie lächelte, als sie die Vier, die vor die Vierzig gehörte, sich selbst mit »Anfang« übersetzte;), Krieg natürlich, Ende – und verwirrt dachte sie jetzt an den Prozeß und diesen Gruhl, den sie mochte und immer gemocht hatte: Sie würde ihm das Geld geben, um dieses Auto zu bezahlen, mit dem er das einzige getan hatte, was man mit Militärautos tun sollte: sie in Brand stecken; sie klappte das Klavier zu, lachte und beschloß, am späten Nachmittag wieder als Zuschauerin dort zu erscheinen und dem guten alten Alois nicht wieder so wehzutun; doch dem Hermes würde sie sagen, daß sie das Auto bezahlen wolle, vielleicht auch die Steuerschulden des Gruhl und noch ein Auto, noch eins: sollte er sie alle in Brand stecken; das erschien ihr als ein großartiger Einfall.

Sie zog ihren Hut, den Mantel aus, sparte sich den Spiegel: wie schön sie noch war, wußte sie; in der Küche schlug sie Eier in die

Pfanne, goß etwas Madeira darüber, einen Hauch, fast nur ein
paar Tropfen Essig, Pfeffer und Champignons, leider aus der
Büchse, entzündete die Gasflammen, setzte Kaffeewasser auf und
schälte sich, während in der Pfanne sich ihre Eier langsam dickten,
einen Apfel: nichts, nichts, nichts würde bleiben als eine Handvoll, ein Händchen voll Staub – soviel wie in einen Salzstreuer
ging. Im Toaster sprang die Scheibe hoch, sie nahm sie mit der
Linken heraus, rührte mit der Rechten die Eier, goß dann mit der
Linken Wasser in den Kaffeefilter, suchte in der Schublade nach
den Pralinen: eine, zwei – nein, schlank und schön wollte sie
bleiben für alle Dummköpfe auf der Welt, die sich an Gesetze
hielten, geschriebene und ungeschriebene, weltliche und kirch-
liche: ihr Lachen klang heiter, als sie mit den Eiern, dem Kaffee,
den Pralinen und den beiden Scheiben Toast, der Butter in der
hübschen kleinen Schale hinüberging ins Musikzimmer, wo der
Tisch gedeckt war; schön, mit Kerzenleuchter und der Rotwein-
karaffe; sie zündete die Kerze an, legte die schlanke kleine Zigarre daneben, die Schmitz ihr besorgt hatte; auch ein Dummkopf, nur von Tabak verstand er etwas, nichts verstand er von
dem, was das einzig Wahre war, dieser Sache, die man Liebe
nennt; die Eier waren gut, oder besser, *fast* gut, zuviel Essig,
wahrscheinlich ein oder zwei Tropfen; der Toast war sehr gut:
braun wie ein Blatt, der Kaffee, die Pralinen, die schlanke Zigarre
aus Herrn Castros – auch ein Dummkopf – Heimatland – alles
gut; sogar die Kerze war gut. Als sie abgeräumt hatte, gab sie
sich der merkwürdigsten aller Beschäftigungen hin: sie änderte
ihr Testament; nein, nicht diese törichte Maria, die viel zu früh
wieder zum unblutigen Mädchen geworden war, nicht dieser
vertrottelte liebe alte Alois, auch nicht die Nonne, die an den
Menschensohn glaubte, ihn liebte – die waren alle zu alt, waren
auch versorgt: Gruhl sollte der Erbe ihres Vermögens heißen
und *eine* Bedingung: einmal im Jahr sollte er so ein Auto in
Brand stecken; das würde ihn nicht viel kosten, nur die Hälfte
der Zinsen; diese kleine Kerze konnte er zum Gedenken jährlich
anzünden, diese Feuermesse für sie halten, und wenn er wollte,
durfte er auch diese – wie hieß sie doch? –, diese Allerheiligenlitanei dazu singen: heilige Agnes, heilige Cäcilia, heilige Katha-
rina – ora pro nobis; sie lachte, der Kirffel hatte ihr erzählt, wie
die beiden gesungen hatten. Mit himmelblauer Tinte, die schlanke
Castro-Zigarre im Mund, schrieb sie langsam: »Mein gesamtes
mobiles und immobiles Vermögen vermache ich hiermit dem
Johann Heinrich Georg Gruhl, wohnhaft in Huskirchen, Kreis

Birglar…« Das sah hübsch aus: himmelblau mit ihrer kräftigen, fast energischen Schrift auf den weißen Briefbogen geschrieben: merkwürdig, denkwürdig, wieviel Kraft in einem Salzstreuer, einer Zündholzschachtel voll Staub steckte, wieviel Bosheit, Schönheit und Eleganz – und wieviel von dieser Sache, die Liebe hieß; jedes Jahr eine brennende Fackel, eine Feuermesse für die heilige Agnes, Schutzpatronin der Verlobten!

Tief in Nachdenken versunken, die angerauchte Zigarre kalt im Mund, machte sich Stollfuss auf den Heimweg, nachdem er seine Sekretärin gebeten hatte, seiner Frau sein baldiges Kommen zu avisieren; er war den Weg schon so oft gegangen durch den kleinen Stadtpark, an dem umstrittenen Kriegerdenkmal vorbei, ein paar hundert Meter an der Duhr entlang, zu der altmodischen Villa aus den neunziger Jahren, die seine Frau geerbt hatte; so oft schon, daß er sich meistens dabei ertappte, wie er erst aufwachte und sich seiner Präsenz bewußt wurde, wenn er zu Hause Hut und Mantel an die Garderobe hängte, seinen Stock in den Schirmständer steckte, eigentlich erst wirklich zu sich kam, wenn er Maria rief, den Vornamen seiner Frau, die meistens um diese Zeit noch in der oberen Etage war beim Bettenmachen oder, wie sie selbst es nannte, in ihren Schreibtischschubladen »krosend«. Die »Kroserin« war ihr Spitzname in Birglar; sie galt als untüchtige Hausfrau, jedoch gute Köchin und leidenschaftliche Strickerin; die Ergebnisse der Arbeit ihrer geschickten und unermüdlichen Hände trug Stollfuss an Händen und Füßen, er trug sie als Pullover auf der Brust, hatte sie als Kissenbezug auf seinem Stuhl im Büro; immer lagen auch bei der Mütterberatung Säuglingsgarnituren, die von Ärztin und Fürsorgerin an junge Mütter verteilt wurden, deren Bedürftigkeit festzustellen Frau Stollfuss ihnen überließ beziehungsweise anheimstellte, auch unbedürftigen Müttern Jäckchen und Höschen zu schenken. Von ihr, der Maria Stollfuss geborene Hollweg, hieß es, sie käme auch nie mit der Zeit zurecht, womit die Uhrzeit und die geschichtliche Zeit gemeint war; was heißen sollte: *jetzt* war sie nicht, was sie *damals* gewesen war: eine Demokratin, obwohl sie gleichzeitig außer »Kroserin« den Spitznamen die »friedliebende Maria« trug, unterschrieb sie doch Aufrufe jeglicher Art, möglichst obskure. Über ihre Zerstreutheit gingen merkwürdige Gerüchte um: Es war nicht etwa bekannt, es »hieß« auch nicht nur, sondern war durch Aussage des Schlossermeisters Dulber bezeugt, daß Stollfuss, um die Akten, die er oft zu Hause studieren mußte, vor ihrem Zugriff zu bewahren und der Gefahr, verkrost zu werden, sich habe einen Stahlschrank, »ein regelrechtes Safe« konstruieren lassen, zu dem er den Haupt-, Justizwachtmeister Schroer den Reserveschlüssel habe; es hatte schon Vorkommnisse gegeben, die vom ›Rheinischen Tagblatt‹ als »nicht mehr nur *fast* skandalös« bezeichnet worden waren, zum Beispiel das Verschwinden gewisser Unterlagen zum Fall Bethge, der einen mißglückten Raubüberfall auf die Birglarer Volksbank unternommen hatte; jene gewissen Unterlagen tauchten erst buchstäblich eine Viertelstunde vor der Eröffnung des Prozesses auf (was nur Hollweg, ihr treuer und verschwiegener Neffe, der »Zeitungsmensch«, wußte und nie verriet: daß er, Hollweg, gemeinsam mit Justizwachtmeister Schroer plötzlich auf die geniale Idee gekommen war, in der Müllhalde zwischen Kireskirchen und Dulbenweiler nachzusuchen, wo der erst kürzlich abgeladene Müll sich für Hollweg überraschenderweise als »sehr leicht identifizierbar« erwies; dort fand man die Akten Bethge, fand Stollfuss' Brieftasche mit fünfundachtzig Mark Bargeld, dessen sämtlichen Papieren und seinen Notizzetteln, auf denen er sich die Regie des Falles Bethge notiert hatte; Hollweg war es auch, der – manchmal bittere Kompromisse anbietend, etwa den: weder die CDU noch die SPD allzu scharf anzugreifen – bei seinen Zeitungskollegen Gnade für sie erwirkte, was gelang, da sie auch »andernorts« Schutz genoß, etwa bei Grellber). Manchmal, so hieß es in Birglar, fange sie um neun Uhr früh an, Betten zu machen, erwache dann, wenn es Mittag schlüge, »wie Schneewittchen aus ihrem Scheintod« und habe immer noch dasselbe Bettuch in der Hand, das sie gegen neun aufgenommen hatte, es glattzuziehen oder zu wechseln.

Überraschenderweise kam sie, als er jetzt »Maria« rief, aus der Küche, mit umgebundener Schürze – himmelblau mit rosa Schleifchen – »doch ein bißchen zu jugendlich«, wie er immer dachte, aber nie aussprach. Es roch nach – war es Ente oder Puter? –, sicher jedenfalls roch es nach Apfelkompott und Reis; sie küßte ihn auf die Wange, sagte freundlich erregt: ER ist gekommen.

»Wer?« fragte er erschrocken.

»Mein Gott«, sagte sie freundlich, »nicht Grellber, wie du gefürchtet hast, sondern dein Pensionierungsbescheid; in vier Wochen wirst du feierlich verabschiedet, und paß auf: ihr Kreuz kriegst du auch noch an die Brust geheftet oder um den Hals gehängt. Freust du dich denn nicht?«

»Doch, doch«, sagte er matt, küßte ihre Hand, mit der er sich dann über die Wange strich, »ich wünsche nur, ich wäre gestern schon pensioniert worden.«

»Aber das sollst du nicht wünschen, was würde dann aus Gruhl? Freispruch, aber Schadenersatz – ich sag's doch schon immer. Stell dir vor, irgend so ein Musterdemokrat hätte ihn vor die Flinte bekommen. Freispruch sag' ich.«

»Aber du weißt doch, Freispruch ist Unsinn.«

Er ging ihr ins Speisezimmer voran, goß aus einer Karaffe zwei Gläschen Sherry ein, hielt ihr das ihre mit einem liebenswürdigen Lächeln hin und sagte: »Dein Wohl!«

»Prost«, sagte sie, »übrigens hat Grellber vor fünf Minuten angerufen. Er ist ganz meiner Meinung.«

»Deiner Meinung?«

»Ja«, sagte sie, trank ihr Gläschen leer und band sich die Schürze ab. »Ich glaube, er hat dir die Gruhls gegeben, weil er weiß, wie gern du freisprichst. Ein Abschiedsgeschenk. Nimm's doch an; sprich sie frei!«

»Ich bitte dich«, sagte er streng, »du weißt doch, welch ein Fuchs Grellber ist. Freispruch ist undenkbar. Was wollte Grellber sonst?«

»Wissen, ob Presse da ist.«

»Und?«

»Ich habe ihm gesagt, es sei keine da.«

»Woher weißt du denn das?«

»Ich habe mehrmals mit Frau Schroer telefoniert. Grellber hat am Morgen schon angerufen.«

»Er hat mehrmals angerufen?«

»Ja. Frau Schroer hat mir gesagt, weit und breit sei kein Zeitungsmensch zu erblicken, auch sonst keiner mit gezücktem Bleistift – das schien Grellber sehr zu beruhigen. Aber sag mal, mußtest du zu Agnes so hart sein? Schick ihr Blumen.«

»Ach hör auf«, sagte er, »dieses verrückte Weib. Sie hat mir eine peinliche Szene gemacht.«

»Schick ihr Blumen, sage ich dir, schreib drunter: ›Verzeih! – Immer Dein Alois‹.«

»Ach, laß das.«

»So peinlich wie das, was Frau Schroer mir außerdem erzählt hat, ist, was Agnes getan hat, bestimmt nicht.«

»Sag's mir gar nicht«, sagte er müde, goß sich Sherry nach, hielt ihr mit fragendem Blick die Karaffe hin; sie lehnte ab.

»Na gut, dann sag ich's dir nicht.«

»Betrifft es das Gericht?«

»Indirekt ja.«

»Verflucht, dann sag's!«

»Ich glaube, es ist wirklich besser, wenn du es weißt. Man könnte Maßnahmen erwägen.«

»Ist es *sehr* schlimm, *sehr* ärgerlich?«

»Nein, nur komisch und *etwas* peinlich.«

Ihr breites Blondinengesicht, noch hübsch und kindlich, wenn auch die Linien verschwammen, zuckte vor Albernheit; sie streichelte ihm über den kahlen, von spärlichem grauen Haar umrandeten Kopf, sagte leise: »Es ist diese – wie heißt sie doch? Eva, glaube ich, aus der Gastwirtschaft, die ihnen jeden Mittag Menu Numero vier bringt«, sie kicherte. »Nicht ohne Stolz verbreitet sie die Kunde: ›ich habe mich ihm hingegeben und von ihm empfangen‹, Zitat wörtlich.«

»Verdammt«, sagte Stollfuss, »hoffentlich ist sie nicht auch noch minderjährig.«

»Knapp drüber. Ein süßes Dingelchen.«

»Aber sie bringt das Essen doch erst seit über sechs Wochen.«

»Genau die Frist, die notwendig ist, in einem solchen Fall die ersten stolzen Vermutungen zu äußern – meistens übrigens zutreffende.«

»Hoffentlich war's wenigstens der Junge?«

»Er war's.«

»Vor sieben oder acht Wochen haben beide einen von Grellber genehmigten Urlaub gehabt, zur Beerdigung seines Schwiegervaters. Sie *muß* dazu gebracht werden, auszusagen, daß es bei dieser Gelegenheit geschah.«

»Bring die mal zu was.«

»Willst du's nicht versuchen?«

»Versuchen will ich's – besser wär's, der glückliche Liebhaber würde das auch tun.«

»Das ist ein vernünftiger Junge.«

»Mit einem Geschmack, den ich nur bewundern kann: sie ist das hübscheste Dingelchen, das ich je hier gesehen habe.«

»Ach – das muß Hermes mir abnehmen. Übrigens kannst du die Blumen für Agnes telefonisch bestellen.«

»Telefonisch? Du weißt doch wohl, daß das Telefon von allen hier für die legitimste Informationsquelle gehalten wird; in der ›Bierkanne‹ wird man schon wissen, daß ›eine Männerstimme‹ mit mir einig war, was das Strafmaß, nämlich Freispruch, betrifft.«

Sie aßen Suppe und Hauptgericht (doch Ente, wie er angenehm überrascht feststellte) schweigend; er wenig, sie viel; seit vierzig Jahren aßen sie – er wenig, sie viel – Suppe und Hauptgericht schweigend; er hatte sich diese gesprächslosen zwanzig Minuten ausbedungen, als er noch ein junger Staatsanwalt gewesen war; er brauchte diese kurze Ruhepause, um sich über den weiteren Verlauf der Verhandlung ein paar Gedanken zu machen, die er, während sie in die Küche ging, um den Kaffee und die Nachspeise zu holen, rasch in Stichworten auf einen Zettel schrieb: Horn? schrieb er, St. A.?, dann Pfarrer K., die alte L., Wermelsk.??, drei Sold., Grä, Ki, Ha,; er numerierte die Abkürzungen, wechselte die Nummer so, daß Grä, Ki, Ha vor die Soldaten kamen.

Daran würde er sich nie leid essen: ihren frischgebackenen Apfelstrudel mit der Sahne-Vanille-Sauce; die hübsche Meissner Kaffeekanne, an der er sich nun seit dreißig Jahren bei dieser Gelegenheit die kalten Hände wärmte, bevor er rasch aus dem Schnapsglas die Herztropfen schluckte; seit vierzig Jahren blickte er in dieses Blondinengesicht, das einst blühend gewesen, blasser und breiter geworden war, saß mit ihr an diesem großen Nußbaumtisch, der für viele Kinder, »mindestens sechs«, gedacht gewesen war; statt dessen: Fehlgeburten, die nicht einmal die tröstliche Erdenspur eines Grabs, die keine Stätte hinterlassen hatten, spurlos in gynäkologischen Kliniken verschwunden waren; Arztrechnungen, »Hormonstützen«, gerunzelte Stirnen von Kapazitäten, bis auch die monatliche Hoffnung ausgeblieben, sie als Vierzigjährige schon wieder in den unblutigen Status einer Zehnjährigen zurückgefallen war, er es aufgab, ihr mit seiner Männlichkeit zu kommen; sie war geschwätzig und vergeßlich, er wieder zu einem Knaben geworden, den das, was Knaben quält, nicht mehr quälte; nicht einmal auf Friedhöfen eine Erdenspur hinterlassen, und blickten doch beide, seit vierzig Jahren – er wenig, sie viel essend – immer noch auf die leeren Stühle, als erwarteten sie, von dort Weinen, Zank, Mäkeln, Freßgier oder Futterneid – niemals daran gedacht, einen kleineren Eßtisch zu wählen; selten Gäste; diese leeren Stühle der nie geborenen Kinder mußten um den Tisch stehen; auch nach zwanzig Jahren, nachdem sie wieder ein kleines Mädchen geworden war; oder würde sich das Wunder, das sich an Sarah vollzog, auch an ihr vollziehen, der es schon so lange nicht mehr nach Art der Frauen erging? Ihre wenigen Versuche, die leeren Stühle in sanft hysterischer Phantasie mit erdachten, erträumten Kindern zu besetzen, einer Tochter Monika das viele Essen zu verbieten, einen Sohn Konrad zu besserem Appetit anzuhalten – diese gelegentlichen Versuche hatte er strikt unterbunden, indem er sie mit seiner nüchternen Stimme, mit der er seine Urteile verlas, angerufen hatte wie eine Schlafwandlerin; hin und wieder auch hatte sie den Versuch unternommen, für diese erdachten oder erträumten Kinder Gedecke aufzulegen – nicht oft, zweimal, höchstens dreimal in vierzig Jahren: er hatte die Teller und Gläser eigenhändig vom Tisch genommen und in der Küche im Abfalleimer zerschmissen, nicht brutal, nicht grausam, sondern wie eine selbstverständliche Handlung, als räume er Akten vom Tisch, und sie hatte nicht geweint, nicht geschrien, nur seufzend genickt, als nehme sie ein gerechtes Urteil an. Nur eins hatte er ihr versprochen und gehalten, hatte es versprochen, noch bevor er sie heiratete: Nie an einem Todesurteil mitzuwirken.

Anderswo, wo sie fremd war und allein, wo er nie hinkommen würde, erzählte sie offenbar von einer verstorbenen Tochter und einem gefallenen Sohn; ein einziges Mal hatte er davon erfahren, in der kleinen Pension im Bayerischen Wald, wo er plötzlich hinfahren mußte, weil sie mit dem verknacksten Knöchel ins Krankenhaus gebracht wurde. In der Pension fragte die Wirtin morgens beim Frühstück nach dem gefallenen Sohn Konrad, der Medizin studiert hatte und in der Nähe einer Stadt, die Woronesch hieß, gestorben war; aus fremdem Mund – und sie nicht zugegen – klang das gut, sogar wahr: ein blonder opferwilliger junger Mensch, der sich in einem Fleckfieberlazarett infiziert hatte und in den Armen einer jungen Russin, seiner Geliebten, gestorben war: warum sollte das nicht wahr sein? Warum sollte sie nicht einen blonden opferwilligen jungen Menschen, der von den Seinen längst vergessen und nicht einmal mehr eine Handvoll Staub war, sich und ihm zum Sohn erwählen? Offenbar bevölkerte sie, wenn er nicht mit ihr war, diese Erde mit einer verstorbenen Tochter und einem Sohn und entvölkerte sie wieder; und das mit der jungen Frau Monika, sagte die Wirtin, das sei doch fast noch tragischer gewesen; mit dem Flugzeug abgestürzt auf dem Weg zu ihrem Bräutigam »drüben«, der schon alles für die Hochzeit gerichtet hatte; ob mit »drüben« Amerika gemeint gewesen sei, wenn ja, welches, das nördliche, das südliche oder das mittlere; das mittlere, sagte er, während er den Zucker im Kaffee umrührte; in Mexiko habe der Bräutigam gewartet, nein, kein Deutscher, ein Franzose sei es gewesen, der dort an der Universität gelehrt habe; Mexiko? Universität und Franzose, ob der denn

nicht nun – sie wolle ja nicht zudringlich sein, und es ginge sie
ja auch nichts an –, ob der aber denn nicht nun – vielleicht Kommunist gewesen sei? Das sei nicht als Kränkung zu verstehen,
sie sei ja der Ansicht, auch Kommunisten seien Menschen, aber
das Schicksal dieses jungen Mädchens ginge ihr nun einmal nah,
nachdem die gnädige Frau ihr so viel von ihm erzählt habe, und
sie habe gelesen, in Mexiko seien die Menschen »sehr links«;
doch, gab er zu, ja, Kommunist sei er gewesen, der junge Mensch,
dieser Franzose namens Bertaud, der fast sein Schwiegersohn
geworden wäre; und er habe keine andere geheiratet, dieser Bertaud, in Treue gedenke er der westlich Irland abgestürzten Monika; *das* Spiel gefiel ihm, weil es nicht zwischen ihnen beiden
unmittelbar gespielt, nicht in Zusammenhang gebracht werden
konnte mit den fischhaften Wesen, die in den Kliniken eines bergischen, eines westfälischen Städtchens und der nahe gelegenen
Großstadt spurlos verschwunden waren. Dieses eine Mal hatte
er von diesem Spiel erfahren, dies eine Mal mitgespielt, für eine
halbe Stunde beim Frühstück, kurz bevor er ins Krankenhaus
fuhr, um sie im Krankenwagen nach Haus zu begleiten. Es war
ihr einziger Wunsch, wenn schon, dann dort zu sterben, wo sie
Kind gewesen war, zu sterben, von Nonnen umsorgt, die an den
»Sohn der Jungfrau« glaubten, eine davon ihre einzige überleben-
de Schulkameradin, außer Agnes natürlich, mit der umzugehen
ihr »leider, leider« versagt war; »die beiden«, sagte sie und meinte die Nonne und Agnes, »die hätten Kinder für dich in ihrem
Schoß gehabt. Schau dir deren Haut an: Pigment, Hormone,
und die Augen – meine dagegen werden immer matter, immer
blasser; wenn ich älter und älter werde, werden sie eines Tages
so blaß sein wie Eiweiß.« Ja, was die Augen anging, die wurden
wirklich immer blasser wie das Blau auf englischen Briefmarken.
Nein, was die Kinder von dieser Irmgard und seiner Kusine
Agnes anging: nein, nein; wohl möglich, daß es besser sein könnte, keine zu haben.

Das war wirklich eins ihrer Meisterstückchen, diese frischen,
krossen Apfelstrudel, mit welchem Geschick sie Zimt und Rosi-
nen hineingab, und die rahmige Soße, aus Sahne und Vanille
breiig gerührt; zum Dank seine Hand auf ihre Hand, die ihm
den Kaffee umrührte.

»Sag, hast du je etwas von Häppening gehört?«

»Ja«, sagte sie.

Er blickte auf und sah sie streng an. »Wirklich, bitte, bleib
ernst.«

»Aber wirklich«, sagte sie, »ich bleibe ernst. Du solltest doch hin und wieder überregionale Zeitungen lesen, dieses Häppening, das ist eine ganz neue Kunstform, ein neuer Ausdruckswille, irgend etwas wird kaputtgeschlagen, möglichst im Einverständnis mit dem, dem es gehört, notfalls ohne.«

Er legte die kleine Gabel hin, hob die Hände mit jener beschwörenden Geste, die sie fürchtete, weil er – was selten geschah – sie damit, wie er es bei Zeugen und Angeklagten tat, zur Wahrheit, der reinen Wahrheit und nichts als der Wahrheit ermahnen wollte.

»Aber ich schwöre dir, die machen merkwürdige Sachen, fahren mit Lokomotiven auf Autos, reißen Straßen auf, spritzen Hühnerblut an die Wand, zerschlagen kostbare Uhren mit dem Hammer ...«

»Und verbrennen irgendwas?«

»Von Verbrennen hab ich noch nichts gelesen, aber warum nicht verbrennen, wenn man Uhren zerdeppert und Puppen Arme und Augen ausreißt ...?«

»Ja«, sagte er, »warum nicht etwas verbrennen, notfalls ohne vorher den Besitzer um Einverständnis zu fragen; warum nicht eine Verhandlung, die mindestens vor ein Schöffengericht gehörte, in meine humanen Hände legen, als Staatsanwalt einen ortsfremden und als Protokollführer jemand, der Justitia noch, wenn auch nicht sehr heftig anbetet, den kleinen Außem, der – das ist noch gar nicht so lange her – immer so hübsch rotznäsig beim Martinssingen mit seiner selbstgebastelten Laterne vor unserer Tür erschien? Warum nicht? Warum nicht? sagte er, bat, indem er ihr die Tasse hinhielt, um mehr Kaffee, lachte herzlich, heftig, soweit ihm die Zigarre (immer noch dieselbe, die er am Morgen angeraucht) heftiges Lachen erlaubte. Und als sie, nun fast gekränkt, da er sie nicht – was sie abgemacht hatten – in den Witz, der ihn sogar Zigarrenrauch schlucken ließ, einweihte, sagte er: »Denk nur an deine überregionalen Zeitungen: Auto verbrannt, dazu Litanei gesungen, mit Tabakspfeifen gegeneinandergeschlagen, rhythmisch – begreifst du nicht, warum ich lache? Warum Grellber keine Presse will und Kugl-Egger nicht begreifen darf, worauf das hinausläuft?«

»Ach«, sagte sie, nahm eine Praline aus der Silberbüchse, nahm Kaffee hinterher, »natürlich begreif ich sie jetzt, diese Füchse, obwohl das mehr nach Pop-art klingt.«

Das mochte er: wenn sie sich eine Zigarette ansteckte, paffte wie eine Zehnjährige, die lasterhaft auszusehen begehrt, keß das weiße Ding im Mund, als sei's wirklich ein Teil von ihr; vierzig Jahre und kein Leben in ihr erweckt, keine Erdenspur hinterlassen und nicht einmal die Erinnerung an auch nur eine einzige Gewalttätigkeit, wenn er ihr mit seiner Männlichkeit gekommen war; sehr, sehr alt gewordene Kinder. Noch einmal die Hand auf ihre gelegt. »So gut hat's mir selten geschmeckt«, und er lachte wieder, wenn er an seinen Zettel dachte: Grä, Ki, Ha, drei S., Pf. K. – war nicht so ein Zettel schon fast ein popartistisches Kunstwerk?

Selten war er so leicht, so freien Herzens in eine Verhandlung zurückgegangen, fast flott zog er Hut und Mantel an, nahm den Stock aus dem Ständer, küßte das blasse runde Blondinengesicht, das immer noch vor Albernheit zuckte. Sogar Birglar kam ihm weniger dumpf, weniger eng vor: das war doch ganz hübsch, wie die Duhr, wenn auch lehmig und träge, durchs Städtchen floß, der Fußweg an ihr entlang, der kleine Aussichtshügel, das umstrittene Kriegerdenkmal, der Nepomuk an der Brücke, Stadttor nach Norden, Stadttor nach Süden, »Unfallschwerpunkte« – »Stauungsnadelöhre«, hübsch sogar die rotweiß gestrichenen Läden am Rathaus; warum nicht in Birglar leben und in Birglar sterben?

»Nein, Rosen nicht«, sagte er im Blumengeschäft, »auch Astern nicht« – weder Liebes- noch Todesblumen – »ja, ja«, sagte er, »diesen hübschen Herbststrauß – und Sie kennen ja die Adresse von Fräulein Hall?«

Als einzig geglückt in den Duhr-Terrassen erwies sich das Schokoladenparfait, das auch jenen zum Trost und zur Versöhnung gereicht wurde, denen es laut Karte und Menü nicht zugestanden hätte; hergestellt worden in Mengen, die in keiner Proportion zu den wahrscheinlichen Menu-IV-Bestellungen standen, schon am Abend vorher von den Händen derer, die Herz, Gemüt und Hand ihrer Mutter durch die stolze Mitteilung derart verstört hatte, daß der selbst ihre Spezialität – der Sauerbraten – mißglückt war; gereicht wurde das Parfait von den Händen ihres Vaters, der melancholisch, wenn auch nicht untröstlich, sich wegen des mißlungenen Essens entschuldigte mit den Worten: »Es sind da emotionelle Ursachen im Spiel, die zu erklären zu umständlich wäre«; er nahm auch weniger Geld, als angezeigt war, sogar von Bergnolte, den er nicht mochte. Nicht einmal gereizt zeigte er sich, als er zweimal innerhalb kurzer Frist, beide Male durch die gleiche Männerstimme, darum gebeten, Gäste ans Telefon bitten mußte, wobei ihn die Männerstimme beim ersten Mal gefragt hatte, ob dort eine Zelle und ob diese auch schalldicht sei; Kugl-Egger und Bergnolte wurden auf diese Weise in die Zelle gebeten, blieben beide ziemlich lange, fünf, sechs, vielleicht mehr Minuten; kam der erste nicht gerade verstört, doch erregt heraus, der zweite mit zufriedenem Lächeln.

Kleiner Aufenthalt entstand, als gegen vierzehn Uhr fünfundvierzig, als man sich gerade zum Aufbruch rüstete, Hollweg hereinkam, frisch gebadet, gut gelaunt Hermes und Kugl-Egger zuwinkte, sich vor den Damen aus der Ferne verbeugte und zu Grähn, der Schorf-Kreidel und Außem an den Tisch ging, dort den Rat erhielt, sich Spiegeleier mit Speck oder ein Omelette zu bestellen, heute sei alles danebengegangen, sogar der Salat; die Schorf-Kreidel, Grähn, Hollweg und Außem, Gleichgesinnte der liberalen Opposition, besprachen sich, nicht allzu laut, über eine Veranstaltung, die auf den kommenden Abend angesetzt war, von der man hoffte, daß die Hermes nicht wieder dort erscheinen und durch ihre kecken fortschrittlichen Fragen den »Rahm der Liberalität für die Kreis-Birglar-Katholiken abschöpfen« würde. »Dieses Weibsstück«, sagte die Schorf-Kreidel leise, »es könnte uns kein besserer Dienst getan werden als die zu exkommunizieren.« Dennoch der Hermes freundschaftlich zuwinkend, als diese jetzt, mit der Kugl-Egger untergehakt, die Terrassen verließ, versprach sie, noch heutigen Nachmittags in die nahe gelegene Großstadt zu fahren und den Referenten auf die zu erwartenden Zwischenfragen der Hermes vorzubereiten; dieser junge Abgeordnete sollte referieren über das Thema »Welternährung – Geburtenkontrolle – Wohlfahrtsstaat«, und es war zu erwarten, daß die Hermes, der seit einigen Monaten der Spitzname »Pillen-Else« anhing, sich gehörig ins Zeug legen würde. Hollweg jedenfalls versprach, für seine Zeitung selbst zu kommen und einen Leitartikel darüber zu schreiben, in dem, »wie ich fest verspreche, die Else keine halbe Zeile bekommen wird«. Beiläufig fragte er nach dem Gang der Verhandlung in der Gruhl-Sache, woraufhin Grähn erläuterte, im Zeugenzimmer ginge es ganz lustig zu, die Schorf-Kreidel aber sagte, es sei schade, die einzige, die ein bißchen Farbe in die Bude hätte bringen können, die Seiffert, sei kurzerhand abgewürgt worden. Als sie erzählte, wie Gruhl sich die Pfeife angesteckt, sie sozusagen versengt, sich aber »charmant, du kennst ihn ja«, entschuldigt habe, sagte

Hollweg, das sei ganz hübsch und gäbe eine nette kleine Lokalspitze ab mit dem Thema »Über das Rauchen im Gerichtssaal«, da hakte Außem ein und meinte, ob er nicht unter seinem Pseudonym »Justus« einen kleinen Kommentar über die »Sinnlosigkeit des Verbrennens von Autos und die Sinnlosigkeit gewisser Prozeßprozeduren« schreiben könne, doch Hollweg wurde kurz, fast ärgerlich und flüsterte, »unsere Freunde« hätten ausdrücklich darum gebeten, nicht über den Prozeß zu schreiben, und auch er würde sich wohl seine Lokalspitze verkneifen müssen, denn Rauchen im Gerichtssaal, und das »von einem Angeklagten«, sei ein zu auffälliges Delikt.

Auf dem Rückweg zum Gericht fragte Hermes den Kugl-Egger, warum er die Kompetenz des Gerichts nicht anzweifele und ein Schöffengericht als Minimalforderung erhebe, woraufhin Kugl-Egger lächelnd meinte, es werde ihm, dem Verteidiger, das Recht nicht bestritten werden, diesen, »wie ich zugeben muß«, seltsamen Rechtsumstand anzuzweifeln und die beiden Gruhl vor Prells Forum zu schleppen, anstatt ein halbes Jahr (was der Verteidiger sofort in vier Monate korrigierte) zwei Jahre für seine Mandanten zu erzielen, aber er bezweifle den möglichen Erfolg einer solchen Intervention, schließlich sei die Klage auf Sachbeschädigung und groben Unfug erhoben; er zuckte die Achseln, lächelte ominös und meinte, es sei eben doch wohl nicht viel mehr als eine Schmuggler-, Wilderer- oder Schwarzbrennergeschichte, möglicherweise sei eine Gotteslästerung und Blasphemie drin, denn das Singen der Litanei sei doch recht ungehörig gewesen. Wo kein Kläger sei – und er, der Staatsanwalt, sei der Kläger –, sei kein Richter. Er, Hermes, könne ja, wenn ihm daran liege, ein höheres Strafmaß fordern!

Die inzwischen schon recht verschreckte Frau Kugl-Egger, die sich weder durch das Schokoladenparfait noch durch einen guten Kaffee hatte über das mißglückte Essen hinwegtrösten oder -täuschen lassen, war einigermaßen erleichtert, als sie endlich den Gerichtssaal erreichten, weil dieser eine gewisse Garantie dafür bot, daß die Hermes mindestens für die nächsten Stunden schweigen würde; sie sehnte sich längst schon heftig nach »diesem Nest östlich Nürnberg« zurück: die Heimat kam ihr sowenig heimatlich vor, und die Meinungen der Hermes über die wichtigsten Zeitfragen waren ihr schon hinlänglich und eindringlich bekannt; inzwischen auch hatte sie längst herausgefunden, daß diese wirklich jenes »irgendwie immer in Äpfel beißende« überlebhafte blonde Mädchen gewesen war, das seinerzeit mit größter Eile und für lange Zeit in ein Internat hatte gesteckt werden müssen; im ganzen keine unsympathische, gar nicht boshafte, nur eindeutig aufreibende Person, in deren hellem Lachen immer die Tränen mitklangen; ob sie schon in Israel gewesen sei, konnte die Hermes die Kugl-Egger noch gerade fragen, als das Gericht wieder einzog; der Kugl-Egger blieb eine Antwort erspart, sie konnte nur mit dem Kopf schütteln, woraufhin die Hermes mit unnachahmlichen Gesten noch gerade zu verstehen geben konnte, dort *müsse* sie hin, das *müsse* man gesehen haben.

Der Oberleutnant entschloß sich, die erste Hälfte dieses Tages als einen Unglücksmorgen zu buchen, an dem ihm – er hoffte immer noch, bei seiner Aussage am Nachmittag wenigstens einen Teil seiner Bedrückung geklärt zu sehen – alles mißlungen war oder zum Ärger geriet: das Gespräch mit dem Pfarrer, sein Versuch, seine beiden Untergebenen zu Takt und Sitte anzuhalten, und nun: dieses offensichtlich mißglückte Essen, über das ihn der Preisnachlaß und die Schokoladenspeise nicht so ganz hinwegzutrösten vermochten; zunächst hatte er das mißglückte Essen als »sowohl persönliche wie ideologische« Antipathiekundgebung gegen sich und die Institution, der sein Herz gehörte, betrachten wollen, dann aber, als der Wirt sich entschuldigte, zur Schokoladenspeise auch noch eine kostenlose Tasse Kaffee offerierte, »um den Ruf des Hauses zu reparieren, der durch unvorhergesehene Gemütsbelastungen« in Gefahr geraten sei, blickte er jenem in die hundebraunen, mit Schläue grundierten Augen, witterte erst Spott, fand diesen nicht und rauchte halbwegs getröstet eine Zigarette zum Kaffee, während er den Leitartikel der überregionalen Zeitung zu Ende las.

Im Café Frohn war es, bevor die Leuffen aus der Küche herüberkam und ankündigte, daß es Zeit sei, ins Gericht zurückzukehren, und nachdem die Scholwens über Gebühr lange den Rat der Wermelskirchen in Anspruch genommen hatten, zu einer uneingeschränkt dramatischen Lebensbeichte der Wermelskirchen gekommen, die innerhalb von knapp fünfundzwanzig Minuten dem erschrockenen Pfarrer zur Beichte hinzu noch eine fast komplette Liebesphilosophie extemporierte; wie sie sehr jung geheiratet habe, beziehungsweise verheiratet worden sei an den damaligen Unteroffizier Wermelskirchen, der sie – sechzehn sei sie gewesen, jung, froh, so lebens- wie liebeshungrig – zuerst geheiratet habe »mit Kirche und allem Drumherum«, dann verführt, und es sei kein Heil in den Dingen gewesen, die er mit ihr getrieben, kein Heil, und es habe ihr Angst gemacht, was das Geschlecht aus den Männern machen könne, zwei Jahre sei sie mit dem Wermelskirchen verheiratet gewesen, der ein schlauer und fauler Bursche, doppelt so alt wie sie, zweiunddreißig, und nur eins sicher gewesen sei: ein Mann; kein Soldat, kein Bauer, nur ein Mann, und das in einem Maße und auf eine Weise, daß sie habe weinen müssen; dann aber sei er in den letzten Kriegsmonaten von Birglar, wo er einen Druckposten bei einer Kraftfahrzeugeinheit innegehabt habe, weggeholt worden und nach zwei Tagen tot gewesen; ein Kamerad von ihm habe ihr die Nachricht gebracht, nicht nur diese, auch gewußt habe der, ihr erzählt, daß er wisse, wie ihre Haut, ihre Hände seien, er habe ihren Körper gekannt wie ihr Mann, der über seinen Tod hinaus durch diesen Kerl wieder Besitz von ihr ergriffen habe, »ein schlimmer Verrat«, und das sei es: sie sei eben nicht die Witwe, immer noch die Frau von diesem Wermelskirchen; er besäße sie immer noch, er, der da irgendwo im Hürtgenwald, ohne Grab, ohne Kreuz, keine Erdenspur hinterlassend, längst »eingepflügt« sei; oh, der *lebe*, ihr brauche keiner zu erklären, daß die Toten nicht tot sind, aber manchmal meine sie, es wäre besser, wenn die Toten wirklich tot wären, und schließlich sei sie ja vor Priester und Altar von ihren frommen Eltern an diesen Wermelskirchen gegeben worden; und ob er, der Pfarrer, denn nicht begreifen könne, wie »er manchmal über sie käme«, dieser Kerl, der sogar den kleinen Leberfleck verraten und weiterverschenkt habe, den sie auf dem Rücken habe. Suppe und Kaffee wurden kalt, so daß es notwendig war, der Frohn, als sie mit der Leuffen herüberkam, eine lange hilflose Entschuldigung hinzumurmeln, deren es gar nicht bedurft hätte, denn die Frohn begriff sofort, daß hier Außerordentliches sich abgespielt hatte. »Saß da«, erzählte sie später, »und hielt ihre Hand, wie's Verliebte manchmal im Kino tun, hielt diese schrecklich schönen Hände, und keiner hatte die Suppe oder den Kaffee auch nur angerührt.«

Oben, wo sie zusammentrafen, um ihre Roben wieder anzuziehen, gab Stollfuss den Herren bekannt, daß er die Verhandlung noch heute zu Ende zu führen gedenke, die Herren sich also schon Gedanken und Notizen für ihre Plädoyers machen möchten; er denke, es könne möglich sein, mit den Zeugenaussagen, einer neuerlichen Vernehmung der beiden Gruhl, mit den beiden Gutachtern Professor Büren und dem Kunsthändler Motrik bis spätestens gegen 18.30 Uhr fertig zu sein, dann eine Pause einzulegen, vielleicht auch noch eine kurze Pause vorher. Dem Kugl-Egger schien dieser Plan sehr, dem Hermes nicht sonderlich zu passen; natürlich sei er, so sagte er, nicht nur einverstanden mit diesem Zeitplan, doch hege er einige Zweifel, ob seine Mandanten eine »solche Strapaze« ohne Schaden überstehen würden, erntete jedoch mit solchem Argument bei Stollfuss nur ein liebenswürdiges, bei Kugl-Egger ein höhnisches Lächeln, nahm dann des Stollfuss freundlich geäußerte Bitte, doch den Ohnmachts- oder Schwächeanfalltrick nicht anzuwenden, mit einem säuerlichen Lächeln hin; es könne ja, sagte Stollfuss im Hinuntergehen, nicht ohne eine sanfte Drohung in seiner Stimme mitschwingen zu lassen, es könne ja, falls er, der Hermes, Schwäche oder Ohnmacht befürchte, der für solche Fälle vorzüglich geeignete Dr. Hulffen aus dem etwa zwei Minuten entfernten Marienhospital herbeigerufen werden. Auch sei die Schroer beistandsbereit. Hermes, der im stillen gehofft hatte, eine Schulfreundin seiner Frau, die gelegentlich für eine überregionale Zeitung Berichte schrieb, deren Besuch aber erst für den späten Abend erwartet wurde, am Abend mit den juridischen Seltsamkeiten des Prozesses vertraut zu machen und am Morgen mit in die Verhandlung zu lotsen, fühlte sich nicht nur ein wenig, sondern ziemlich überrumpelt und bedachte den Fall auf eventuelle Revisionsgründe hin.

3

Von dem Dutzend Zuschauern des Vormittags waren nur noch drei übriggeblieben: die Hermes, die Kugl-Egger und Bergnolte, der noch darüber nachdachte, ob das Essen in diesem ihm als »bestes Haus am Platze« empfohlenen Lokal nun wirklich so schlecht gewesen sein könnte, wie's ihm geschmeckt hatte, oder ob dieser Eindruck nur einer »zufälligen Disposition seiner Geschmacksnerven« zuzuschreiben sei, denn er konnte sich nicht denken, daß Grellber, dessen Gourmandismus so notorisch war, daß er gelegentlich sogar als Amateur-Gutachter bei einschlägigen Vergehen gegen das Lebensmittelgesetz auftrat – daß diesem dieses genüßliche Schmatzen bei der Empfehlung der dortigen Küche nicht ernst gemeint gewesen sei. Er nahm nachdenklich auf seinem alten Stuhl Platz, erst befriedigt, dann fast beklommen, weil die Zuschauerreihe sich so gelichtet hatte. Ferngeblieben waren am Nachmittag: die Frau des Verkehrssoziologen Heuser, die für ihren Mann noch ein Referat über Verkehrsampelprobleme vorbereiten mußte; da waren Statistiken auszuwerten, Stichworte hinzuschreiben, der Ablauf des Referates zu ordnen; außer ihr ferngeblieben waren: Agnes Hall aus bekannten Gründen, der Metzger Leuffen aus Huskirchen, Gruhls Schwager, weil er für eine große Hochzeit, die am nächsten Tage stattfinden sollte, ein Schwein und ein Kalb schlachten mußte, zwei Kollegen von Gruhl sen., denen daran gelegen hatte, die Aussagen des Wirtschaftsprüfers zu hören, die aber den Nachmittag nicht noch opfern konnten und Gruhl durch Schroer, den Justizwachtmeister, gebeten hatten, ihnen doch das Wichtigste aus dieser Aussage bei nächster Gelegenheit mitzuteilen; die Schorf-Kreidel aus bekannten Gründen und außerdem drei pensionierte Bürger, die gewöhnlich nur am Vormittag sich ihre Zeit als »Kriminalstudenten« vertrieben, nachmittags aber in einem ruhigen Hinterzimmer der »Bierkanne« für ein Skatturnier probten, das am kommenden Sonntag in der Nachbarkreisstadt Wollershoven vom Komitee »Freude für unsere alten Mitbürger« organisiert worden war; diese drei, ein alter Bauer, ein pensionierter Studienrat und ein fast achtzigjähriger Werkmeister, fanden unabhängig voneinander »irgendwas an der Sache merkwürdig«, weiter aber nichts bemerkenswert, da ihnen der ganze Fall bekannt war.

Neu unter den Zuschauern waren nur zwei: der junge Landwirt Huppenach, ein früherer Mitsoldat des jungen Gruhl aus dem Nachbardorf Kireskirchen, der ohnehin eines Kredits wegen bei der Kreissparkasse zu tun gehabt hatte, und ein pensionierter Kreisamtmann namens Leuben, der entfernt mit Stollfuss verwandt war. Sowohl der Landwirt Huppenach wie der alte Leuben wurden von Bergnolte nur kurz verdächtigt, Journalisten zu sein, nach rascher Prüfung ihres Habitus' und Gesichtsausdrucks sofort aus diesem Verdacht entlassen.

Die spürbar größere Aufgeräumtheit des Gerichtsvorsitzenden und der Angeklagten wäre eines weitaus größeren Zuschauerkreises würdig gewesen; besonders die beiden Gruhl, hatten sie am Morgen schon gelassen und ruhig gewirkt, strahlten nun eine Heiterkeit aus, die sogar die ein wenig beeinträchtigte Laune des Verteidigers besserte. Der Staatsanwalt schien durch das mißlungene Essen nicht übellaunig geworden zu sein: er hatte sich kurzerhand als zweiten Nachtisch von Schmitz eins seiner berühmten Omelettes soufflés bereiten lassen; die Gruhls, besondere Günstlinge des Schicksals, waren die einzigen Gäste der Duhr-Terrassen, die von der Störung der Kochkünste nicht betroffen wurden; jene Eröffnung, deren Folge die Störung der Kochkünste verursacht hatte, war von der jungen Dame erst gemacht worden, als die einzig perfekten Kalbsmedaillons dieses Tages für die Gruhls schon im Essenträger waren. Ungeheuer animiert hatte den älteren Gruhl auch der an diesem Tag besonders ausgezeichnete Kaffee, zu dem er eine jener Zigarren rauchte, von denen Schmitz, wie er wußte, nur selten eine »springen ließ«: ein mildwürziges Tabakgebilde von uneingeschränkter Reinheit. Die Eröffnung der Eva Schmitz, daß sie ein Kind erwarte, hatte sowohl den jungen wie den alten Gruhl in einen wahren Zustand der Euphorie versetzt: sie hatten abwechselnd mit ihrer Braut beziehungsweise Schwiegertochter ein kleines Tänzchen aufgeführt und sie immer wieder gefragt, ob es denn auch wirklich sicher sei. Der Staatsanwalt, beflügelt noch durch die Tatsache, daß seinem Kollegen Hermes die geplante Regie zu mißlingen schien, bat als ersten nach der Pause noch einmal Gruhl sen. vor die Schranke und fragte ihn wohlgelaunt, ob er sich nicht getäuscht habe, als er ausgesagt habe, er sei zwar mit den Gesetzen, den Steuergesetzen, in Konflikt gekommen, aber nicht vorbestraft. Gruhl sagte nein, vorbestraft sei er nicht – es sei denn, die unzähligen Zwangsvollstreckungsbefehle..., woraufhin ihn der Staatsanwalt freundlich unterbrach und sagte nein, die meine er nicht, er suche nur nach einer Erklärung für die merkwürdige Tatsache, die ihm beim neuerlichen Durchblättern der Akten aufgefallen sei, daß Gruhl, obwohl erst 1940 eingezogen, schon Ende 1942 Feldwebel gewesen sei, seltsamerweise Ende 1943 aber wieder den Rang eines einfachen Soldaten gehabt habe. Oh, sagte Gruhl heiter, das sei sehr einfach zu erklären, er sei eben im Sommer 1943 degradiert worden. Oh, sagte der Staatsanwalt, die Heiterkeit beibehaltend, das klinge so selbstverständlich, ob denn alle Soldaten so mir nichts, dir nichts degradiert worden wären? Nein, sagte Gruhl, nun schon nicht mehr nur heiter, sondern fast fröhlich, er habe ein Militärstrafgerichtsverfahren über sich ergehen lassen müssen, er sei zu acht Monaten Gefängnis verurteilt worden, habe aber nur sechs Monate verbüßt, diese in einer Art Festungshaft. Hier griff der Verteidiger energisch ein und fragte den Vorsitzenden, ob es zulässig sei, eine Militärstrafe hier als Vorstrafe zu bezeichnen. Der Staatsanwalt erwiderte, er habe bisher noch keine Militärstrafe als Vorstrafe *bezeichnet*, der Vorsitzende erwiderte dem Hermes ruhig, das käme darauf an, auf Grund welcher Straftat Gruhl verurteilt worden sei. Lächelnd fragte der Staatsanwalt nun den Gruhl sen., ob er denn, wenn er darüber befragt werde, sich einlassen wolle oder nicht. Ohne sich mit dem Verteidiger zu beraten, schüttelte Gruhl den Kopf und sagte ja, er würde sich einlassen. Darauf der Staatsanwalt: »Dann erzählen Sie mir doch einmal, was da passiert ist.« Gruhl erzählte, er sei schon während der Grundausbildung immer abkommandiert gewesen zu Tischlerarbeiten, teils in den Wohnungen der Offiziere und Unteroffiziere, teils habe er in der Bataillonswerkstatt für diese gearbeitet; als sein Regiment dann nach Frankreich ausgerückt sei, nach Beendigung des Krieges dort (Zwischenfrage des Staatsanwalts: »Sie meinen den Frankreichfeldzug?« Antwort des Gruhl: »Ich meine den Krieg«) sei er erst in Rouen, später in Paris gewesen; er sei auf Grund seiner »Gesuchtheit« immer höher gereicht worden, habe zuletzt für einen Oberst gearbeitet, und zwar »ausschließlich Louis Seize – das war der Tick seiner Frau«; es sei dann später für ihn eine kleine Tischlerwerkstatt im Pariser Vorort Passy beschlagnahmt worden, eine kleine Bude, die aber alles enthielt, was er gebraucht habe; dort sei er morgens hingegangen, habe gearbeitet, später habe er auch dort geschlafen, noch später habe er sich mit dem Kollegen, dem die Werkstatt gehörte, angefreundet, beim Oberst durchgesetzt, daß dieser mitarbeitete; der Kollege heiße Heribault, und er sei heute noch mit ihm befreundet. Heribault besitze jetzt ein gutgehendes Antiquitätengeschäft; auf die Idee, ein solches Geschäft zu eröffnen, sei er während des Krieges bei der Zusammenarbeit mit ihm, Gruhl, gekommen; Heribault sei ein sehr, sehr guter Tischler gewesen, hauptsächlich Möbel, aber nicht Stilmöbel, das habe er, Gruhl, ihm beigebracht. Nun, nachher hätte Heribault ganz für seine eigene Tasche gearbeitet, der Oberst habe nicht die geringste Ahnung gehabt, und er Gruhl, habe ihn natürlich über die Dauer einer Arbeit im unklaren gelassen; er habe sich für eine kleine Kommode, die er zu Hause als freier Mann in einer Woche oder gar in drei Tagen renoviert hätte, bis zu zwei Monate Zeit genommen. Nun, eines Tages habe er dem Oberst gesagt, daß er zu Hause mit dieser Arbeit gut und gerne vier- bis fünfhundert Mark im Monat verdienen könne, und daß der Sold eines einfachen Soldaten eigentlich eine sehr schäbige Bezahlung sei. Der Oberst habe gelacht, und er sei dann sehr rasch erst zum Gefreiten, zum Unteroffizier, später zum Feldwebel befördert worden. Es hätten später in Heribaults Werkstatt Zusammenkünfte stattgefunden, es seien manchmal abends ein paar Männer, auch Frauen, gekommen, hätten Wein und Zigaretten mitgebracht, und jedesmal habe Heribault ihn weggeschickt, indem er sagte, es sei besser für sie und für ihn, wenn er gar nicht wisse, worüber da gesprochen werde; an der Tür der Werkstatt sei ein Schild gewesen: Deutsche Wehrmacht oder so ähnlich. Er sei dann immer ins Kino oder zum Tanzen gegangen und auf Heribaults Bitte hin immer erst gegen Mitternacht nach Hause gekommen. Auf die mit tückischer Sanftmut ausgesprochene Frage des Staatsanwalts, ob ihm, Gruhl, das denn nicht verdächtig gewesen sei, sagte Gruhl, verdächtig: nein, aber er habe sich natürlich gedacht, daß die Männer und Frauen dort nicht zusammenkämen, um den Text einer Ergebenheitsadresse an Hitler zu diskutieren. Es sei ja Krieg gewesen, und er, Gruhl, habe nicht den Eindruck gehabt, die Franzosen seien sehr begeistert davon gewesen, Heribault habe ihm und dem Oberst auch geholfen, Möbel zu beschaffen; er habe viele Tischler, Althändler und auch Privatleute gekannt. Für die gekauften Möbel sei ein Preis in Butter, Zigaretten und Kaffee ausgemacht worden, »und zwar so hoch, daß auch die Nachbarschaft noch etwas mitbekommen« habe; es sei jeder Preis gezahlt worden in Butter, Kaffee, Zigaretten; er, Gruhl, sei auch viel umhergefahren, nach Rouen, Amiens und später nach Orléans, und er habe immer für Freunde von Heribault Päckchen mitgenommen: Butter, Kaffee und so weiter, bis eines Tages Heribault ihn gefragt habe, ob er ein

Butterpaket mitnähme, auch wenn er wisse, daß weder Butter noch Zigaretten oder Kaffee drin sei; nun, er sei mit Heribault inzwischen sehr gut befreundet gewesen, habe bei dessen Familie gewohnt und gegessen, und Frau Heribault und die kleine Tochter seien beim Tode seiner Frau sehr gut zu ihm gewesen – er habe also Heribault gebeten, ihm zu sagen, was denn in dem Päckchen drin sei, und der habe gesagt »nichts Schlimmes, nur Papier, unglücklicherweise mit Sachen bedruckt, die deinem Oberst nicht viel Freude machen würden«. Nun ja, er habe also die Päckchen mitgenommen, mehrere Male, bis ihm eines Tages ein Soldat auf der Kommandantur, wo er hin und wieder hingemußt habe, Lebensmittelmarken und seinen Sold abzuholen, gewarnt und ihm zugeflüstert habe, die Werkstatt stünde unter Bewachung. Er habe daraufhin Heribault gewarnt, der sofort verschwunden sei mit seiner Familie; er selbst sei zwei Tage später verhaftet worden; er habe zugegeben, die Päckchen mitgenommen, doch nicht zugegeben, von deren Inhalt gewußt zu haben. Nach der Gerichtsverhandlung sei übrigens das »ganze Möbelgeschäft, denn darum handelte es sich, wie sich herausstellte« aufgeflogen, auch der Oberst sei degradiert worden. Gefragt, ob er diese Strafe als gerecht empfunden und Gewissensbisse empfunden habe, sagte Gruhl nein. Gewissensbisse habe er nicht die geringsten empfunden; und ob er die Strafe als gerecht empfunden habe – nun, gerecht, das sei ein großes Wort, besonders peinlich im Zusammenhang mit Krieg und dessen Folgen. So, er empfinde also die Worte gerecht und Gerechtigkeit als peinlich, auch heute noch? Ja, sagte Gruhl, »auch heute noch als ausgesprochen peinlich«. Er habe doch gesagt, er sei politisch nie interessiert gewesen, wieso er denn Partei ergriffen habe für diese Leute? Gerade weil er politisch desinteressiert sei, habe er für diese Leute Partei ergriffen; er habe sie gemocht. »Aber das verstehen Sie doch nicht.« Der Staatsanwalt wurde böse und verbat sich, von dem Angeklagten wieder ein Intelligenzurteil entgegennehmen zu müssen, im übrigen habe er keine Frage mehr an ihn zu stellen, seine Gesinnung sei ihm jetzt vollkommen klar und im Zusammenhang mit der Gesinnung des Horn noch klarer; auch falle ihm auf, daß der Angeklagte die merkwürdigsten Dinge »natürlich« fände; alles bezeichne er als »natürlich«. Der Vorsitzende rügte mit ernsten Worten Gruhls »Das verstehen Sie doch nicht« und erlaubte, nicht mehr ganz so gutgelaunt, weil er die kostbare Zeit entschwinden sah, dem Verteidiger eine Frage an Gruhl. Der: was Gruhl im Militärgefängnis und nach

seiner Entlassung getan habe? Gruhl, müde und schon sehr
gleichgültig: »Möbel repariert, später in Amsterdam.« Vom
Verteidiger gefragt, ob er nicht doch an Kampfhandlungen teilgenommen habe, sagte Gruhl: »Nein, ich habe nur an der Möbelfront gekämpft, hauptsächlich an der Louis-Seize- und Directoire-
und Empire-Front.« Der Staatsanwalt bat darum, den Ausdruck »Möbelfront« zu rügen, er erblicke darin eine Herabset-
zung der Gefallenen des letzten Krieges, auch seines Vaters, der
nicht an der Möbelfront gefallen sei. Gruhl, vom Vorsitzenden
aufgefordert, sich zu diesem berechtigten Einwurf zu äußern,
sagte mit ruhiger Stimme zum Staatsanwalt, es läge nicht in seiner Absicht, das Andenken von Gefallenen zu schmälern, in seiner Familie seien gefallen: ein Bruder, ein Onkel, ein Schwager,
und außerdem sei sein bester Jugendfreund, der Landwirt Wermelskirchen aus Dulbenweiler gefallen, *er* aber, Gruhl, habe eben
nur an der Möbelfront gekämpft, und er habe mit seinen Brüdern,
seinem Schwager Heinrich Leuffen und seinem verstorbenen
Freund Wermelskirchen oft über seine Tätigkeit gesprochen, er
sei sogar von seinem Freund Wermelskirchen, der ein ziemlich
hochdekorierter Fliegerunteroffizier gewesen sei, aufgefordert
worden: »Halte du nur die Stellung an der Möbelfront«, das
Wort stamme also nicht von ihm, Gruhl, sondern aus dem Mund
eines ziemlich hochdekorierten Soldaten, der gefallen sei. Er
fühle sich nicht verpflichtet, den Ausdruck zurückzunehmen.

Die Vernehmung des fast achtzigjährigen Pfarrers Kolb aus Huskirchen verlief fast wie ein Gespräch unter Freunden; es nahm
gelegentlich Formen eines theologischen Seminars auf Volks-
hochschulbasis an, enthielt einige Elemente von Dorfklatsch,
zur Beruhigung des Vorsitzenden, zur Enttäuschung der Damen
Hermes und Kugl-Egger wenig von dem, was den Pfarrer weit
über den Kreis Birglar hinaus bekannt gemacht hatte: wenig von
seiner »feurigen, unerschrockenen Originalität«, die zwar in seinen Äußerungen, doch nicht in deren Artikulation enthalten war.
Bergnolte, der einzige der Anwesenden, der ihn nicht kannte
(die Kugl-Eggers hatten bei ihrem Antrittsbesuch in Huskirchen
Proben seines Temperamentes erfahren), bezeichnete ihn am
Abend Grellber gegenüber »als richtiges Original, Sie wissen
schon, was ich meine«.

Der Vorsitzende bot Kolb mit einer zurückhaltenden Höflichkeit, in der auch der Böswilligste keine Spur Kränkendes hätte
entdecken können, einen Stuhl an, den Kolb mit ebenso höflicher

Zurückhaltung, in der nichts Kränkendes sich verbarg, ablehnte.

Der Pfarrer sagte, er kenne Gruhl sen. nicht gerade von frühester Jugend an, aber doch, seitdem er zehn Jahre alt sei; damals sei er von Dulbenweiler oft zu seiner Tante Wermelskirchen nach Huskirchen gekommen. Gut kenne er ihn, seitdem er sechzehn sei und angefangen habe, »mit der Elisabeth Leuffen zu gehen, seiner späteren Frau«. Ihm sei der Gruhl immer als sehr fleißiger, zuverlässiger Mensch bekannt gewesen; hilfsbereit, etwas zu still, aber das könne mit sehr düsteren Kindheitserlebnissen zusammenhängen. Nach diesen vom Staatsanwalt gefragt, sagte Kolb, er sehe keinen Grund, darüber etwas zu sagen; solche Dinge würden allzuleicht ausgeschlachtet. Vom Staatsanwalt, der nicht wagte, in dieser Sache zu insistieren, dann gefragt, wie es mit Gruhls religiöser Haltung sei, zeigte Kolb fast Ansätze seines berühmten Temperaments, indem er, etwas lauter als bisher, sagte, er stehe hier vor einem *weltlichen* Gericht, und eine solche Frage stehe hier niemandem zu, eine Frage übrigens, die er auch vor einem kirchlichen Gericht nicht beantworten würde, die er nie beantwortet habe. Der Vorsitzende belehrte ihn höflich, daß er zwar die Antwort auf die Frage des Staatsanwalts verweigern könne, es hier aber darauf ankomme, eine Vorstellung von Gruhls Charakter zu bekommen, und, da er, der verehrte Herr Kolb, ja immerhin Pfarrer sei, es wohl nicht so ganz unberechtigt sei, auch nach dieser Seite von Gruhls Charakter zu fragen. Kolb, so höflich wie Stollfuss, bestritt den Zusammenhang von Religion und Charakter, ja, wieder etwas lauter redend, zum Staatsanwalt gewandt, sagte er, er bestreite sogar den Zusammenhang von Religion und Anständigkeit. Eins könne er sagen: ein anständiger Mensch sei Gruhl *immer* gewesen, er habe sich auch nie abfällig oder blasphemisch über religiöse Dinge geäußert, im übrigen, was das Weltliche angehe, sich sehr um die Pfarre Huskirchen verdient gemacht beim Wiederaufbau und der Wiederherstellung der arg zerstörten Kirche; er sei auch sehr kinderlieb, habe in den »schlechten Jahren« mit eigener Hand sehr schönes Spielzeug aus Holz für die Kinder hergestellt, die keine Aussicht auf Weihnachtsgeschenke dieser Art gehabt hätten. Gruhl sen. bat hier durch ein Handzeichen ums Wort, erhielt es vom Vorsitzenden und sagte, er wolle ungefragt hier erklären, daß er religiös gleichgültig sei; er sei das schon sehr lange, schon als er bei dem verehrten Pfarrer Brautunterricht bekommen habe, also vor etwa fünfundzwanzig Jahren. Der Pfarrer sagte daraufhin, es möge ja sein, daß Gruhl der Glaube fehle, er aber, der Pfarrer, halte Gruhl für einen der wenigen Christen, die er in der Gemeinde habe. Als der Staatsanwalt, sehr höflich, fast liebenswürdig und lächelnd sagte, er sei recht erstaunt, solches von einem Pfarrer zu hören, und er hege – »bitte, verzeihen Sie« – einige Zweifel, ob das theologisch haltbar oder tragbar sei und ob ihn, den Pfarrer, diese Gleichgültigkeit nicht schmerze. Der Pfarrer sagte ebenso höflich, fast liebenswürdig und lächelnd, ihn schmerze sehr viel auf dieser Welt, aber er erwarte vom Staat keine Hilfe für seine Schmerzen. Was die theologische Trag- oder Haltbarkeit seiner Behauptung angehe, so habe er, der Staatsanwalt, wahrscheinlich zu viel »von katholischen Vereinen mitbekommen«. Der Vorsitzende erlaubte sich einen Scherz, indem er den Staatsanwalt fragte, ob ihm daran liege, eine Art theologischen Obergutachtens einzuholen, was die Konfession des Gruhl angehe; der Staatsanwalt wurde rot, der Protokollführer Referendar Außem grinste und erzählte später am Abend seinen Parteifreunden, »es sei fast zum Krach gekommen«. Der Verteidiger fragte nun den Pfarrer, ob es wahr sei, daß er den Gruhl einmal rauchend in der Kirche angetroffen habe. Ja, sagte der Pfarrer, einmal oder sogar zweimal habe er den Gruhl in der Kirche Pfeife rauchend angetroffen; Gruhl – das habe er wohl seiner verstorbenen Frau versprochen – setze sich manchmal in die Kirche, wenn kein Gottesdienst sei, und er habe den Gruhl tatsächlich Pfeife rauchend in einer der letzten Bänke sitzend angetroffen; zunächst habe ihn das sehr erschreckt und böse gemacht, er habe das als blasphemisch empfunden, dann aber, als er Gruhls Gesichtsausdruck gesehen, ihn angerufen, wohl auch ein wenig gescholten habe, habe er auf dessen Gesicht den Ausdruck einer »fast unschuldigen Frömmigkeit« entdeckt. »Er war ganz traumverloren und geistesabwesend, und wissen Sie«, fügte der Pfarrer hinzu, »vielleicht kann das nur ein Pfeifenraucher, wie ich selbst einer bin, verstehen, die Tabakspfeife wird fast zu einem Körperteil, ich habe mich selbst schon dabei ertappt, wie ich mit der brennenden Pfeife in die Sakristei ging und erst bemerkte, daß ich sie im Mund hatte, als ich die Kasel über den Kopf zog und die Pfeife mir bei dem engen Halsausschnitt im Weg war, und – wer weiß – wenn der Ministrant nicht gewesen wäre, wäre ich vielleicht, wenn der Halsausschnitt nicht so eng gewesen wäre, mit der Pfeife im Mund zum Altar gegangen.« Diese Bemerkung des Pfarrers wurde vom Gericht, den Angeklagten und den Zuschauern verschieden aufgenommen: Frau Kugl-Egger sagte später, sie habe ihren Ohren nicht getraut, Frau Hermes fand es »großartig«, Bergnolte meinte am Abend zu Grellber: »Ich glaube, der ist doch nicht mehr ganz richtig im Kopf«; der Vorsitzende, der Verteidiger und die Angeklagten schmunzelten, der Staatsanwalt sagte am Abend zu seiner Frau, ihm sei regelrecht unheimlich gewesen, während der junge Huppenach laut lachte und der alte Leuben den Kopf schüttelte und später erzählte, das sei »entschieden zu weit« gegangen. Vom Verteidiger gefragt, was er über Georg Gruhl sagen könnte, sagte der Pfarrer, der sich dem jungen Gruhl lächelnd zuwandte, den kenne er nun wirklich seit seiner Geburt, er sei ja in Huskirchen zur Welt gekommen, von ihm auf Wunsch seiner Mutter, die schon im Sterben gelegen habe, im Hause getauft worden, er sei in Huskirchen zur Schule gegangen; kurz: er kenne ihn, er schlage mehr nach seiner Mutter, sei aber »wilder als die«, er sei ein ordentlicher, fleißiger Junge gewesen, ein Herz und eine Seele mit seinem Vater; in den ersten Jahren seines Lebens sei er von seiner Großmutter aufgezogen worden, später, nach dem Krieg, als er etwa drei gewesen sei, von seinem Vater allein. Verändert sei der Georg erst, seit er in der Bundeswehr sei. Auch die Tatsache, daß sein Vater gerade in dieser Zeit immer mehr in Schwierigkeiten geraten sei, vor allem aber »die Langeweile, diese unaussprechliche Langeweile«, das habe den guten und gesunden Jungen, der sehr lebensfroh und fleißig gewesen sei, schwer getroffen, es habe ihn verändert, »böse, ja, fast bösartig gemacht«. Der Staatsanwalt, höflich und doch fest, unterbrach den Pfarrer hier, sagte, jemand, der durch den Dienst in einer demokratischen Institution wie der Bundeswehr böse, ja bösartig würde – was ihn angesichts der Gesinnung und des Lebenslaufs, der gesamten, hier sich offenbarenden Lebensphilosophie des Gruhl sen. nicht wundere –, also jemand, der dort bösartig würde, müsse schon bestimmte charakterliche Dispositionen mitbringen, seine Frage sei deshalb an den verehrten Pfarrer, worin sich denn die Bösartigkeit des jungen Gruhl geäußert habe; der Pfarrer, ebenso fest und höflich wie der Staatsanwalt, widersprach dessen These von der charakterlichen Disposition, die notwendig sei, einen jungen Menschen durch den Militärdienst böse, ja, bösartig zu machen; nichts sei verderblicher für einen jungen Menschen als die Einsicht in und die Erfahrung mit einer solch riesigen Organisation, deren Sinn in der Produktion absurder Nichtigkeiten, fast des totalen Nichts, also der Sinnlosigkeit, bestünde – nun, das sei seine Ansicht von der Sache, und im übrigen müsse dann er,

der Pfarrer, auch eine charakterliche Disposition zur Bösartigkeit haben, er habe im Jahre 1906 als einjährig Freiwilliger bei der
Artillerie gedient, und die Erfahrung mit dem Militärleben sei
für ihn eine »arge Versuchung zum Nihilismus gewesen«. Was
nun die Hauptfrage des Herrn Staatsanwalts beträfe, *wie* sich die
Bösartigkeit des jungen Gruhl geäußert habe, nun, zunächst
habe sich Gruhl, der, wenn auch kein frommer, so doch gläubiger
und kirchentreuer Junge gewesen sei, er habe angefangen, sich
sehr verächtlich über die Kirche zu äußern im Zusammenhang
mit einem Vorgesetzten, der offenbar etwas zu katholisch sei.
Der junge Gruhl habe ihm, dem Pfarrer, gesagt, er, der Pfarrer,
habe ja keine Ahnung, was »da draußen los sei«, er habe immer
nur ihn, den Pfarrer, predigen gehört, von ihm Religionsunter-
richt erhalten, und er schlüge ihm vor, die »katholische Kirche
von Huskirchen« zu gründen. Doch habe sich des jungen Gruhl
Bösartigkeit auch in fast blasphemischen Malereien und Plastiken geäußert, auch habe er einmal einer Holzplastik, einer Maria
Selbdritt, die er gemeinsam mit seinem Vater an einem Wochenende restauriert und im Auftrage eines Kunsthändlers bei der
Frau Schorf-Kreidel abgeliefert habe, einen Zettel mit dem Götz-
von-Berlichingen-Zitat angeheftet, das er wörtlich zitiert und
mit »Ihre Muttergottes« unterschrieben habe. Mit sehr feiner
Ironie stellte der Staatsanwalt fest, der Ausdruck *zu* katholisch,
von einem ehrwürdigen Pfarrer auf einen Offizier der Bundeswehr angewendet, käme ihm doch ein wenig seltsam vor, wie
auch die Ansichten des verehrten Herrn Pfarrers über eine auf
demokratischem Wege entstandene Institution, die dazu ausersehen sei, jene Werte zu verteidigen, an deren Erhaltung gerade
der Kirche, deren Lehrmeinung über diese Sache anders sei als
die vom Herrn Pfarrer vertretene, gelegen sein müsse; er, der
Staatsanwalt, betrachte diese Äußerungen als die einer sehr liebenswürdigen Originalität; was ihm am wenigsten einleuchte,
sei der Schluß: Militär gleich Schule des Nihilismus, wo doch bekannt sei, daß eine solche Institution dem Ordnungssinn und der
Erziehung diene. Der Pfarrer, ohne erst ums Wort zu bitten,
sagte höflich, fast herzlich sich an den Staatsanwalt wendend,
seine, des Pfarrers, Äußerungen seien nicht die einer liebenswürdigen Originalität, sondern theologisch unanfechtbar; was
er, der Staatsanwalt, als die Lehrmeinung der Kirche bezeichne,
sei der Notwendigkeit entsprungen, sich mit den Mächten dieser
Welt zu arrangieren, das sei nicht Theologie, sondern Anpassung.
Er, der Pfarrer, habe dem jungen Gruhl seinerzeit geraten, doch

den Wehrdienst zu verweigern, Gruhl aber habe gesagt, das könne man nur aus Gewissensgründen, und sein Gewissen spiele in dieser Sache gar keine Rolle, sein Gewissen sei sozusagen mit dem Wehrdienst gar nicht befaßt, sondern seine Vernunft und seine Phantasie, und tatsächlich habe er, der Pfarrer, eingesehen, daß sich in den Worten des jungen Menschen eine tiefe Einsicht verberge, denn auch er halte nicht viel vom Gewissen, das leicht manipulierbar sei, sich in Schwamm oder Stein verwandeln könne, aber die Vernunft und die Phantasie seien göttliche Geschenke an den Menschen; so habe er auch dem jungen Gruhl wenig Trost anbieten können, weil er selbst eingesehen habe, *wie* absurd mit diesen beiden göttlichen Gaben, der Vernunft und der Phantasie des Menschen, verfahren werde; man dürfe auch nicht verkennen, in welch besonders sinnloser Situation sich der junge Gruhl befunden habe; der habe mitansehen müssen, wie sein Vater tiefer und tiefer in Schwierigkeiten geraten sei, während er, der Junge, in Unteroffiziers- und Offizierskasinos für einen Hundelohn Bareinrichtungen gezimmert habe; ganz besonders schlimm sei natürlich diese Dienstfahrt gewesen, von der er..., hier wurde der Pfarrer vom Vorsitzenden höflich unterbrochen und gebeten, keine Aussage darüber zu machen, da dies Gegenstand einer Verhandlung unter Ausschluß der Öffentlichkeit sein werde, zu der Gruhls ehemaliger Vorgesetzter vernommen werden sollte. Da schlug sich der alte Pfarrer an die Stirn und rief: »Ach, der – natürlich, daß ich darauf nicht gekommen bin! Der hätte mich innerhalb weniger Tage zum Atheisten gemacht, wenn ich jung wäre.« Dann meinte er, an dieser Dienstfahrt sei doch nichts Geheimnisvolles, das ganze Dorf wisse doch darüber Bescheid. Der Vorsitzende belehrte ihn darüber, daß ein Unterschied darin bestehe, ob ein ganzes Dorf von einer Sache wisse oder auf dem Wege der Indiskretion erfahren habe – zum Staatsanwalt gewandt meinte er nicht ohne Bosheit, vielleicht erwäge der Staatsanwalt eine Anklage wegen Geheimnisverrat – oder ob eine solche Dienstfahrt, die ja wirklich ein dienstlicher, also geheimer Auftrag sei, öffentlich abgehandelt werde. »Wenn wir«, sagte er höflich, »hier öffentlich darüber verhandeln, ist diese Dienstfahrt, was sie durch das Gerede von drei oder vier Dörfern nie werden kann: ›aktenkundig, und zwar *für die Öffentlichkeit aktenkundig*‹«; das unterscheide eine solche Verhandlung von Gerüchten und Gereden, gleichgültig, wie wahr oder unwahr diese seien. Er müsse also die Dienstfahrt des jungen Gruhl hier ausschließen; an dieser Stelle lachte der Zuschauer Hup-

penach so lange und so laut, daß er, nachdem er von Justizwachtmeister Schroer schon scharf angeblickt worden war, vom Vorsitzenden strengstens verwarnt und ihm der Ausschluß aus dem
Saal angedroht werden mußte. Huppenach verwandelte sein
Lachen in ein Lächeln, das vom Staatsanwalt als süffisant und
obrigkeitsfeindlich bezeichnet wurde, während der Vorsitzende
sagte, er empfinde zwar auch das Lächeln des Huppenach als
»wenig Achtung ausdrückend«, könne aber angesichts der Kürze
der ihm zur Verfügung stehenden Zeit sich nicht entschließen,
hier eine genaue Analyse und moralische Bewertung von Zu-
schauerlächeln vorzunehmen. Der junge Gruhl, darüber befragt,
was er zu den Aussagen des Pfarrers zu sagen habe, sagte mit
kühler Stimme, immer noch recht aufgeräumt, er danke dem
Pfarrer, daß er seinen Gemüts- und Geisteszustand so genau beschrieben und ihm den Versuch erspart habe, sich selbst darzustellen, was ihm ganz bestimmt mit geringerer Präzision als dem
Pfarrer gelungen wäre. Er habe von dessen Aussage weder etwas
wegzunehmen noch etwas hinzuzufügen, der Pfarrer, der ihn
wirklich von Kindesbeinen an kenne und den er verehre, habe
alles gesagt, was er selbst so gut gar nicht hätte sagen können.
Der Pfarrer wurde mit Dank entlassen. Er machte sich einer Pro-
tokollwidrigkeit schuldig, indem er den jungen Gruhl umarmte
und ihm wünschte, er möchte an der Seite einer lieben und hübschen Frau wieder einen Lebenssinn entdecken, woraufhin Gruhl
mit heiterem Lächeln sagte, das sei schon geschehen. Die Rüge
des Vorsitzenden für die Umarmung des Pfarrers fiel sehr milde
aus, klang fast wie eine Entschuldigung.

In einer Pause, die Stollfuss kurzfristig anberaumte, bat er den
Staatsanwalt und den Verteidiger, doch auf je einen Zeugen zu
verzichten; es sei doch, wie er meinte, alles klar, und ob man sich
wenigstens die beiden Damen Leuffen und Wermelskirchen ersparen könne. Nach kurzer Überlegung gaben sich Verteidiger
und Staatsanwalt zufrieden, und so konnte sich der Pfarrer mit
seinen beiden Pfarrkindern, die sowohl erleichtert wie verärgert
waren, gemeinsam auf den Heimweg machen. Frau Kugl-Egger
benutzte die Pause, den Gerichtssaal zu verlassen, da sie am
frühen Nachmittag mit dem Anstreichermeister in ihrer neuen
Huskirchener Wohnung eine Verabredung getroffen hatte, die
Farbgebung der Einbauschränke in ihrer Küche betreffend. In
ihrem Wunsch, ein wenig von der schmerzlich vermißten Länd-
lichkeit jenes »Nestes östlich Nürnberg« wiederzufinden, ent-

schloß sie sich zu Fuß zu gehen, entsann sich jener Abkürzung, die sie als kleines Mädchen oft gegangen war, an der Rückseite des Friedhofs entlang, durch ein kleines Gebüsch, dann an der Duhr vorbei; so stieß sie auf den Pfarrer und die beiden Huskirchener Frauen, wurde als »Grabels Marlies« identifiziert und errötete ein wenig, als sie diese herzliche heimatliche Begrüßung mit stark bayrisch gefärbter Sprache beantworten mußte; der Pfarrer bezeichnete sie scherzhaft als »Landesverräterin« und riet ihr, sich, was die Tischlerarbeiten in ihrer neuen Wohnung betreffe, nicht an Gruhl zu halten, sondern den alten Horn um Rat zu bitten; Gruhl sei für Bautischlerarbeiten ganz und gar verdorben.

Grähn, der nächste Zeuge, gab seinen Beruf als Diplom-Volkswirt und Dr. habil. an, sein Alter mit zweiunddreißig, und vom Vorsitzenden danach gefragt, gab er bekannt, ja, er sei schon in einigen Modellfällen als Gutachter tätig geworden. Grähn, mit dickem, blondem Haar, nettem Gesicht wirkte eher wie ein liebenswürdiger fortschrittlicher junger Arzt; er war vom langen Warten, vor allem durch ein ermüdendes weltanschauliches Gespräch mit dem Oberleutnant im Zeugenzimmer, etwas matt, auch gereizt, und als er vom Vorsitzenden aufgefordert wurde, doch in möglichst knappen Worten zur ökonomischen Situation des Angeklagten Gruhl sen. etwas zu sagen, antwortete er mit der leicht mokanten Arroganz des Spezialisten, er könne, wenn er Verbindliches aussagen solle, nicht für die Länge oder Kürze seiner Aussage garantieren; es gäbe da zwar Formelhaftes, doch liege ein Fall wie der Gruhlsche schon »fast im Diluvium der Volkswirtschaft«. Er müsse sich also ausbitten – ja, sagte der Vorsitzende, mit knapp habe er nur gemeint, so knapp wie möglich, nicht in entstellender Verkürzung. Grähn, der frei sprach, auch die Ziffern aus dem Gedächtnis zitierte, blickte weder den Vorsitzenden noch Angeklagten oder Zuschauer an, sondern vor sich wie auf ein unsichtbares Pult oder einen Seziertisch, auf dem ein Kaninchen seiner geschickten Hände zu harren schien; seine Handbewegungen, mit denen er bestimmte Abschnitte markierte, hatten etwas Hackendes, doch nichts Grausames oder Brutales. Er habe, sagte er, die Bilanzen von Gruhl, mit dessen Einverständnis auch dessen Steuererklärungen studiert, und er könne nur vorweg sagen, daß Gruhl, was seine finanzielle Misere betreffe, das Opfer eines gnadenlosen, erbarmungslosen, aber – hier wandte er sich Gruhl zu und machte eine liebenswürdigentschuldigende Geste – »aber, wie ich finde und sogar doziere: notwendigen« Prozesses sei, der nicht etwa modern sei, sich in der Wirtschaftsgeschichte schon oft abgespielt habe, etwa beim Übergang von der mittelalterlichen Zunft- in die neuzeitliche Industriegesellschaft; im neunzehnten Jahrhundert noch einmal, kurz: objektiv sei dieser Prozeß nicht aufzuhalten, denn die Wirtschaft kenne keine von ihr finanzierten Museen, in denen sie anachronistische Betriebe dotiere. *Das* sei der wirtschaftsgeschichtliche Aspekt der Sache. Den moralischen Aspekt wolle er gar nicht erwähnen: es gäbe keine moralischen Aspekte in der modernen Wirtschaft, was bedeute: es sei eine Kampfsituation, auch die Situation Finanzamt–Steuerzahler sei eine Kampfsituation, bei der die Finanzgesetzgebung Lock-Paragraphen hinwerfe, »so wie man dem Wolf, der hinterm Schlitten herrennt, einen Handschuh zuwirft, aber nicht«, wie Grähn lächelnd bemerkte, »weil man ihn ablenken, sondern weil man ihn fangen will.« Auch moralisch sei also an Gruhls Verhalten nichts auszusetzen, der einzige Fehler, den er gemacht habe: er habe sich erwischen lassen, und das sei kein moralischer Fehler. Es gäbe zwar eine Rechts-, aber keine Steuerphilosophie; die Finanzgesetzgebung begünstige die Kühe, die die meiste Milch geben, indem sie sie nicht vor der Zeit schlachte – auf Gruhl angewandt: Kühe seiner Art gäbe es nur noch so wenige, daß das Steuergesetz sie der Schlachtung, notfalls der Notschlachtung anheimgebe. In Zahlen, für den Laien verständlich ausgedrückt, sehe das etwa so aus: ein Betrieb wie der Gruhlsche arbeite mit viel zu geringen Unkosten, da seien kaum Maschinen nötig, wenig Material; was das Geld einbringe, seien die Hände, die Begabung und der Instinkt, und so käme es zu subjektiv wie objektiv betrachtet geradezu absurden Bilanzergebnissen; es habe Gruhl zum Beispiel, als sein Sohn noch mit ihm gearbeitet habe, in einem Jahr einen Umsatz von sage und schreibe fünfundvierzigtausend Mark erzielt, aber in diesem Jahr nur Unkosten von viertausend Mark nachweisen können, das bedeute einen Reingewinn von einundvierzigtausend Mark, eine Einkommensteuer von rund dreizehntausend Mark, eine Kirchensteuer von weiteren dreizehnhundert, eine Umsatzsteuer von fast siebzehnhundert, einschließlich der Zwangsversicherungen eine gesamte Belastung von mehr als fünfundfünfzig Prozent, so daß also, populär ausgedrückt, von einer verdienten Mark nur fünfundvierzig, ja, in einem anderen Jahr nur dreißig Pfennig in die Tasche des Gruhl gehört hätten, der aber, wiederum populär ausgedrückt, von einer Mark etwa

siebzig bis fünfundsiebzig Pfennig als »sein wohlverdientes Geld«
betrachtet und ausgegeben habe. Damit sei, so meinte Grähn, die
volkswirtschaftliche Situation des Gruhl, so meine er, hinrei-
chend umrissen. Er bäte nur darum, noch einen Vergleich ziehen
zu dürfen: ein Reingewinn von vierzigtausend Mark für einen
Betrieb, in dem »zwei fleißige, begabte Menschen mit Eifer arbeiteten« – ein solcher Reingewinn werde in vielen Fällen nicht einmal von einem mittleren Betrieb mit dem Umsatz von fast einer
Million erzielt; er nenne diese Vergleichszahl nur, um darzustellen, »verständlich darzustellen«, als wie »subjektiv absurd«, objektiv aber notwendigerweise erbarmungs- und gnadenlos die
Volkswirtschaft und die Steuergesetzgebung mit Unternehmen
verführen, die »anachronistisch« seien und nicht das große All-
gemeine Gesetz befolgen könnten: die Investierungs-Personal-
kosten – das Unkostengefüge zu verbreitern. In etwa vergleichbar wäre die subjektive Absurdität, die der Volksmund als unge-
recht bezeichne, des Falles Gruhl fast nur mit einem Künstler,
der – er nenne hier nur angenommene, nicht statistisch stabile
Werte – ein Bild zu einem »Selbstkostenpreis« von etwa 200 bis
300 Mark erstelle, es dann für zwanzig- bis dreißigtausend Mark
oder mehr verkaufe. Gruhl habe nicht einmal Telefon gehabt, er
habe keine Miete bezahlt, seine Unkosten seien eben nur das wenige Material, das für seine Arbeit notwendig sei, und er habe
nicht einmal »Bewirtungskosten« gehabt, denn selbstverständlich wäre er es, der von Kunden und Kunsthändlern bewirtet
werde, da ja nicht er deren Kundschaft, sondern diese seine
Arbeit gesucht hätten. Er sei in wenigen Sätzen mit seiner Aussage fertig, sagte Grähn. Er wolle nur noch rasch erklären, was
einem Laien wahrscheinlich unverständlich erscheine: wieso
Gruhl es zu einer Steuerschuld von – es sei wirklich eine unwahr-
scheinliche Summe – effektiv fünfunddreißigtausend Mark und
einschließlich der Pfändungs- und Zinsunkosten sechzigtausend
Mark gebracht habe; Gruhl habe allein in den vergangenen fünf
Jahren einen Umsatz von 150000 Mark erzielt, einen Reingewinn
von 130000 Mark – rechne man davon, einschließlich aller Unkosten, die Hälfte für die Steuer, davon wiederum die Hälfte als
von Gruhl »irrtümlich in die eigene Tasche gesteckt«, so sei diese
immense Summe leicht zu erklären. Grähn hatte im letzten Teil
seines Vortrages, den er scharf und rasch von sich gab, mehrmals
mit einem seltsamen, aus Bedauern und Bewunderung gemisch-
ten Ausdruck zu Gruhl hinübergeblickt. Zum Abschluß möchte
er noch sagen, die moderne Steuerpolitik spreche kaum noch

von Steuermoral, dieser Begriff tauche zwar hin und wieder noch auf, sei aber im Grund lächerlich, wie er, Grähn, meine, sogar unzulässig; die Steuerpolitik laufe darauf hinaus, Ausgabensunkosten zu schaffen, wie sie von irgendeinem ethischen Standpunkt aus betrachtet als absurd erscheinen müßten; hätte er, Grähn, über Gruhls Schuld oder Nichtschuld zu befinden, er meine, was sein Steuergebaren betreffe, nicht das hier zur Verhandlung stehende Vergehen, so würde er sagen: menschlich gesehen absolut unschuldig; auch ethisch, ja, sogar abstrakt ethisch betrachtet sei an Gruhls Verhalten nichts verdammenswert, aber der Wirtschaftsprozeß sei erbarmungs- und gnadenlos, und die Finanzgesetzgebung könne sich keine »anachronistischen Hofnarren« leisten, sie habe einen Reingewinn als Reingewinn und als nichts anderes als Reingewinn zu betrachten. »Ich bin«, sagte Grähn, der in seiner schlanken Jugendlichkeit ungewöhnlich intelligent und sympathisch wirkte und seinen Zeigefinger jetzt nicht drohend, sondern nur markierend auf Gruhl richtete, »ich bin kein Richter, ich bin kein Pfarrer, ich bin kein Finanzbeamter, ich bin theoretischer Volkswirt. Als Mensch kann ich nicht umhin, dem Angeklagten einen gewissen Respekt zu bezeugen: wie es ihm angesichts seiner Buchführungspraktiken gelungen ist, länger als zehn Jahre weiterzuexistieren, ohne in weitaus erheblichere Schwierigkeiten zu kommen, als theoretischer Volkswirt stehe ich vor diesem Fall – nun, wie ein Pathologe vor einem Fall hoffnungslosen Krebses stehen mag, dessen Exitus schon vor fünf Jahren zu erwarten gewesen wäre.« Die Frage des Staatsanwalts, ob er als nicht nur angehender, sondern offenbar schon praktizierender Wissenschaftler die Frage der Steuermoral so eindeutig ablehnen könne, beantwortete Grähn ziemlich scharf, natürlich werde diese Vokabel noch gebraucht, aber er – und er doziere öffentlich und in einer staatlich finanzierten Position dasselbe, was er hier sage –, er lehne den Begriff der Moral in der Steuer*wissenschaft* ab. Da keine weiteren Fragen gestellt wurden, konnte Grähn entlassen werden.

In der kleinen Pause, die entstand, als der nächste Zeuge – Gerichtsvollzieher Hubert Hall – aufgerufen wurde, schlich sich der vierte der vier verbleibenden Zuschauer, der pensionierte Amtmann Leuben, aus dem Gerichtssaal: die Ausführungen des Grähn hatten ihn über die Maßen ermüdet und gelangweilt, und er erwartete vom Gerichtsvollzieher Hall und Finanzoberinspektor Kirffel nichts weniger Langweiliges. Auch Huppenach gähnte, er blieb nur, weil er noch nicht begriffen hatte, daß er bei der Vernehmung des Oberleutnants und des Feldwebels ausgeschlossen sein würde.

Hall, der sechzig Jahre alte Gerichtsvollzieher, dessen dichtes dunkles Haar, weil er immer mit den Händen hindurchfuhr, wie gewöhnlich wirr um den Kopf stand, machte, wie Bergnolte – der einzige der Anwesenden, der Hall nicht kannte– später Grellber berichtete, »einen zwiespältigen Eindruck, fast möchte ich sagen: nicht nur zweideutig, sondern geradezu obskur; er war ziemlich schlampig, zerstreut, nicht gerade sehr vertrauenerweckend«. Hall, vom Verteidiger gefragt, ob es ihm möglich sei, die menschliche und die dienstliche Beziehung zum Angeklagten getrennt darzustellen, sagte mit fast schnoddriger Gleichgültigkeit, diese Art der Schizophrenie sei ihm durchaus vertraut, denn mit den meisten seiner »Klienten« stehe er auf diesen beiden Füßen. Was die menschliche Seite betreffe, so habe er »natürlich« den Gruhl sehr gut gekannt, sich glänzend mit ihm verstanden, ja, sogar des öfteren Bier mit ihm getrunken, wobei meistens *er* den Gruhl eingeladen habe, denn da Gruhl schon für die Taschenpfändung angestanden habe, sei es ihm peinlich gewesen, Gruhls Geldbörse, seine Brieftasche, notfalls seine Taschen in einer Kneipe durchsuchen zu müssen. »Mein Gott«, rief Hall, »wir sind ja auch nur Menschen«, und deshalb, weil er ein Mensch sei, habe er immer Gruhls Bier oder Korn bezahlt, wenn er ihn getroffen habe. Vom Verteidiger gebeten, eine Definition der Taschenpfändung zu geben, da er annehme, daß das hier angebracht sei, las Hall aus den Geschäftsanweisungen für Gerichtsvollzieher vor, die er offenbar immer mit sich führte: »Die Kleider und Taschen des Schuldners darf der Gerichtsvollzieher durchsuchen. Einer besonderen Genehmigung des Vollstreckungsgerichts bedarf es nicht. Körperliche Untersuchungen einer weiblichen Person läßt der Gerichtsvollzieher durch eine zuverlässige weibliche Person durchführen.« Diese Geschäftsanweisung, sagte Hall, den die atemlose Stille im Saal zu beruhigen schien, habe ihre Rechtsgrundlage in den Paragraphen 758 und 759 ZPO, und diese Paragraphen lauteten: »Paragraph 758, Abschnitt eins: Der Gerichtsvollzieher ist befugt, die Wohnung und die Behältnisse des Schuldners zu durchsuchen, soweit der Zweck der Vollstreckung dieses erfordert. Abschnitt zwei: Er ist befugt, die verschlossenen Haustüren, Zimmertüren und Behältnisse öffnen zu lassen. Abschnitt drei: Er ist, wenn er Widerstand findet, zur Anwendung von Gewalt befugt und kann zu diesem Zwecke um Unterstützung der polizeilichen Vollzugsorgane nachsuchen. Paragraph 759: Wird bei einer Vollstreckungshandlung Widerstand geleistet oder ist bei einer in der Wohnung des Schuldners vorzunehmenden Vollstreckungshandlung weder der Schuldner noch eine zu der Familie gehörige oder in dieser Familie dienende erwachsene Person anwesend, so hat der Gerichtsvollzieher zwei erwachsene Personen oder einen Gemeinde- oder Polizeibeamten als Zeugen zuzuziehen.« Hall, den die atemlose Aufmerksamkeit angesichts der Verlesung eines ihm so vertrauten Textes zu überraschen schien, fuhr, da er von Stollfuss weder unterbrochen noch gefragt wurde, mit nun recht weinerlicher Stimme fort, indem er, seine Weinerlichkeit durch ein gewisses Pathos stützend, nun den »Herrschaften« erzählte, wie oft er gezwungen sei, in den gerichtsnotorischen Kaschemmen der verschiedensten Art bei »gewissen Damen Taschenpfändungen« vorzunehmen, ein Vorgang, der meistens darin bestehe, ihnen im geeigneten Augenblick die Schuhe von den Füßen zu reißen, »denn darin bewahren sie traditionsgemäß fast immer noch ihr Bargeld auf«, und den Inhalt der Schuhe rasch in eine bereitgehaltene Papiertüte zu schütten und das Lokal schleunigst zu verlassen, bevor der Zuhälter alarmiert sei; er werde, sagte Hall, bei diesen »Taschenpfändungen« meist von einer gewissen Frau Schurz begleitet, die fünfzehn Jahre lang Wärterin in einem Frauengefängnis gewesen, mit allen Tricks, auch, was die Verstecke in Unterwäsche betreffe, vertraut und eine »Frau von erheblichen Körperkräften« sei; er habe allerdings – und auch das sei gerichtsnotorisch – immer seine Last mit der Schurz, die – und das sei auch der Grund für ihre Entlassung aus dem Gefängnisdienst – »zu Körperverletzung neige«. Taschenpfändungen jedenfalls, sagte Hall, seien ein widerwärtiges Geschäft; er gebe offen zu, daß er sich meistens davor drücke, aber es gebe eben Gläubiger, die ihn als ihren Büttel betrachteten und auf ihrem Recht bestünden.

Was nun das Menschliche betreffe, sagte Hall mit müder, fast gleichgültiger Stimme, so wisse jeder im Kreise und im Ort Birglar – und er habe einen weiteren Kundenkreis als manche Wirtschaftswunderpropheten wahrhaben möchten –, jeder wisse, daß er kein Unmensch sei, daß er nur Gesetze vollstrecke, Zwangsvollstreckungen vollziehe, wenn auch manchmal mit Hilfe der Polizei, und was Gruhl angehe, so habe er dem nie etwas übelgenommen. Gruhl bestätigte das mit dem Zwischenruf: »Sehr richtig, Hubert, übelgenommen habe ich dir nie etwas!« und wurde vom Vorsitzenden scharf für diesen Zwischenruf gerügt – es sei halt nicht so sehr eine Kampfsituation, sondern eher die Situation Jäger und Gejagter, wobei der Jäger so viele Tricks anwenden müsse wie der Gejagte, der im Vorteil sei, jedenfalls, wenn er intelligent genug sei, weil er nicht an Gesetze und Vorschriften gebunden, sozusagen sich auf freier Wildbahn bewege, während er, Hall, der Jäger, scharf kontrolliert werde und sich keine Blöße geben dürfe. Von Stollfuss, der wiederum überraschend scharf wurde, aufgefordert, sachlich zu bleiben und sich nicht in »mehr oder weniger vagen Metaphern zu verlieren«, nahm Hall, wie Bergnolte später Grellber erzählte, »einen peinlich schmutzig, sagenhaft zerknitterten, jedenfalls höchst unseriös wirkenden Zettel« aus der Tasche und las davon einige Beispiele ab.

Durch Säumniszuschläge allein, die Pfändungs-, Mahn- und Portokosten nicht gerechnet, könne eine Steuerschuld von 300 Mark in sieben Jahren auf 552 Mark, in zehn auf 660, also auf weit über das Doppelte sich vermehren. Bei größeren Summen, und um solche handele es sich bei Gruhl in einigen Fällen, etwa bei einer Summe von 10.000 Mark erhöhe sich die Schuld innerhalb von zehn Jahren auf 22.000 DM. Kämen dann noch Steuer*strafen* hinzu, und auch um solche handele es sich bei Gruhl, der ja nicht nur Steuer schuldig geblieben sei, auch solche hinterzogen habe, dann, ja dann – Hall stieß einen langen, endlos lang erscheinenden Seufzer aus, von dem Bergnolte später behauptete, »der ganze Gerichtssaal habe danach gerochen«. Eine besondere Kategorie, wollte Hall fortfahren, seien natürlich die Pfändungs- und Mahngebühren; das hänge von der Häufigkeit der Mahnung und von der Häufigkeit der beantragten Pfändungen ab. Es gebe da natürlich schikanöse Gläubiger, die wissen, daß bei einem Schuldner »nichts zu holen« sei, dennoch um neuerliche Pfändung ersuchten und die Schuld sinnlos erhöhten; besonders spürbar sei das bei kleineren Summen, da die minimale Pfändungsgebühr eine Mark, die minimale Mahngebühr achtzig Pfennige betrage, dazu Portokosten kämen, Gebühren, und es könnte spielend eine Schuld von etwa 15 Mark innerhalb weniger Jahre auf das Zwei-, Drei-, ja, Vierfache gesteigert werden. Er habe da den Fall der Witwe Schmälders, deren Mann ein, wie man ja wisse, recht übelbeleumundeter Kellner gewesen sei; diese Witwe Schmälders... Er wurde vom Vorsitzenden unterbrochen und gebeten, doch über das Gruhl laut vorliegender

Gerichtsakten zur Last gelegte Vergehen der Zwangsvollstreckungsvereitelung zu sprechen, Hall sagte, es sei nicht eigentlich Zwangsvollstreckungsvereitelung gewesen, sondern Gruhl sei viel geschickter vorgegangen: er habe zuletzt nur noch gegen Naturalien gearbeitet, die sich sehr leicht der Pfändbarkeit entzögen, wenn sie aber gepfändet würden, fast nur Schwierigkeiten verursachten: Gruhl habe zum Beispiel sich für die Restaurierung eines Bauernschrankes zwanzig Kilo Butter geben lassen, habe davon achtzehn Kilo ihm, Hall, zur Pfändung preisgegeben, er, Hall, habe sie törichterweise genommen, nachts aber sei ein schweres Gewitter niedergegangen, die Butter sei »mit einem Schlag ranzig geworden«, habe natürlich nicht nur an Wert verloren, sondern sei wertlos geworden, und Gruhl habe ihm gedroht, ihn »wegen unsachgemäßer Lagerung gepfändeter Naturalien« zu verklagen; ähnlich sei es mit einigen Schinken ergangen, und vergleichbar mit dem jetzigen Pächter der Duhr-Terrassen, dem Gastwirt Schmitz, für den Gruhl gearbeitet habe, eine sehr hochbezahlte, umfangreiche Arbeit – genaugesagt, eine komplette, künstlerisch sehr wertvolle, von allen Gästen bewunderte gesamte Neuausstattung des Lokals erstellt habe; zunächst habe Gruhl gesagt, er habe die Einrichtung Schmitz, der ein alter Freund von ihm sei, geschenkt, aber damit sei er nicht durchgekommen – ein Mann in der Lage des Gruhl dürfe nicht so kostbare Geschenke machen; dann habe er mit Schmitz ausgemacht, er würde zwei Jahre lang jeden Mittag im Werte von zehn Mark bei ihm essen und trinken – das sei der ungefähre Gegenwert, aber das sei auch nicht gegangen, denn ein Mann in der Pfändungssituation des Gruhl unterliege der Bedingung des Existenzminimums, und das sehe keine Mittagsmahlzeiten im Werte von zehn Mark vor; daraufhin habe Gruhl für sich und seinen Sohn »eine Tagesbeköstigung, Frühstück, Mittag- und Abendessen für zwei Jahre abgemacht«. Schmitz habe den Gruhls zwar nur das Existenzminimum angerechnet, ihnen aber Mahlzeiten im mehrfachen Wert gegeben – die er ihnen ja, wie gerichtsnotorisch sei, auch in die Haft liefere; dafür aber habe Gruhl die fiktive Rechnung auch auf ein Viertel gekürzt – nun, die Sache liefe noch: es seien da Sachverständige am Werk, die den effektiven Wert der Gruhlschen Arbeit schätzen würden; das sei rechtlich nicht so kompliziert, wie es aussehe. Jedenfalls, trotz all dieser Tricks und Haken, die Gruhl geschlagen habe – »schließlich, Herr Dr. Stollfuss, macht Ihnen ja, wenn Sie auf die Jagd gehen, auch ein Hase keinen Spaß, der Ihnen brav vor die Mündung spaziert und darauf wartet, daß Sie ihn waidgerecht abknallen« –, habe er *menschlich* nach wie vor sich mit Gruhl gut verstanden. Der Vorsitzende rügte noch einmal die Jagdmetaphorik, die ihm »auf Menschen angewendet, vor allem auf gesetzliche Maßnahmen angewendet, reichlich makaber und unangebracht« vorkomme, gab den Zeugen Hall zur Befragung frei; der Verteidiger verzichtete, der Staatsanwalt begnügte sich mit der nicht sehr deutlich, aber noch gerade verständlich gemurmelten Bemerkung, »das Gesagte genüge ihm vollauf« – irgend etwas, das nach Sumpf und Korruption klang, murmelte er hinterdrein.

Zu einem unerwarteten Zwischenfall kam es bei der Vernehmung des Finanzoberinspektors Kirffel, der als nächster in den Zeugenstand trat und sein Alter mit fünfundvierzig Jahren angab. Kirffel, ein sanfter, friedliebender Mensch, der sich auch innerlich schon darauf eingestellt hatte, darzutun, was er angesichts seines Habitus gar nicht darzutun brauchte: daß auch er »kein Unmensch« sei; von dem im ganzen Kreise Birglar bekannt war, daß er nicht nur ein Liebhaber der Malerei, auch der schönen Literatur war, ein Muster der Friedfertigkeit und Menschlichkeit, von dem sich 'rumgesprochen hatte, obwohl er selbst solchen Gerüchten entgegenwirkte, daß er mehrmals ausländischen Arbeitern, die sich in Abzahlungsgeschäften verstrickt hatten und die der mit Schwarzarbeit verbundenen Lohnsteuerzahlungen wegen zur Pfändung anstanden, daß er denen aus eigener Tasche Geld vorgelegt hatte, ohne Rückzahlung zu erwarten, um ihnen Pfändungen und Schwierigkeiten zu ersparen; Kirffel, dessen Beiname »der gute Hans« niemals auch nur mit einem Unterton von Ironie ausgesprochen wurde, ausgerechnet er wurde, nachdem so manche überflüssige Arabeske durchgelassen worden war, schon nach dem ersten Satz, den er sprach, mit einer Schärfe unterbrochen, fast angeschnauzt, die allen Beteiligten, selbst dem Staatsanwalt, unangemessen erschien; allerdings lautete sein erster Satz: »Wir tun ja nur unsere Pflicht.« »Pflicht«, schrie Stollfuss, »Pflicht? Unsere Pflicht tun wir ja schließlich alle. Ich will hier keine Deklamationen, sondern sachliche Angaben!« Da wurde Kirffel – was alle überraschte – böse und schrie: »Auch ich bin an Gesetze gebunden, muß diese Gesetze zur Anwendung bringen, und im übrigen«, fügte er schon mit ersterbender Stimme erstaunlicherweise noch hinzu, »im übrigen weiß ich ja, daß ich kein Akademiker bin.« Dann wurde er ohnmächtig. Es wurde eine Verhandlungspause einberaumt, die Stollfuss mit gebrochener Stimme, sich vor allen Anwesenden, auch vor Kirffel, entschuldigend, bekanntgab, und Schroer holte seine in solchen Situationen erfahrene Frau.

Kirffel wurde von Schroer und Gruhl, der nicht einmal zu diesem Zweck beurlaubt, dessen protokollwidriger Abgang nicht einmal vom Staatsanwalt gerügt wurde, in die Schroersche Küche gebracht, wo er von Frau Schroer mit Weinessigwaschungen an Brust und Beinen wieder zu sich gebracht wurde. Stollfuss, der die Gelegenheit wahrnehmen wollte, ein paar Züge an seiner Zigarre zu tun, sich dann aber schämte, weil er Kirffel wirklich schätzte und dessen plötzlicher Ausbruch ihn erschreckt hatte, folgte in die Küche, wo Frau Schroer, während ihr Mann und Gruhl Kirffel Trost zusprachen, rasch einen Kuchen aus der Backröhre zog, dessen Güte sie prüfte, indem sie mit einer Haarnadel in den Teig stach. Stollfuss entschuldigte sich noch einmal bei Kirffel, hielt dann auf dem Flur eine kurze Rücksprache mit Hermes und Kugl-Egger ab, die sich beide bereiterklärten, Kirffel endgültig aus der Zeugenschaft zu entlassen. Kirffel genoß wie kaum ein Mensch in Birglar, wie nicht einmal sein Vater, der Polizeimeister, die ungeteilte Sympathie aller Bevölkerungs- und Gesinnungsschichten.

Es war knapp fünfeinhalb Uhr, als die Verhandlung fortgesetzt wurde. Der Vorsitzende kündigte an, daß er die Öffentlichkeit ausschließen müsse, da er jetzt die ehemaligen Vorgesetzten und ehemaligen Mitsoldaten des jungen Gruhl vernehmen werde und einem Antrag des Staatsanwalts stattgebe, der die mögliche Mitteilung von Dienstgeheimnissen für staatsgefährdend ansehe. Diese Maßnahme traf nur Frau Dr. Hermes und den jungen Huppenach. Die Hermes war darüber nicht sehr unglücklich, weil sie ohnehin nach einer Tasse Kaffee und einem langen Plausch mit ihrer Freundin verlangte, der Frau eines Studienrats, die sich der Verschwörung, die Veranstaltungen des katholischen Akademikerverbandes durch Modernismen zu sprengen, angeschlossen hatte und dem Komitee zur Vorbereitung des Nikolaus-Balles beigetreten war. Betroffen, was er durch den Ruf »So 'ne Scheiße« zu verstehen gab, war lediglich der junge Huppenach, der darauf gebrannt hatte, den Oberleutnant Heimüller und den Feldwebel Behlau öffentlich blamiert zu sehen. Er verließ unter Protesten, die aber nicht bemerkt wurden, den Saal. Sobald Huppenach und Frau Hermes den Saal verlassen hatten, gab Stollfuss bekannt, der dritte der anwesenden Zuschauer, Amtsgerichtsrat Bergnolte, sei nicht als Öffentlichkeit zu verstehen, da er in dienstlicher Eigenschaft hier und Beamter sei. Verteidiger und Staatsanwalt hatten gegen die Anwesenheit des Bergnolte nichts einzuwenden.

Der erste militärische Zeuge, der Gefreite Kuttke, erschien mit rotem Kopf; im Zeugenzimmer war, nachdem als letzter ziviler Zeuge Kirffel aufgerufen worden war, ein heftiger Disput zwischen dem Oberleutnant, dem Feldwebel und Kuttke ausgebrochen, während dessen Kuttke ziemlich laut und letzten Endes doch recht weinerlich verteidigt hatte, was er seine »sexuelle Freiheit« nannte. Kuttkes ein wenig gewundene Intellektualität hatte überraschenderweise auch den Feldwebel auf die Seite des Oberleutnants getrieben; der Ausdruck »sexuelle Freiheit« reizte ihn, er nannte das Problem anders: »mein Unterleib unterliegt nicht dem Befehlsbereich des Verteidigungsministers«, was der Oberleutnant abstritt, der sagte, die Bundeswehr brauche den *ganzen* Menschen. Kuttke dagegen hatte betont, er sei als Bundeswehrsoldat nicht nur nicht (und diese doppelte Verneinung brachte ihm endgültig den Ruf eines Intellektuellen ein) zu christlicher Moral verpflichtet, sondern gerade diese von dem Herrn Oberleutnant so heftig angestrebte christliche Moral habe ja seit zweitausend Jahren jene Bordelle geduldet, und er müsse sich vorbehalten, mit einer Hure wie mit einer Hure zu verhandeln (es hatte sich im Gespräch ergeben, daß er mit der Seiffert eine Verabredung fürs kommende Wochenende getroffen hatte). Er kam also mit rotem Kopf in den Gerichtssaal, und da sich außerdem auf Grund seiner totalen inneren wie äußeren Erhitzung seine Brille beschlagen hatte, die er hatte aufsetzen müssen, bevor er sie hatte ganz klarwischen können stolperte er auch noch über die flache Schwelle, fing sich aber gerade noch, bevor er in den Zeugenstand trat. (Bergnolte berichtete am Abend Grellber über ihn, er habe nicht gerade als Mustervertreter der Gattung Soldat gewirkt, was Grellber wiederum zu einem Telefongespräch mit Kuttkes Abteilungskommandeur Major Troeger veranlaßte, der, gefragt, wieso man Typen wie Kuttke nehme, sagte: »Wir nehmen, was kommt, haben keine andere Wahl.«) Kuttke, klein, schmal, fast schmächtig, wirkte eher wie ein gescheiter Apotheker, der sich als Drogist unwohl fühlt; er gab sein Alter mit fünfundzwanzig an, seinen Beruf mit Soldat, seinen Rang mit Gefreiter. Als er von Stollfuss gefragt wurde, wie lange er schon diene, sagte er, vier Jahre; wieso er keinen höheren Dienstgrad habe? Kuttke: er sei schon Stabsunteroffizier gewesen, aber degradiert worden im Zusammenhang mit einer peinlichen, mehr bundeswehrinternen Sache; über die Natur dieser Sache gefragt, bat er, diese kurz als »bundeswehrinterne Weibergeschichte zwischen verschiedenen Dienstgraden« bezeichnen zu dürfen; mehr dürfe er nicht sagen. Ebenfalls von Stollfuss wurde er gefragt, warum er Soldat geworden sei. Er antwortete, er habe die Reifeprüfung abgelegt, angefangen, Soziologie zu studieren, dann aber habe er sich die Verdienstmöglichkeiten bei der Bundeswehr vorrechnen lassen, auch das mäßige Arbeitstempo bei derselben in Betracht gezogen, sei zu dem Entschluß gekommen, mindestens zwölf Jahre zu dienen, dann käme er mit dreiunddreißig raus, erhalte eine saftige Abfindung, könne sogar vorher noch sparen und dann ein Wettbüro aufmachen. Stollfuss, der ihn merkwürdigerweise nicht unterbrach, schüttelte einige Male während der folgenden Aussage den Kopf, machte »hm, hm« oder »so, so«, übersah das Gestikulieren von Bergnolte, der hinter den Angeklagten saß, überhörte auch das Bleistiftklopfen des Staatsanwalts und ließ Kuttke weitersprechen. Er wolle, sagte Kuttke, das Wetten auf Hunde in der Bundesrepublik populär machen, im »Gefolge der unausbleiblichen Automation und der damit verbundenen Arbeitszeitverkürzung« benötige der »Bundesmensch«, wie Kuttke es nannte, neue »Stimulantien«, und da sich Toto und Lotto in Routine erschöpft hätten, überhaupt seiner Meinung nach das Spielen mit Ziffern allein nicht genug Magie, gar keine Mystik enthalte, müsse der »Bundesmensch« auf andere Gedanken gebracht werden. Kuttke, der nun wieder »ganz er selbst« war, wirkte jetzt fast wie ein sehr intelligenter, etwas verworrener Gymnasiast, der bei anrüchigen Vergehen ertappt worden ist. Kurz bevor er wirklich unterbrochen werden mußte, sagte er noch, das Leben bei der Bundeswehr enthalte genau die Art konzentrierter Langeweile, nach der er begehre, und mit Langeweile und Fast-Nichtstun auch noch Geld zu verdienen und sich eine dicke Abfindung zu ersitzen, das sei ihm gerade recht; er habe sich ausgerechnet, daß er – außer seinem Sold, der Kleidung, Verpflegung, Unterbringung, Urlaub etc., einfach dadurch, daß er »nichtstuend da sei«, täglich zehn Mark extra verdiene, die Abfindung. Er habe sogar berechtigte Hoffnung, sagte Kuttke, daß gewisse moralische Vorbehalte gegen ihn, die mit der Ursache seiner Degradierung zusammenhingen, mit der Zeit wegfielen, er doch, wie ursprünglich geplant, die Offizierslaufbahn einschlagen, mit entsprechender Beförderung rechnen könne, und da er später auch zu heiraten beabsichtigte und sich gewiß »Kindersegen nicht versagen« würde, könne er wohl damit rechnen, nach zwölfjähriger Dienstzeit im Alter von 33 Jahren als verheirateter Hauptmann mit zwei Kindern entlassen zu werden und eine Abfindung von knapp einundachtzigtausend Deutsche Mark »zu kassieren«, dann erhöhe sich der von ihm täglich zusätzlich ersessene Betrag auf achtzehn bis neunzehn Mark, und die Abfindung repräsentiere eine Rente von monatlich – sein Vater sei im Bankfach und er könne mit den besten Anlagemöglichkeiten rechnen – mehr als fünfhundert Deutsche Mark, und mit zweiunddreißig sei er ja noch jung und könne ein neues Leben beginnen, mit einem Polster ausgestattet, das so leicht in keinem Beruf zu ersitzen sei. Außerdem habe er herausgefunden, daß Langeweile und Nichtstun – außer gewissen Chemikalien natürlich – die besten Stimulantia, Aphrodisiaka genannt, seien, und an erotischen, beziehungsweise sexuellen Erlebnissen liege ihm viel; »das Weib«, meinte Kuttke, »dieser Kontinent der Freuden«, sei noch nicht richtig entdeckt, beziehungsweise in der abendländischen Zivilisation unterdrückt, beziehungsweise unterschätzt. Hier unterbrach ihn Stollfuss und bat ihn, doch etwas darüber zu sagen, wie Gruhl, den er ja wohl in dem Angeklagten wiedererkenne, als Mitsoldat gewesen sei. Kuttke wandte sich zu Gruhl jun. um, sah ihn an, als erkenne er ihn jetzt erst, schlug sich mit der flachen Hand vor die Stirn, als fiele ihm erst jetzt ein, wozu er hier sei, und rief: »Natürlich, der gute alte Schorch«; zum Vorsitzenden gewandt, sagte er, Gruhl sei ein »großartiger Kamerad gewesen«, habe leider von sexuellen Gesprächsthemen nicht viel wissen wollen, daran sei wohl dessen »arg katholische Erziehung« schuld, die er, Kuttke, für vollkommen falsch halte – er selbst sei zwar auch nicht besser, nämlich streng protestantisch erzogen und da sei ein gerüttelt Maß Heuchelei unausbleiblich gewesen, aber –, hier mußte er wieder, diesmal schärfer unterbrochen und streng aufgefordert werden, jetzt sachlich zu bleiben; nun ja, sagte Kuttke, er könne nur wiederholen, Gruhl sei ein sehr guter Kamerad gewesen, aber er habe diese Sache viel zu ernst genommen, emotionell unter ihr »gelitten«. Gefragt, was er mit Sache meine, sagte Kuttke, der dieses Kalauers wegen gerügt wurde: die Hasselbande. Leid aber sei eine unsinnige Kategorie in diesem Zusammenhang, aber Gruhl habe *gelitten* unter dieser »Quaternität des Absurden«; Sinnlosigkeit, Unproduktivität, Langeweile, Faulheit, die er, Kuttke, geradezu für den *einzigen Sinn* einer Armee halte. Hier wurde Stollfuss böse, fast laut rief er dem Zeugen zu, endlich zur Sache zu kommen und dem Gericht seine Privatphilosophie zu ersparen. Kuttke nahm daraufhin nicht übertrieben, nicht daß es hätte als Beleidigung angesehen werden können, aber doch mit überraschendem Schneid die Hacken zusammen, sprach mit völlig veränderter Stimme in Stichworten zu Ende: »Großartiger Kamerad. Zuverlässig. Zu allen Schandtaten bereit. Kaffee geholt, Brot und Butter geteilt, Aufschnitt geteilt: immer altruistisch, das heißt brüderlich. Unter Sinnlosigkeit leidend, was nicht nötig gewesen wäre, da Nichts plus Nichts plus Nichts ja immer Nichts ergibt.«

Der Verteidiger, die Angeklagten, auch der Protokollführer Außem, der auf einen Wink des Vorsitzenden hin die Äußerungen des Kuttke nicht protokollierte, hörten sehr interessiert, mit fast atemloser Spannung Kuttke zu. Bergnolte, der hinter Verteidiger und Angeklagten saß, so daß er nur von Stollfuss, Kugl-Egger und Außem gesehen werden konnte, winkte erst, fuchtelte dann regelrecht mit den Händen und versuchte Stollfuss zum Abbruch der Vernehmung zu bewegen, was dieser ebenso ignorierte wie des Staatsanwalts zuletzt schon fast peinlich lautes Bleistiftgefuchtel. Schließlich gelang es Kugl-Egger durch ein Räuspern, das eher wie ein derber Fluch klang, eine Pause in Kuttkes Gemurmel zu bewirken und eine Frage anzubringen, die er mit sehr sanfter Stimme an Kuttke richtete; ob er, der Zeuge Gefreiter Kuttke, je krank gewesen sei, er meine nervenkrank. Kuttke wandte sich ihm zu und sagte mit einem Gesichtsausdruck, den Außem am Abend im vertrauten Gespräch mit »ungerührt« bezeichnete, er, Kuttke, sei permanent nervenkrank, und er, der Herr Staatsanwalt, sei übrigens auch permanent nervenkrank (die Rüge für die Unterstellung kam sofort, ohne daß der Staatsanwalt hätte darum bitten müssen), und er, Kuttke, erlaube sich die Hypothese, sein »ehemaliger Kamerad« Gruhl sei nicht nervenkrank, was ihn eben besonders »leidend« gemacht habe; eins aber, und das möchte er betonen und das sei ihm von einigen Ärzten, Kapazitäten und Nichtkapazitäten, bescheinigt worden: unzurechnungsfähig sei er, Kuttke, nicht; das sei für ihn wichtig, da er bereits einen Lizenzantrag für sein Wettbüro laufen habe; nein, nein, der Unterschied zwischen –, aber an dieser Stelle erbarmte sich Stollfuss des armen Bergnolte, der inzwischen zu verzweifeltem Händeringen übergegangen war, er unterbrach Kuttke und sagte, er habe keine Fragen mehr an ihn. Hermes fragte nun Kuttke, wie es zu der Dienstfahrt, deren Ende hier ja verhandelt werde, gekommen sei, und Kuttke wurde überraschend sachlich. Er sagte, er habe Gruhl diese Dienstfahrt »zugeschanzt«, da er ihn gemocht habe. Er sei – und das sei die Dienststellung eines Stabsunteroffiziers – sozusagen Buchhalter für die Kraftfahrzeugpapiere in der Schirrmeisterei, nicht nur Buchhalter, er sei auch für die ständige Dienstbereitschaft der Kraftfahrzeuge zuständig, wie sein Vorgesetzter Feldwebel Behlau werde bezeugen können. Es sei unter anderem seine Aufgabe, die Kraftfahrzeuge rechtzeitig inspektionsbereit zu haben, das heißt, sie, wenn die Inspektion erfolge, mit dem inspektionserforderlichen Kilometerstand vorzuführen. Dadurch aber, sagte Kuttke, der jetzt kühl und ruhig, auch artikuliert zum Verteidiger gewandt sprach, käme es manchmal zu Überschneidungen, denn manche Kraftfahrzeuge würden später geliefert als geplant, beziehungsweise zugesagt sei, die Inspektion aber käme dann pünktlich, und um nun nicht auch noch den Inspektionstermin zu versäumen, der, wenn man ihn versäume, sich wieder hinauszögere, müßten eben manchmal Fahrzeuge »zum Kilometerfressen auf die Landstraße gehetzt werden«. Ob den Herren klar sei, was das bedeute: diese Frage stellte er, indem er sich mit überraschender Eleganz in den Hüften drehte, Stollfuss, Kugl-Egger und Hermes gleichzeitig. Die drei blickten einander fragend an, Stollfuss, der bekannte, nichts von Autos zu verstehen, zuckte die Schultern. Nun, sagte Kuttke, dessen Seufzen als mitleidig hätte bezeichnet werden können, das bedeute am Beispiel erläutert folgendes: Es könne vorkommen, daß ein Fahrzeug mit einem Kilometerstand von knapp eintausend Kilometern innerhalb von weniger als einer Woche für die Fünftausend-Kilometer-Inspektion anstünde. »Dann«, sagte er, »muß also irgendeiner mit der Karre losbrausen und sie ihre Kilometerchen abgrasen lassen.« Diese Jobs, sagte Kuttke, habe er meistens Gruhl besorgt, der ein sehr guter Autofahrer sei und der sich gelangweilt habe, weil er in der Tischlerei »ja doch nur für Offiziersmiezen und Kaponudeln Kitschmöbel« habe aufpolieren müssen. Stollfuss fragte Kuttke, ob er die Aussage über die Natur dieser Dienstfahrt notfalls beschwören könne, da sie für die Beurteilung des Gruhlschen Vergehens sehr wichtig sei. Kuttke sagte, was er sage, sei die Mahlzeit, die nächste Mahlzeit und nichts als die nächste Mahlzeit, und bevor er gerügt werden mußte, ja, bevor dieser ungeheuerliche Lapsus recht bemerkt worden war, korrigierte und entschuldigte er sich und sagte, er habe sich versprochen, er sei sich natürlich der Bedeutung eines Eides vollauf be-

wußt, und er habe sagen wollen, die Wahrheit, die reine Wahrheit
und nichts als die reine Wahrheit, er sei, fügte er mit natürlich,
fast kindlich wirkender Bestürztheit hinzu, immer sehr für
Vokalassoziationen empfänglich gewesen und ihm wären immer
Mahlzeit und Wahrheit auf eine fatale Weise durcheinandergera-
ten, das habe ihm schon in der Schule im Deutschunterricht
immer Schwierigkeiten gemacht, aber sein Deutschlehrer sei...,
hier wurde er von Stollfuss unterbrochen, der ihn, ohne Staatsanwalt und Verteidiger noch zu befragen, entließ. Beide gaben
durch eine Handbewegung ihr nachträgliches Einverständnis.
Kuttke, der im Abgehen Gruhl jun. zuwinkte und ihm ein
»Salute« zurief, wurde aufgefordert, sich für eventuelle weitere
Aussagen bereitzuhalten. Stollfuss kündigte eine Pause von einer
halben Stunde an und fügte hinzu, daß auch nach der Pause die
Öffentlichkeit ausgeschlossen bleiben müsse.

Agnes Hall bekam die Blumen schon gegen halb vier gebracht:
Sie errötete vor Freude, gab dem Mädchen, das die Blumen
brachte, ein gutes Trinkgeld, und jetzt erst fiel ihr das Brandloch
in ihrem neuen rostbraunen Seidenkleid ein; es war kaum größer
als ein Hemdenknopf, und sie betrachtete es, indem sie den Stoff
über ihrem Schoß strammzog, mit einer gewissen Zärtlichkeit:
war es nicht auch, dachte sie, ein kleines Blümchen mit schwarzen Rändern? Beim Abfassen ihres Testaments noch ein zweites
Zigarillo rauchend, hatte sie sich hemmungslos jenen Kräften
hingegeben, die von Fachleuten »Emotionen« genannt werden;
Gruhl ihr gesamtes mobiles und immobiles Vermögen zu ver-
machen, erforderte nur wenige Sätze, schwierig war die Formu-
lierung der einzigen Bedingung, »jährlich am 21. Januar, Sankt-
Agnes-Tag, einen Jeep der Bundeswehr zu verbrennen, möglichst an jener Stelle, die ›Küppers Baum‹ genannt wird, als
große Kerze, als Feuermesse und zum Gedenken an einen unbe-
kannten Soldaten des zweiten Weltkriegs, der zwei Tage lang
mein Geliebter war«. Da die Hall-, die Hollweg- und die Schorf-
meute das Testament anfechten würden, würde sie wohl ein
psychiatrisches Gutachten beifügen müssen, das ihre Zurech-
nungsfähigkeit zur Zeit der Abfassung bescheinigte. Immer wieder strich sie den Satz aus, ergänzte hinter Bundeswehr »oder deren Rechtsnachfolger«, raffte gegen viereinhalb Uhr ihre Notizen zusammen und verließ, ohne das Kleid zu wechseln, ihr Haus.
Sie verbrachte einige Zeit auf dem Postamt, im Blumengeschäft,
dann auf dem Friedhof am Familiengrab der Halls, in dem auch

Stollfuss' Eltern beerdigt waren: einem riesigen schwarzen Marmormonument, das von überlebensgroßen Bronzeengeln in edler Pose flankiert war; sie ging um die Kirche herum über die Hauptstraße zur Telefonzelle, bestellte sich ein Taxi, das knapp zwei Minuten später kam, und bat den Fahrer, einen ortsfremden jungen Mann, sie zu »Küppers Baum« zu fahren, erklärte ihm den Weg dorthin, der etwa drei Minuten in Anspruch nahm; an »Küppers Baum« stieg sie aus, bat den Fahrer zu warten und inzwischen zu wenden; es war ein milder, ausnahmsweise regenloser Oktobertag; sie blickte in den Feldweg hinein, sah den Stein, auf dem die Gruhls gesessen haben mußten, blickte über die endlos erscheinenden flachen Rübenfelder, auf denen die Ernte schon begonnen hatte, ging zum Taxi zurück und ließ sich zum Gericht fahren; die endlosen flachen Rübenfelder mit dem üppigen grünen Laub, der graublaue Himmel darüber – das Rot und Schwarz eines Feuers einmal im Jahr würde diese grandiose Eintönigkeit ein wenig beleben.

Sie kam gerade beim Gericht an, als Schroer vorschriftsgemäß von innen die Tür zum Zuschauerraum abschloß; durch die Glasscheibe hindurch gab er ihr durch ein Kopfschütteln und Schulterzucken sein Bedauern zu verstehen und verwies sie mit einer raschen Daumenbewegung in seine Privatwohnung. Zwischen Schroer und der Hall bestanden vertraute, fast freundschaftliche Beziehungen, in die auch Frau Schroer einbezogen war, da die Hall nicht gerade täglich, aber doch drei-, manchmal viermal in der Woche ins Gericht kam und oft in Pausen, oder, wenn die Öffentlichkeit ausgeschlossen war, in der Schroerschen Küche bei einer Tasse Kaffee mit Frau Schroer einen Plausch hielt. Diesmal mußte sie erst den wirklich vorzüglich gelungenen Rodon-Kuchen bewundern, in den die Schroer, um neuerlich ihre Backkunst zu bestätigen, noch einmal mit einer Haarnadel hineinstach, die sie makellos, ohne daß diese auch nur eine Spur »Ansatz« zeigte – so nannte sie es –, wieder herauszog. Ausführlich berichtete Frau Schroer auch über des alten Kirffel Trauer, des jüngeren Kirffel Ohnmacht, und die beiden Frauen, Zigaretten rauchend, unterhielten sich eine Weile darüber, ob Kampfer oder Essigwasser in solchen Fällen das bessere sei; Frau Schroer vertrat den Standpunkt, es sei eine »Typenfrage«, vor allem hänge es von der Haut des Befallenen ab, sie würde, sagte sie, nie wagen, die Haut des jüngeren Kirffel, die die Haut eines Rothaarigen sei, obwohl sein Haar nachgedunkelt habe, mit Kampfer einzureiben; da bestünde die Gefahr eines Ausschlags, während sie etwa – und sie blickte die Hall dabei fast anerkennend an – die Hall ohne weiteres mit Kampfersalbe einreiben würde; dabei blickte sie auf das Brandloch, sagte, es sei eine Schande, und sie wäre froh, wenn die Gruhls aus dem Hause seien, es gäbe durch deren Anwesenheit zu viele Konflikte, von den neuesten Komplikationen wisse sie ja wohl schon; als die Hall das verneinte, wurde sie in das Geheimnis der Schmitzschen Schwangerschaft eingeweiht; flehend, fast schon in Tränen, bat die Schroer darum, die Hall möge doch ihren ganzen »nicht geringen Einfluß« auf die Gruhls geltend machen, damit es nicht herauskäme, daß es in der Haft passiert sei, es könnte ihren Mann ruinieren, auch Stollfuss und sie, Frau Schroer, würde wahrscheinlich ein Verfahren wegen Kuppelei unter besonders straffälligen Umständen zu gewärtigen haben; die Hall versprach – und legte dabei beruhigend ihre Hand auf die Arme der Schroer – daran mitzuwirken, daß diese Sache in Ordnung käme, die sie mit Hermes, mit dem sie außerdem noch etwas zu besprechen habe, abmachen würde. Geschickt lenkte sie das Gespräch wieder auf das Thema »Ohnmachtsanfälle vor Gericht« und staunte über die umfangreiche Erfahrung der Schroer, einer rothaarigen Person mit sehr blauen Augen und einer zwiebelfarbigen Haut, die in Birglar ihrer dicken Beine wegen »Die Walze« genannt wurde. Sie sei, sagte die Schroer, notfalls sogar darauf gerichtet, eine Spritze zu setzen – gerade, wenn die Öffentlichkeit ausgeschlossen sei, kämen die tollsten Dinge vor, natürlich auch rein hysterische Anfälle, die sie durch Ohrfeigen kuriere, doch habe Dr. Hulffen sie bevollmächtigt und ihr gezeigt, wie sie notfalls eine Spritze setzen könne, sogar eine intravenöse. Gefragt, wie es Kirffel dem jüngeren denn jetzt gehe, sagte die Schroer, es ginge ihm besser, doch ins Amt habe er noch nicht gehen können. Die beiden Frauen sprachen dann über die Vorzüge der Familie Kirffel, über des alten und des jungen Untadeligkeit, bestätigten einander zum wiederholten Male, wie »prachtvoll doch des jüngeren Kirffel Frau« sei und »daß der Alte doch zufrieden sein könne, eine Tochter als Nonne und einen Sohn als Mönch, und daß es doch eine Verschwendung, »fast eine Schande« gewesen wäre, wenn der jüngere Kirffel auch noch klerikale Bahnen betreten hätte. Hier wurden sie durch Schroer unterbrochen, der hereinkam, die Pause ankündigte – etwas zu gravitätisch, fast martialisch die Gitter- und Zellenschlüssel an einen Haken über dem Herd hängte und sich aus dem Kaffeetopf Kaffee einschenkte; als er die Tasse, ohne eine Untertasse zu nehmen, auf den Tisch setzte, wurde er von seiner Frau zur Ordent-

lichkeit ermahnt und des Leichtsinns bezichtigt, weil er die
Schwängerung der Schmitz zu leichtnehme, überhaupt – und die
Stimme der Schroer wurde recht scharf – nähme er doch alles ein
wenig zu leicht, was er ja an der Langsamkeit, am Schnecken-
tempo seiner Beförderung ablesen könne. Dies schien der Hall
der geeignete Punkt, sich zu verabschieden; sie fürchtete die
scharfe Zunge der Schroer, die, wenn sie in Stimmung kam, es
auch an intimsten Anspielungen nicht fehlen ließ. Sie verabredete
mit Schroer, daß er sie anrufen würde, sobald, wie sie hoffte, spätestens bei den Plädoyers und der Urteilsverkündung, die
Öffentlichkeit wieder zugelassen sei. Sie sah noch, bevor sie das
Gerichtsgebäude verließ, wie Stollfuss mit Außem die Treppe
zur oberen Etage hinaufging. Es gelang ihr, Hermes zu erwischen,
als er gerade eines der beiden neumodischen Cafés auf der Birglarer Hauptstraße betrat. Mit einer gewissen Nervosität stellte
sie fest, daß sie noch nie in einem der Cafés gewesen war: dieses,
in dem Hermes jetzt nach einem freien Tisch ausschaute, war
riesig, auch um diese Tageszeit überfüllt, nicht mit Schülern,
sondern mit Kuchen essenden Bauersfrauen aus der Umgebung;
die Hall, die nie ausging, selten ihr Haus verließ, war erstaunt,
den schweren Menschenschlag, der ihr von ihrer Jugend von
Tanzereien und Kirchgängen her so vertraut gewesen war, un-
verändert wiederzufinden. Sie folgte Hermes, der sie am Arm
faßte, bestellte sich verwirrt Schokolade, während sie die Testa-
mentsentwürfe aus ihrer Handtasche nahm. Nervös, da er vor-
gehabt hatte, die Pause zu einem ersten Entwurf seines Plädoyers
zu benutzen, hörte Hermes der Hall, die er »Tante« nannte, zu
und überlegte, ob es das elfte oder schon das zwölfte Mal sei, daß
sie ihm mit Testamentsänderungen kam.

Bergnolte entschloß sich zu einem kleinen Spaziergang, erst mit
raschen Schritten, da er fürchtete, in einer halben Stunde den ge-
planten Rundgang um den »alten Kern« von Birglar nicht zu
schaffen, dann langsamer, als er feststellte, daß er den alten Kern:
Kirche, Kirchhof, die beiden Stadttore im Osten und Westen
und das mittelalterliche Rathaus, das eine Bundeswehramtsstube
zu beherbergen schien – innerhalb von zwölf Minuten umschrit-
ten beziehungsweise besichtigt hatte; natürlich, da war noch die
kleine ganz hübsche Brücke über die Duhr mit einer renovierten
Nepomukstatue – einer, wie ihm vorkam, in dieser Landschaft
ungewöhnlichen Brückenverzierung; von schwarzen Pfeilen,
die auf römische Thermen verwiesen, ließ er sich nicht verführen,

da ihm aber noch fünfzehn Minuten verblieben und er gar nicht in die Versuchung kommen wollte, mit Stollfuss oder Kugl-Egger in ein Gespräch verwickelt zu werden, erlag er der Verführung roter Pfeile, die eine »Spitalskirche, 17. Jh.« versprachen, fand die Kirche allzurasch, betrat sie und stellte zu seinem Erstaunen fest, daß er, obwohl seit zwei Jahrzehnten aus der Übung, die Gebärden fast automatisch vollzog: Hand ins Weihwasserbecken, Kreuzzeichen, eine angedeutete Kniebeuge zum Altar hin, ein Rundgang »auf leisen Sohlen«, da er zwei vor einer Pieta betende Frauen entdeckte; an Sehenswürdigkeiten nicht mehr als ein alter, mit schmiedeeisernen Beschlägen versehener Opferstock und ein kahl wirkender moderner Altar. Als er sehr langsam – es blieben immer noch fast sieben Minuten – zum Gericht zurückging, wieder über die Brücke, wieder an der Nepomukstatue vorbei, die ihm auf eine Weise, die er nicht hätte ausdrücken können, hier unangebracht erschien, war er entschlossen, seiner Frau, die am Morgen beim Frühstück den Wunsch geäußert hatte, in ein »Nest wie etwa dieses Birglar« versetzt zu werden, heftiger, als er's getan, zu widersprechen. Was ihn besonders abstieß: wie schmutzig, »ja ungepflastert«, die Straßen wurden, sobald man »im alten Kern« die Hauptstraße verließ. Natürlich gab es ein paar hübsche alte Patrizierhäuser, es bestand auch, falls er es sich wirklich überlegen würde, die konkrete Aussicht, als Stollfuss' Nachfolger sofort Direktor zu werden, und doch..., es gefiel ihm nicht sonderlich. Als er rasch noch einmal eine der gerichtsnotorisch zahlreichen Toiletten frequentiert hatte und wieder den Schulhof betrat, stieß er fast mit Oberleutnant Heimüller zusammen, der in offenbar wenig froher Stimmung allein zwischen alten Bäumen ambulierte. Bergnolte machte sich ihm mit seinem Namen und der Bezeichnung eines »beamteten Juristen in beobachtender Funktion« bekannt, kam kopfschüttelnd auf Kuttke zu sprechen und versuchte herauszufinden, was wohl von der Aussage des Feldwebels zu erwarten sei. Der Oberleutnant, der Bergnoltes Wohlwollen als nicht gespielt erkannte und dankbar annahm, erklärte seufzend des Gefreiten Kuttke »merkwürdige Charaktervariationsbreite«, bestätigte durch ein Kopfnicken dessen »Fast-Unmöglichkeit«, erging sich dann in den wenigen Minuten, die noch blieben, in seiner Lieblingstheorie von einer »Elite der Reinheit«, die Bergnolte zu einem Zusammenziehen der Brauen veranlaßte. Es blieb Heimüller gerade noch Zeit, Bergnolte zu fragen, wie lange es wohl bis zu seiner Vernehmung noch dauern könne, er sei zwar wie alle Soldaten warten gewöhnt, aber –; Bergnolte beruhigte ihn und sagte, es könne nach der Pause kaum noch zwanzig Minuten dauern.

Es gelang Stollfuss nach der Pause, Hermes den Zeugen Motrik, einen Kunsthändler aus der nahe gelegenen Großstadt, auszureden. Es sei, meinte Stollfuss, doch hinlänglich bewiesen, wie es mit Gruhls Fähigkeiten bestellt sei, und – das fügte er leise und mit einem etwas schmerzlichen Lächeln, bevor er den Gerichtssaal betrat, hinzu – jeder »Ansatz von Hoffnung«, er, Hermes, könne die Prozeßdauer über einen Tag hinaus ausdehnen, sei ganz und gar zwecklos. Brandstiftung und Sabotage, so sagte Stollfuss schon in der Tür – da kämen seine, des Hermes Mandanten, nicht unter vier oder fünf Jahren Zuchthaus weg, und ob ihm, dem Hermes, »das bißchen Publicity« so viel wert sei. Hermes verzichtete resigniert auf den Zeugen Motrik, der sich geweigert hatte, das »muffige Zeugenzimmer« zu betreten und auf dem Flur wartete – Motrik, ein langhaariger, nicht mehr ganz junger Mensch in Kamelhaarmantel und Wildlederhandschuhen, sagte, als Hermes ihm bedauernd mitteilte, daß man ihn vergebens bestellt habe, auf eine Art »Scheiße«, die bewies, daß dieses Wort nicht zu seinem üblichen Wortschatz gehörte. Auch als er zu seinem Auto, einem grünen Citroën, zurückging, gelang es ihm nicht, in seine Schritte jene »maßlose Verachtung« zu legen, die er mit der starken Vokabel hatte ausdrücken wollen. Er wirkte doch zu sehr wie ein Mann, der sich vergebens bemüht, den Eindruck von Härte zu erwecken.

Die Vernehmung der beiden verbleibenden Zeugen, Oberleutnant Heimüller und Feldwebel Behlau, die getrennt vernommen wurden, verlief wider Erwarten reibungslos, ganz und gar unsensationell. Behlau, als erster nach der Pause aufgerufen, trat in korrekter Haltung, auch korrekt gekleidet ein, gab sein Alter mit siebenundzwanzig, seinen Beruf mit Soldat, seinen Dienstgrad mit Feldwebel an, bestätigte in präziser Aussage, was Kuttke bereits ausgesagt hatte: daß er, Behlau, Schirrmeister der Einheit, Kuttke sein unmittelbarer Untergebener sei, der ebenfalls Schirrmeisterdienst versehe; eine umständliche Erklärung über den Unterschied zwischen Dienstgrad und Dienststellung, die Behlau angesichts der Tatsache, daß Kuttke als Gefreiter Schirrmeisterdienst versehe, angebracht schien, wurde von Stollfuss höflich abgewürgt, der sagte, dieser Unterschied treffe auf alle Behörden zu. Behlau bestätigte auf Befragen des Verteidigers die Kilometerfresserei, die er »Tachometer-Angleichungsfahrt« nannte, und fügte ungefragt hinzu, Kuttke möge zwar einen »etwas seltsamen Eindruck gemacht haben«, aber im Dienst sei er makellos; wenn ihre Einheit, was die Fahrzeugwartung betreffe, als vorzüglich gelte, ja, schon des öfteren gelobt worden sei, so sei das zu einem nicht geringen Ausmaß Kuttkes Verdienst. Diese überraschende Objektivität des Behlau wurde durch beifälliges Nikken von Bergnolte und Außem gewürdigt. Gefragt, wie oft wohl im Jahr in einer motorisierten Einheit eine solche »Tachometer-Angleichungsfahrt« vorgenommen werden müsse, meinte Behlau, das könne zwei- bis dreimal im Jahr vorkommen. Vom Staatsanwalt über Gruhl jun. befragt, sagte Behlau, Gruhl sei zwar nicht gerade ein begeisterter Soldat gewesen, aber das seien ja die allerwenigsten, doch sei er auch nicht renitent, eher mürrisch-gleichgültig gewesen; er habe sich einige Male der Urlaubsüberschreitung schuldig gemacht, sei entsprechend bestraft worden – aber das sei ja schließlich kein Verbrechen, sei fast normal. Behlau, der hier ganz anders wirkte, als er im Zeugenzimmer gewirkt hatte und in Kneipen zu wirken pflegte, hinterließ einen sehr guten Eindruck. Er war sachlich, korrekt, nicht übermäßig militärisch; er wurde aufgefordert, sich zu eventuellen weiteren Aussagen bereitzuhalten. Nachdem Behlau gegangen war, Oberleutnant Heimüller schon aufgerufen, legte Verteidiger Dr. Hermes mit höflichen Worten Protest gegen den Ausschluß der Öffentlichkeit ein; er betonte, er wisse wohl, dieser Ausschluß habe nur seine Frau betroffen, die ohnehin, da sie als ausgebildete Juristin ihm zur Hand gehe, Einsicht in alle Vorgänge bekäme und selbstverständlich der Schweigepflicht unterliege – und außerdem den jungen Landwirt Huppenach, der genau über alle Vorgänge unterrichtet sei, da er gleichzeitig mit Gruhl in derselben Einheit seine Wehrpflicht abgeleistet habe; nun – dabei wies er ironisch auf die leeren Stühle im Zuschauerraum – würden hier aber Dinge verhandelt, die nicht eigentlich militärische, sondern Verwaltungsgeheimnisse wären, gerade das aber sei für die Öffentlichkeit interessant, es sei kein strategisches, kein taktisches Geheimnis, sondern offenbar nur die Absurdität einer leerlaufenden Verwaltung. Bedächtig, während Heimüller schon im Saal stand und bescheiden auf seinen Auftritt wartete, antwortete Stollfuss dem Verteidiger, was er Absurdität einer leerlaufenden Verwaltung nenne, eben das sei nicht öffentlichkeitsreif: ein Staat habe das Recht, und er, Stollfuss, mache von diesem Recht auf Antrag des Staatsanwalts Gebrauch, nicht jedermann Einblick in diesen unvermeidlichen Leerlauf zu geben, der ja nicht der immanente Sinn der Sache sei, sondern sich unvermeidlicherweise ergebe. Er könne jedenfalls dem Antrag des Herrn Verteidigers, die Öffentlichkeit wieder zuzulassen, nicht stattgeben. Dann bat er Oberleutnant Heimüller nach vorne, entschuldigte sich für die Verzögerung, die sich, nachdem er, Heimüller, schon aufgerufen gewesen sei, ergeben habe. Heimüller gab sein Alter mit dreiundzwanzig Jahren, seinen Beruf als den eines Soldaten, seinen Dienstgrad mit Oberleutnant bei der Nachrichtentruppe an; ungefragt fügte er auch noch seine Konfession hinzu, die er mit römisch-katholisch angab; diese zusätzliche Angabe, die er mit energischer Stimme machte, löste unter den anwesenden Juristen einige Verlegenheit aus; sie blickten sich an, es kam dann zu einem kurzen Geflüster zwischen dem Protokollführer Außem und dem Vorsitzenden Stollfuss, der den Protokollführer beschied, diese zusätzliche Angabe aus dem Protokoll zu streichen. Außem erzählte am Abend, Heimüllers Stimme habe bei der Konfessionsangabe geklungen wie eine »knatternde Fahne«. Heimüller, der sich mehrmals während seiner Aussage dem jungen Gruhl – in fast schmerzlicher Attitüde – zuwandte, bestätigte inhaltlich, was Behlau über dessen Qualität als Soldat gesagt hatte, drückte sich aber anders aus. Er nannte ihn »ausgesprochen begabt«, vom Verteidiger gefragt, auf welchem Gebiet begabt, sagte Heimüller »als Soldat«, woraufhin Gruhl jun. lachte, was ihm keine Rüge eintrug, wohl aber die umständliche Erklärung des Oberleutnants, der ihn daran erinnerte, wie er, Gruhl, ihm, dem Oberleutnant, im Manöver beim Ausarbeiten und Zeichnen der Einsatzplätze geholfen habe, woraufhin Gruhl, der dann doch gerügt werden mußte, ohne dazu aufgefordert zu sein, sich in Heimüllers Aussage einschaltete, meinte, das seien abstrakte Spielereien, in denen ein gewisser, sogar künstlerischer Reiz liege. Schließlich, das sei seine eigene Kunstphilosophie, bestehe Kunst darin, das Nichts in seine verschiedenen Nichtigkeiten zu ordnen, und das Zeichnen und Ordnen von Einsatzplänen habe natürlich einen gewissen graphischen Reiz. Stollfuss, der festgestellt hatte, daß es noch nicht sieben war, die Verhandlung spätestens gegen acht abgeschlossen sein würde, der auch ein wenig stolz darauf war, daß trotz aller unerwarteten, teils peinlichen Arabesken die Verhandlung ihm doch so gediehen war, wie er es sich vorgenommen hatte, hörte voller Geduld zu und unterbrach den jungen Gruhl erst, als dieser mit seiner Erklärung schon fast zu Ende war. Der Oberleutnant fuhr in der Beurteilung des jungen Gruhl fort, nannte ihn »intelligent, nicht renitent, doch von einer fast bösartigen Gleichgültigkeit«; er habe sich im großen und ganzen gut geführt, einige Male – »oder besser gesagt, eigentlich recht oft, nämlich fünfmal« – habe er seinen Urlaub überschritten, »davon dreimal erheblich«, sei bestraft worden. Vom Verteidiger gefragt, ob denn nun Gruhl am Tage des »Geschehens« Soldat oder Zivilist gewesen sei, sagte Heimüller, Gruhl sei »zur Tatzeit« de facto Soldat, de jure Zivilist gewesen, die Bundeswehr – er habe sich dieser Tatsache noch einmal bei seinem Vorgesetzten vergewissert – stehe hier nicht als sachgeschädigte Nebenklägerin, werde die Tat des Gruhl militärrechtlich nicht verfolgen. Es habe sich nach der Tat erst herausgestellt, daß auf Grund von Rechenfehlern, wie sie unvermeidlich seien, dem Gruhl, der um diese Zeit ungefähr zur Entlassung angestanden habe, ein Besuch bei seinem an einer schweren Bronchitis erkrankten Vater als Sonderurlaub hätte angerechnet werden müssen – vier Tage –, die ihm aber irrtümlich auf den normalen Urlaub gegeben worden seien; so sei Gruhl de facto »zur Tatzeit« schon Zivilist gewesen. Ob man, fragte der Verteidiger, erwäge, Gruhl wegen unberechtigten Tragens von Uniform, wegen unberechtigten Fahrens eines Bundeswehrjeeps – denn de jure sei ja Gruhl dieser Vergehen schuldig, und zur Klärung der Rechtslage wäre ja eigentlich ein, wenn auch rein formelles Verfahren dieser Art notwendig –, ob man Gruhl dieser beiden Vergehen wegen, wenn auch nur formell, anklagen werde? Der Oberleutnant begriff die Ironie des Verteidigers nicht, er antwortete umständlich, ernst und korrekt, Gruhl sei ja an diesen beiden Vergehen, die tatsächlich vorlägen, nicht schuldig, jedenfalls nicht durch eigenes Verschulden; ihm, Heimüller, sei nicht bekannt, daß man ein solches Verfahren gegen Gruhl erwäge. Nun, ebenfalls vom Verteidiger nach den Umständen gefragt, über die Kuttke und Behlau im wesentlichen gleichlautend ausgesagt hatten, über die ominösen Dienstfahrten, diese Kilometerfresserei, bestätigte Heimüller sowohl Kuttkes wie Behlaus Angaben; ja, sagte er, solche Dienstfahrten kämen vor, denn es sei weitaus ärgerlicher, die fällige Inspektion hinauszuschieben als den »inspektionserforderlichen Kilometerstand« herbeizuführen. Der Verteidiger: Man könne darüber streiten, ob der Terminus »fällig« für eine solche Inspektion zulässig sei; fällig – er sei auch Autofahrer – sei ja eine Inspektion erst, wenn der Kilometerzähler auf natürliche Weise, nämlich durch normalen Dienstgebrauch, die Ziffer erreicht habe, die eine Inspektion erfordere;

ihm komme, mit Verlaub zu sagen, diese Methode »absolut sinnlos« vor. Der Staatsanwalt verwahrte sich dagegen, daß hier philosophische und betriebsfremde Aspekte ins Spiel gebracht würden und an einem Wort wie »fällig« Haarspalterei zu betreiben: in einem Betrieb wie der Bundeswehr müsse der Aspekt der Mobilität und Einsatzfähigkeit berücksichtigt werden, und da sei eine scheinbare Sinnlosigkeit – die zu beurteilen einem Betriebsfremden nicht zustehe – oft das Sinnvollere. Solche käme in jedem – auch dem »Gerichtsbetrieb« – vor. Über die Einzelheiten der fraglichen Dienstfahrt befragt, sagte Heimüller, ja, Kuttke und Behlau hätten ihm Gruhl vorgeschlagen – und er habe Gruhl auf eine fünftägige Prüfungsfahrt geschickt, allein, was nicht *ganz* den Vorschriften entsprach, aber nicht nur geduldet wurde, sogar erlaubt sei. Gruhl sei, wie sich später herausgestellt habe, nur von Düren bis Limburg auf der Autobahn gefahren, dann von dieser ab zum Rhein, am Rhein entlang nach Hause und schon abends gegen sechs bei seinem Vater eingetroffen, wo er bis zur Tat geblieben sei. Der Staatsanwalt bat Gruhl jun., sich zu der protokollarisch vorliegenden Äußerung der Witwe Leuffen, seiner Großmutter, und der Witwe Wermelskirchen, der Nachbarin, zu äußern, die bestätigt hätten, daß er den Jeep in eine leere Scheune gefahren, dort vier Tage stehengelassen und zur fraglichen Zeit zu Hause gewohnt und mit seinem Vater gearbeitet habe. Gruhl bestätigte die Aussagen der Leuffen und der Wermelskirchen als auch in den Details zutreffend, dasselbe tat sein Vater; vom Verteidiger gefragt, ob Gruhl sich nicht durch dieses Abweichen von der vorgeschriebenen Dienstfahrt strafbar gemacht habe, sagte Heimüller, solche Abweichungen seien zwar strafbar, würden aber geduldet, im übrigen sei Gruhl ja nur angehalten gewesen, den erforderlichen Kilometerstand zu erzielen, wohin er fahre, habe er ihm, wenn auch nicht nachdrücklich, so doch praktisch freigestellt, später habe sich ja, wie die kriminologische Untersuchung des Wracks ergeben habe, herausgestellt, daß der Kilometerstand des Zählers 4992 km betragen habe. Dieses Ergebnis habe Gruhl erzielt, indem er den Wagen aufgebockt und mit angelassenem Motor habe laufen lassen; durch einen Schlauch habe er die entstehenden Abgase ins Freie gelenkt; das Geräusch des laufenden Motors, obwohl durch Stroh- und Heuballen veränderte akustische Bedingungen geschaffen worden seien, sei ebenfalls von der Leuffen wie von der anwohnenden Wermelskirchen bestätigt. Der Vorsitzende erklärte die Tatsache, daß diese Details jetzt erst zur Sprache kämen, mit der Tatsache, daß dies zu den Dienstgeheimnissen gehöre. Die Idee, das Auto aufzubocken, stamme von Gruhl sen., der während des Baues des sogenannten Westwalles in den Jahren 1938/39 ähnliches beobachtet, zum Teil daran mitgewirkt habe; die Methode entspreche einer alten Praktik betrügerischer Fuhrunternehmer, die auf diese Weise Kilometertarife geschunden hätten. Auch das alles wurde von Gruhl sen. und Gruhl jun. bestätigt, der bei dieser Gelegenheit aussagte, die Ziffer 4992 auf dem Kilometerzähler habe er bewußt erzielt, sie sei ein kompositorisches Element; die Bedeutung dieses Terminus würde sich im Plädoyer seines Verteidigers klären. Über die Glaubwürdigkeit und den Charakter des Gefreiten Kuttke gefragt, sagte der Oberleutnant, es erscheine vielleicht unwahrscheinlich, aber Kuttke versehe seinen Dienst, die ihm zugewiesene Aufgabe mit äußerster Korrektheit, fast Pedanterie, seine, des Oberleutnants Einheit sei schon mehrfach wegen der vorzüglichen Wartung ihrer Fahrzeuge gelobt worden, und das sei Kuttkes Verdienst; privat – nun, was privat mit Kuttke los sei, das hätten die Herren vielleicht bemerkt. Heimüller zuckte weniger resigniert als mit aufrichtiger Trauer die Schultern und fügte hinzu, ihm schwebe ja ein anderes Ausleseverfahren für Berufssoldaten vor, aber Kuttke sei rechtlich, oder besser gesagt, gesetzlich Soldat, und es sei ihm nicht beizukommen. Ihm, dem Oberleutnant, schwebe eine Armee der Reinheit, der Sauberkeit vor – aber es sei hier wohl nicht der Ort, eine eigene Wehrphilosophie zu entwickeln. Der Vorsitzende nickte dazu bestätigend, blickte Verteidiger und Staatsanwalt fragend an – beide gaben durch eine Geste zu verstehen, daß sie des Zeugen Oberleutnant Heimüller nicht mehr bedürften. Der Vorsitzende dankte dem jungen Offizier und bat ihn, seinen Untergebenen doch mitzuteilen, daß auch sie entlassen seien.

Stollfuss bat zu einer kurzen Beratung Kugl-Egger und Hermes zu sich an den Tisch, senkte nicht einmal die Stimme, als er die beiden fragte, ob sie es vorzögen, *jetzt* eine kürzere Pause zu haben oder ohne Pause mit der Vernehmung des Zeugen Professor Büren zu beginnen, *dann* eine große Pause einzulegen, dreißig bis vierzig Minuten, bevor man den Schlußakt mit einer letzten Vernehmung der Angeklagten, den Plädoyers und der Urteilsverkündung beginne. Hermes gab zu bedenken, daß Bürens Aussage wahrscheinlich einige Zeit in Anspruch nehmen würde, während Kugl-Egger mürrisch die Vernehmung eines Kunstprofessors für überflüssig erklärte. Nach einer kurzen Besprechung mit seinen Mandanten (Gruhl sen. meinte, sie bekämen ohnehin kaltes Abendessen, und auch der Rotwein würde nicht verderben) erklärte Hermes sich damit einverstanden, sofort mit der Vernehmung Bürens zu beginnen. Stollfuss bat nun Schroer zu sich und fragte ihn, ob seine Frau, wie schon öfter in solchen Fällen, wohl auf einen kleinen Imbiß und ein stärkendes Getränk gerichtet sei. Schroer sagte, seine Frau habe geahnt, daß für heute »ein Gewaltmarsch« geplant sei, sie sei jederzeit darauf gerichtet, Kaffee zu erstellen, auch sei Bier in ausreichenden Mengen da, »sogar Würstchen, ganz sicher belegte Brote, Bouillon und ein Schlag Kartoffelsalat, wenn ich recht unterrichtet bin, auch Gulasch, allerdings aus Büchsen, und hartgekochte Eier«. Er fragte Stollfuss, der auf diese Auskünfte hin beruhigt nickte, ob er die Öffentlichkeit wieder zulassen beziehungsweise die Tür wieder aufschließen dürfe. Ob denn Publikum warte, fragte Stollfuss; ja, sagte Schroer, das Fräulein Hall sei »sehr am Verlauf der Sache interessiert«. Weder Kugl-Egger noch Hermes hatten gegen die Öffnung der Tür etwas einzuwenden, sogar Bergnolte gab hier zum erstenmal offen zu erkennen, daß seine Anwesenheit nicht ganz der Amtlichkeit entbehrte: er nickte Stollfuss bestätigend zu. Schroer ging zur Tür, schloß sie auf; Agnes Hall schritt herein und nahm in der letzten der vier Stuhlreihen bescheiden Platz. Sie hatte die Kleidung gewechselt, trug einen dunkelgrünen Tweedrock, dazu eine etwas hellere, ebenfalls grüne, lose Jacke, die an den Ärmeln und am Kragen mit schmalen Chinchillastreifen besetzt war. Es wurde später darüber gestritten, ob Stollfuss ihr zugenickt habe oder die als Zunicken bezeichnete Kopfbewegung nur ein »Sichversenken« in die Akten gewesen sei. Referendar Außem meinte, in dieser Bewegung habe beides gelegen: sie sei für ein Sichversenken in die Akten nicht routiniert oder automatisch genug gewesen, für ein bloßes Zunicken allerdings zu schwach, jedenfalls, da sei er sicher, denn er habe Stollfuss sich schon oft in Akten versenken sehen, ein bloßes Sichversenken in die Akten sei's nicht gewesen. Schroer meinte später, es sei *nur* Zunicken gewesen, er kenne Stollfuss' Kopfbewegungen, während Hermes »jegliche Beimischung von Zunicken für undiskutabel« erklärte. Die einzige außerdem an dieser Kopfbewegung interessierte Person, Agnes Hall selbst, deutete die umstrittene Kopfbewegung eindeutig als Zunicken, das sie für sich sogar mit dem Beiwort »freundlich« registrierte.

Der Auftritt des Zeugen Professor Büren in dem nur schwach

beleuchteten Saal wäre nicht nur eines größeren, er wäre eines großen Publikums würdig gewesen; es gab später auch über ein Detail der Beschreibung des Bürenschen Auftretens eine Kontroverse zwischen dem literarisch sehr interessierten Außem und dem weniger an solchen Feinheiten interessierten Hermes, der der Außemschen Beschreibung des Bürenschen Auftretens als »prägnante Lässigkeit« widersprach, indem er anführte, der Begriff der Lässigkeit schließe jegliche Beimischung des Begriffes der Prägnanz aus; dem setzte Außem entgegen, gerade die Lässigkeit bedürfe der Prägnanz und die Prägnanz der Lässigkeit, was zu ersehen sei an einem Begriff wie Schmissigkeit – schmissig, das beinhalte Lässigkeit und Prägnanz, und wenn er Bürens Auftritt nicht als schmissig bezeichne, so deshalb, weil ihm dieser Begriff zu verschlissen vorkomme, er bliebe dabei: Bürens Auftritt sei von prägnanter Lässigkeit gewesen. Offenbar hatten alle Anwesenden, außer Hermes, der mit Büren schon einige Male in der anhängigen Sache verhandelt hatte, als ein Professor zum Zeugen aufgerufen wurde, keineswegs erwartet, eine Erscheinung wie Büren zu Gesicht zu bekommen; sogar die Gruhls schienen zum erstenmal neugierig zu werden. Büren trug ein sehr loses erbsengelbes Kordjackett, und da Hermes ihm gesagt hatte, es sei wohl besser, mit Krawatte zu erscheinen, trug er zu dem ebenfalls erbsengelben Hemd eine ziemlich dicke, am Hals geknotete Goldkordel, wie man sie zum Verpacken von Geschenken in der Weihnachtszeit verwendet; seine Hose war spinatgrün, seine Schuhe aus sehr lose geflochtenen Lederschnüren, fast Sandalen, sein dunkles Haar dagegen war ausgesprochen bürgerlich geschnitten; auch war er sauber rasiert und bartlos; sein gebräuntes gesundes Gesicht mit den, wie Agnes Hall später sagte, »lieben Hundeaugen« strahlte fast vor Freundlichkeit, als er mit heiserer Stimme seine Personalien bekanntgab: vierunddreißig Jahre, verheiratet, sieben Kinder, mit den Angeklagten weder verwandt noch verschwägert. Von Hermes kurz dazu aufgefordert, sagte er aus, er habe den »Vorgang«, der hier zur Verhandlung stehe, genau studiert, in alle Aussagen darüber Einsicht bekommen, einschließlich in die für ihn wichtigste, des Reisevertreters Erbel, von der er soeben durch den Herrn Rechtsanwalt Hermes erfahren habe, daß die ungemein wichtigen Details, die Erbel zu Protokoll gegeben habe, von einem Polizeibeamten im Verlaufe der heutigen Verhandlung bestätigt worden seien; es seien da höchst interessante Elemente beschrieben worden, ob er an die Angeklagten eine Frage stellen dürfe. Als Stollfuss sagte, er dürfe, fragte Büren, dessen Gesicht nie die Heiterkeit verlor, den jungen Gruhl, wie er jenes musikalische Geräusch erzielt habe, das teils als Knallen, teils als trommelartig, von dem Reisevertreter Erbel als »fast schön« beschrieben worden sei. Gruhl jun. flüsterte erst mit Hermes, bevor er aufstand und sagte, er könne das Geheimnis nicht preisgeben, da es eins der wenigen Stilelemente sei, die er weiterzuentwickeln gedenke, er plane mehr dieser Art; er habe sich bereits auf einem Schrottplatz nach alten Kesseln, »von der Größe von Lokomotivkesseln« umgesehen, um, sobald er Zeit und Gelegenheit habe, ein Konzert zu geben. Der beschriebene, ihm als Sachbeschädigung zur Last gelegte Vorgang sei nur ein »erstes, allerdings gelungenes Experiment« gewesen, das er weiterzuführen gedenke. Von Stollfuss aufgefordert, doch der Geheimhaltungspflicht aller Beteiligten, auch der Zuschauerin Fräulein Hall, zu vertrauen und dem »Herrn Professor« die Auskunft nicht zu verweigern, sagte Gruhl, er sei sicher, der »Zeuge Büren« habe Plagiatorisches im Sinn, wie es unter Künstlern üblich sei; auch daraufhin verlor Büren nicht seine Heiterkeit, er gab zu, seine Neugierde sei nicht ganz altruistisch, gab aber dem Gruhl zu bedenken, daß er, Büren, einer ganz anderen Kunstrichtung angehöre und daß er ihm feierlich verspreche, das Geheimnis außerhalb des Gerichtssaals nicht zu verraten. Wiederum besprach sich Gruhl jun. mit dem Verteidiger, der den Vorsitzenden bat, die Aussage des Gruhl jun. protokollieren zu lassen und »auf diese Weise eine Art Copyrightvermerk anzubringen«. Stollfuss, der sehr gut gelaunt war, forderte Außem auf, die Aussage des Gruhl ins Protokoll aufzunehmen. Gruhl jun., dessen Mißtrauen wieder der Aufgeräumtheit gewichen war, gab nun an, diese Geräusche habe er mit Malzbonbons, zum Teil auch Rahmbonbons erzielt, das heißt, die dunkleren Töne mit Malz-, die helleren mit Rahmbonbons, und zwar habe er die beiden Kanister erst ins Auto entleert, dann durchlöchert, sie mit Malz- beziehungsweise Rahmbonbons gefüllt, wieder zugeschraubt, das Feuer, das heftige Feuer habe dann den gewünschten Effekt erbracht; frühere Versuche mit sauren Bonbons und sogenannten Seidenkissen, die er mit einer großen Konservenbüchse vorgenommen habe, seien gescheitert, da das Zeug geschmolzen und breiig zerflossen sei, anstatt »Musik zu machen«. Er habe auch mit Ziegenkot und einfachen zerbrochenen Zuckerstangen experimentiert – ohne Ergebnis. Der Staatsanwalt, der nicht nur die Geduld verlor, auch ärgerlich zu werden begann, weil er, wie er später bekannte, »anfing zu bereuen, daß er sich von diesen rheinischen Füchsen diesen Prozeß hatte andrehen lassen«, fragte nun Büren, ob er ein *ordentlicher* oder ein außerordentlicher Professor sei. Büren, dem hier ein fast albernes Kichern entschlüpfte, sagte, er sei weder das eine noch das andere, er sei Akademieprofessor in der nahe gelegenen Großstadt, seine Bestallungsurkunde sei vom Ministerpräsidenten unterzeichnet, er trüge diese Urkunde zwar nicht immer mit sich oder an sich, aber sie sei ganz sicher »irgendwo zu Hause aufzutreiben«; er sei sogar pensionsberechtigt, und auch das gab er wiederum mit einem Kichern von sich – zwar bei der letzten Direktorenwahl noch »übergangen worden«, sei aber sicher, beim nächsten Mal »'ne echte Chance zu haben«. Seine Plastiken, fügte er hinzu, stünden in, »warten Sie«, sagte er und zählte an den Fingern, leise mit sich selber flüsternd, bis sieben, »in sieben Museen, davon drei im Ausland. Ich bin tatsächlich Beamter, wissen Sie«, sagte er, immer noch heiter lächelnd, zum Staatsanwalt. Der fragte nun, ohne seinen Ärger zu unterdrücken, den Vorsitzenden, ob er erfahren dürfe, oder ob er's vielleicht von seinem verehrten Kollegen Hermes erfahren dürfe, warum hier der Zeuge Professor Büren vernommen werde. Darauf Hermes: der Professor sei da, um zu bezeugen, daß die »Tat« – er sprach die Anführungszeichen geschickt mit –, die hier ja schon als »Vorgang« bezeichnet werde, ein Kunstwerk gewesen sei. Da auch Stollfuss zu dieser Aussage von Hermes nickte und da Bergnolte, den Kugl-Egger flehend, mit erhobenen Händen stumm bittend ansah, kniff, indem er die Augen senkte und fiktive Eintragungen in sein Notizbuch machte, wußte Kugl-Egger, wie er später seiner Frau sagte, »in diesem Augenblick wußte ich erst, daß ich verraten und verkauft war«.

Von Hermes aufgefordert, eine Definition jener neuen Kunstrichtung oder, besser gesagt, Kunstart zu geben, die als Happening international bekannt sei, sagte Büren, er wolle betonen, daß er noch der guten alten Tradition der gegenstandslosen Plastik huldige, sich in dieser Kunstart ausdrücke; er habe – das sagte er mit deutlichem, wenn auch liebenswürdig-ironischem Akzent zum Staatsanwalt hin – zwei Staatspreise erhalten; also: *er* sei kein Happening-Mann, habe sich aber mit dieser Kunst, die sich als Anti-Kunst deklariere, auseinandergesetzt und beschäftigt. Es sei, wenn er recht unterrichtet sei – und wer wäre das schon?! –, ein Versuch, heilbringende Unordnung zu schaffen, nicht Ge-, sondern Entstaltung, ja, Entstellung – aber diese in eine vom Künstler beziehungsweise Ausübenden bestimmte Richtung, die aus Ent-staltung wieder neue Ge-stalt mache. In diesem Sinne sei der Vorgang, der hier zur Verhandlung stünde, »ohne den geringsten Zweifel ein Kunstwerk, ja, es sei sogar eine außerordentliche Tat, da es fünf Dimensionen aufweise: die Dimension der Architektur, der Plastik, der Literatur, der Musik – denn es habe ausgesprochen konzertante Momente gehabt – und schließlich tänzerische Elemente, wie sie seines Erachtens im Gegeneinanderschlagen der Tabakpfeifen zum Ausdruck gekommen seien. Nur eins – und hier runzelte Büren mißbilligend die Brauen – habe ihn gestört: der Ausdruck »erwärmen«, der von einem der Angeklagten gebraucht worden sei. Das sei eine, wenn auch nicht erhebliche, so doch bemerkenswerte Einschränkung des Kunstwerkcharakters, denn schließlich sei ein Kunstwerk nicht zum Erwärmen da; auch verwerflich sei die Tatsache, daß es sich um ein neues, ja, fast fabrikneues Auto gehandelt habe, daß es ein Auto, und ein noch brauchbares habe sein müssen, leuchte ihm durchaus ein: Benzin, Auto, Brand, Explosion: schließlich seien hier Elemente der modernen Technik auf eine fast geniale Art künstlerisch komponiert worden. Nicht mehr sehr wütend, nur noch mit einer allerdings von Bosheit schillernden Resignation fragte ihn an dieser Stelle der Staatsanwalt, ob seine Aussage als verbindlich oder halbwegs objektiv zu gelten habe, woraufhin Büren lächelnd erwiderte, verbindlich oder halbwegs objektiv seien Vokabeln einer Kunstkritik, die für diese Art Kunstwerk nicht mehr zuträfen. Ob es denn, fragte der Staatsanwalt, nicht möglich gewesen sei, ein anderes Instrument zu wählen, warum es denn ein Auto habe sein müssen – da lächelte Büren ominös. Jeder Künstler bestimme sein Material selbst, da könne keiner hinein- oder mitreden, und wenn einer glaube, es müsse ein *neues* Auto sein, dann müsse es eben ein neues Auto sein. Ob es, fragte der Staatsanwalt, dessen tiefe Bitterkeit fast schon wieder heiter klang, ob es denn üblich sei, daß ein Künstler sich das Material für ein Kunstwerk – er sprach das mit offenem Hohn aus – stehle? Büren parierte wieder mit jener von Außem später als phantastisch bezeichneten prägnanten Lässigkeit: er sagte, Kunst machen zu wollen, sei eine derart heftige Leidenschaft, daß ein Künstler durchaus jederzeit bereit sei, sich das Material zu stehlen; Picasso, sagte er, habe sich von Abfallhalden oft Material für Kunstwerke aufgelesen, und einmal habe sogar die Bundeswehr einige Minuten lang Düsenjägermotoren an einem Kunstwerk dieser Art mitwirken lassen. Er habe nicht mehr sehr viel zu sagen: eins sei sicher, es habe sich bei dem Vorgang um die Erstellung eines Kunstwerks von hohem Rang gehandelt, es sei nicht, wie er gesagt habe, fünfdimensional, sondern fünf*musal*; natürlich strebe man Neun-Musalität an, aber fünf Musen in einem Kunstwerk zu vereinen, das sei auch schon »ganz nett«; da die religiöse Literatur in Form einer Litanei beteiligt gewesen sei, zögere er nur ein wenig, nicht sehr: dieses Kunstwerk sogar als christliches gelten zu lassen, es seien schließlich Heilige angerufen worden. Ob er, fragte Büren nun mit anmutiger Bescheidenheit, nun gehen dürfe, er habe –, es sei ihm äußerst peinlich, es sei ihm geradezu »stinkpeinlich« das sagen zu müssen, er habe eine Verabredung mit dem Herrn Ministerpräsidenten, dem er zwar gesagt habe, er sei in einer äußerst wichtigen Sache aufgehalten, aber *zu* lange dürfe er den Herrn wohl nicht warten lassen. Der Staatsanwalt sagte, er habe keine Fragen mehr, er verkneife sich einige Worte, die er gern sagen würde, behielte sich aber vor, einen weiteren Gutachter zu beantragen, denn er halte den Büren nicht für einen Zeugen, sondern für einen Gutachter. Hermes bat nur noch eine einzige Frage stellen zu dürfen: er schilderte Büren rasch, daß Erbel, der Reisevertreter, vom Gruhl jun. um eine Probeflasche des von ihm vertriebenen Badesprays gebeten worden sei; sein Mandant habe ihm verraten, er habe das Badespray als zusätzliches Kunstmittel benötigt – seine Frage an den Herrn Zeugen: ob eine »tüchtige Zugabe« des erbetenen Badesprays, das bekanntlich gelbgrün oder blau aufschäume, nicht noch das Element der Malerei, also eine sechste Dimension oder sechste Musalität hineingebracht haben würde; Büren bestätigte das, bezeichnete den Einfall, ein Badespray hineinzugeben, als kluge Lenkung der Effekte. Er durfte, mit Dank vom Vorsitzenden verabschiedet, sich zum Rendezvous mit dem Herrn Ministerpräsidenten begeben.

4

Nach Bürens Abgang kam es zu einer tumultartigen Szene, die
von Außem nicht im Protokoll aufgenommen werden durfte.
Der Staatsanwalt, jegliche Rücksicht außer acht lassend, brüllte,
sich weder an Stollfuss noch an Bergnolte direkt wendend, los,
er behalte sich vor, seine Funktion in dieser Sache niederzulegen;
er fühle sich »hereingelegt«, nicht so sehr von seinem Kollegen
Hermes, dessen gutes Recht es sei, seine Mandanten in die günstige Position zu manövrieren, sondern – hier hob er beschwö-
rend die Hände und den Blick, als rufe er Gott oder zumindest
Justitia persönlich um Beistand an – »höherenorts, anderenorts
habe ich mich in eine Position drängen lassen, die mich zu einer
Verantwortungslosigkeit zwingt, die wider meine Natur ist. Ich
lege mein Amt nieder«! Kugl-Egger, ein noch jugendlicher
Mensch von erheblicher Korpulenz, griff sich ans Herz mit einer
spontanen Angst, die Schroer sofort veranlaßte, auf ihn zuzu-
springen, den Untersuchungsgefangenen Johann Gruhl vor-
schriftswidrigerweise mit dem Ruf: »Geh, hol rasch die Lisa!«
sowohl zu duzen wie unberechtigterweise aus dem Gerichtssaal
zu schicken. Tatsächlich ließ sich Kugl-Egger fast willenlos von
Schroer in dessen Küche führen: sein bläulich angelaufenes Gesicht, das Gesicht eines Menschen, der gerne gut ißt und ein Glas
Bier nicht verschmäht, zeigte nicht einmal Abneigung, als der
junge Gruhl unaufgefordert Schroer zu Hilfe eilte und – vor-
schriftswidrig wie sein Vater – den Gerichtssaal verließ, um
Kugl-Egger in die Schroersche Küche zu führen. Dort hielt Frau
Schroer schon ihre bewährte Kampferpaste bereit (sie hatte die
dermatologische Disposition des Staatsanwalts instinktiv richtig eingeschätzt); die Schroer darüber später zur Hall: »Der
hat eine Haut wie ein Pferd!«; sie öffnete ihm resolut das Jackett,
die Weste, schob sein Hemd hoch und massierte mit ihren hübschen kräftigen Händen seine »Herzgegend«.
  Inzwischen war Bergnolte flink zu Stollfuss geeilt, mit diesem,
der vergaß eine Pause anzuberaumen, nach oben in dessen Amtszimmer gegangen, hatte schon den Telefonhörer ergriffen, als
Stollfuss ihm zu bedenken gab, daß es immerhin angeraten sei,
Kugl-Egger, wie immer sich sein seelisches und körperliches Befinden stellen würde, hinzuzuziehen, bevor man Grellber alarmierte. Bergnolte, in dessen Gesicht nun etwas stand, das man
getrost als »nackte Angst« hätte bezeichnen können, flüsterte –

obwohl Flüstern gar nicht notwendig gewesen wäre, da weit und breit niemand hätte zuhören können – nun Stollfuss zu, ob man nicht notfalls den zur Zeit in Urlaub befindlichen Staatsanwalt Hermanns, von dem bekannt sei, daß er seinen Urlaub in Birglar selbst verbringe, bitten könne, in die Bresche zu springen. Stollfuss, der sich eine Zigarre angezündet hatte, von dem peinlichen Zwischenfall nicht nur nicht unangenehm berührt war, sondern ihn fast zu genießen schien, gab Bergnolte zu bedenken, daß eine *solche* Eile vielleicht doch die Presse alarmieren könne. Bergnolte, der sich unruhig eine Zigarette anzündete, sagte – immer noch flüsternd –, diese Sache *müsse* heute noch »über die Bühne und wenn es drei Uhr früh wird«. Er ließ Stollfuss allein, der die Gelegenheit wahrnahm, seiner Frau telefonisch anzukündigen, daß er wohl kaum vor Mitternacht werde zu Hause sein können, sie sich aber nicht zu sorgen brauche. Seine Frau sagte ihm, Grellber habe noch einmal angerufen und ihr mit seinem gewohnten Charme mitgeteilt, daß er, Stollfuss, mit einer hohen Auszeichnung »wahrscheinlich sogar am Hals«, rechnen könne. Inzwischen war Kugl-Egger nicht nur durch die kräftigen und schönen Hände der Schroer, auch durch einen Cognac, den der Angeklagte Gruhl sen. ihm mit Geschick einflößte, wieder zu sich gebracht, sogar in der Lage, die Treppe zu ersteigen und von seinem Amtszimmer aus ein längeres Telefongespräch zu führen.

Im Gerichtssaal unterhielt sich Hermes mit der Agnes Hall, dem jungen Außem und dem inzwischen aus der Schroerschen Küche zurückgekehrten jungen Gruhl über dessen bevorstehende Hochzeit mit der hübschen Eva; auch gab Gruhl jun. bekannt, daß er sich selbständig zu machen, das väterliche Geschäft zu übernehmen und seinen Vater anzustellen gedenke »mit einem Lohn, der unterhalb der Pfändbarkeitsgrenze« liege. Die Hall, die ihm jetzt in Gegenwart seines Anwalts bekanntgab, daß sie den Schaden zu ersetzen vorhabe, bekam von ihm einen Kuß, wurde zur Hochzeit eingeladen, wie auch Hermes und Außem, den Gruhl aus einer gemeinsamen Zeit beim Fußballclub »Birglar Blau-Gelb« her duzte, wo Gruhl als Verteidiger und Außem als linker Läufer gespielt hatte. Außem gab Gruhl, dem Hermes und der Hall auch zu verstehen, wie sehr er sein Schicksal beklage, als Protokollführer an die Geheimhaltungspflicht gebunden zu sein; auch meinte er, der junge Gruhl hätte sich der Dienstpflicht bei der Bundeswehr doch besser durch Tricks entzogen, es gäbe da sehr einfache Wege.

In der Schroerschen Küche nahmen Gruhl sen. und Schroer die Gelegenheit wahr, sich »einen zu genehmigen«, erfuhren bei dieser Gelegenheit von der erregten Frau Schroer, daß nicht Eva das kalte Abendessen für die Gruhls gebracht habe, sondern der alte Schmitz persönlich, der sich nicht sonderlich freundlich über die seiner »Tochter angetane Schmach« geäußert und damit gedroht habe, die Justizbehörde der Kuppelei zu verklagen; *wie* wenig freundlich er die Sache aufgenommen habe, sei an der Qualität des Abendessens zu erkennen, das aus Margarinebroten mit Landleberwurst und einer Flasche Sprudel bestehe. Die Männer lachten über die Erregung der Schroer, meinten, mit dem Schmitz würden sie schon fertig; kein Vater und keine Mutter nähmen »so etwas« leicht auf; eine gewisse Erregung sei ganz natürlich, im übrigen sei »es« ja gar nicht, wie nachzuweisen wäre, innerhalb dieser Mauern geschehen, sondern nach dem Begräbnis des alten Leuffen. Sie solle sich nicht aufregen, der Schmitz habe nicht den geringsten Grund, »den Gerechten und Gesetzestreuen zu spielen«. Schlimm sei's nur für seine Frau, die Gertrud, der sei man eine Erklärung, ja, sogar Abbitte schuldig, aber der Pitter habe ein dickes Fell, und der könne sich morgen seine Margarinebrote wieder abholen. An diesem Punkt wurde Schroer von Bergnolte unterbrochen, der ihm im Auftrag von Stollfuss mitteilte, es sei eine Pause von einer halben Stunde anberaumt, der Herr Amtsgerichtsdirektor erwarte oben einen Imbiß, bestehend aus Bouillon, einem hartgekochten Ei und ein wenig Kartoffelsalat, was die Schroer zu der Bemerkung veranlaßte, Eier, besonders hartgekochte, seien für Männer über fünfzig »nicht gut«, wobei sie Bergnolte prüfend anblickte, offenbar zu dem Ergebnis kam, er stehe in einem Alter, wo er »gerade noch« hartgekochte Eier essen dürfe, ohne Schaden zu nehmen. Bergnolte, dem – wie er spät in der Nacht noch Grellber mitteilte – »diese ganze Atmosphäre doch recht merkwürdig« vorkam, bat dann auch um ein hartgekochtes Ei, eine Tasse Bouillon und eine Scheibe Brot und Butter. Er wurde ins Schroersche Wohnzimmer verwiesen, wo der Tisch für ihn, die Hall, den jungen Außem und Hermes gedeckt war. Gruhl sen. und jun. wurden ordnungsgemäß in ihre Zellen geführt; sogar in den möglicherweise etwas betont martialischen Schritten des Justizwachtmeisters Schroer, im Gerassel des Schlüsselbundes witterte Bergnolte »jene Art Korruptheit, gegen die wir vergebens anzukämpfen bestrebt sind, Herr Präsident«. In Gegenwart des Bergnolte schien den drei außer ihm Anwesenden, Hermes, Hall, Außem, sogar für eine Weile das rheinische Mundwerk zu versagen, was bei Hermes, der ein heiterer junger Mensch war und sich gern unterhielt, besonders unnatürlich wirkte. Er platzte denn auch schließlich mit einer Frage an seine Tante Hall heraus, erkundigte sich nach deren Truthähnen: ob sie wieder so gediehen seien wie in den Jahren vorher und ob sie für die Tombola des katholischen Akademikerballes wieder zwei besonders schöne Exemplare stiften werde; hier hakte Außem ein und bat mit gespielter Untertänigkeit »doch bitte auch die Liberalen nicht zu vergessen«, die am St. Barbaratag ihren Ball hielten, woraufhin die Hall meinte, sie würde sogar den Kommunisten, falls diese einen Ball, möglicherweise am St. Thomastag, abhielten, zwei besonders schöne Exemplare schenken, falls man an sie herantrete. Dieser Scherz, der endgültig die Spannung an dem etwas kleinen Schroerschen Wohnzimmertisch löste, heiteres Gelächter zur Folge hatte, in das Bergnolte säuerlich einstimmte, dieser Scherz wurde später von diesem »als doch etwas weit gehend« bezeichnet.

Frau Schroer röstete inzwischen in der Küche für Kugl-Egger eine Scheibe Weißbrot, bereitete ihm ein »hauchzartes Omelett«, riet ihrem Mann vom Bier für Kugl-Egger ab, auch von Bouillon und meinte, er solle ihm besser ein Glas Wasser mit einem »guten Schuß Cognac drin« bringen.

Wäre Außem bevollmächtigt gewesen, die Stimmung, in der die Verhandlung fortgesetzt und beendet wurde, in seinem amtlichen Protokoll festzulegen, er hätte kein anderes Beiwort als matt, vielleicht gar müde finden können. Besonders Kugl-Egger wirkte befremdend friedlich. Durch eine Handbewegung von Stollfuss dazu aufgefordert, stand er auf und sagte mit überraschend leiser, fast demütiger Stimme, er widerrufe, was er vor der Pause gesagt habe, gestehe, daß er einer Stimmung erlegen sei, die eines Beamten in seiner Position unwürdig, vielleicht aber verständlich sei. Er nähme im Einverständnis mit dem Herrn Vorsitzenden sein Amt wieder auf, nähme auch die volle Verantwortung desselben wieder an. Alle Anwesenden, sogar Bergnolte, empfanden angesichts dieser Demut des Staatsanwalts eine Rührung, die den weiteren Verlauf der Verhandlung bestimmte. Besonders die beiden Angeklagten, die jetzt von Stollfuss aufgefordert wurden, eine letzte Erklärung abzugeben, waren ausgesprochen rücksichtsvoll. Gruhl sen., der als erster sprach, wandte sich während seiner Rede sogar ausschließlich an den Staatsanwalt, so sehr, daß er vom Stollfuss durch ein väterliches Nicken und eine entsprechende Handbewegung aufgefordert werden mußte, sich an ihn, den Vorsitzenden, als die eigentliche Adresse zu wenden. Gruhl sen. sagte, er müsse, um keinen der anwesenden Herren und Damen zu täuschen, noch einmal wiederholen, was er am Anfang gesagt habe: ihm sei jegliche Rechtsprechung gleichgültig, er habe hier nur aus persönlichen Gründen ausgesagt, weil in »diese Sache« eben so viele Menschen verstrickt worden wären, die er persönlich kenne und schätze. Zur Sache selbst habe er nur noch folgendes zu sagen: er sei kein Künstler, habe auch keinen künstlerischen Ehrgeiz, er könne nur nachempfinden, nichts Eigenes schaffen, habe aber bei seinem Sohn eine Begabung festgestellt, und er habe sich bereiterklärt, an dieser Sache mitzuwirken; er sei im wahrsten Sinne des Wortes ein Mitwirkender, aber dieses Wort Mitwirkender betreffe nur seinen Anteil an dem entstandenen Kunstwerk, nicht seinen Anteil an der Tat, soweit eine solche vorliege. An der Tat trage er die größere Verantwortung, er sei ja der ältere, *er* sei es auch gewesen, der den ökonomischen Gesichtspunkt ins Spiel gebracht habe, indem er seinem Sohn, der mit ihm den Plan und die »Dramaturgie des Vorgangs« genau durchgesprochen habe, klargemacht habe, der Wert eines solchen Autos entspreche nicht einmal dem Viertel der Summe, die er im Laufe der letzten Jahre an Steuern gezahlt habe, und nur einem Fünftel der Summe, die er noch schulde; im übrigen könne man ja, habe er, Gruhl sen. gesagt, die Kosten als Material für Kunstwerk von der Steuer absetzen, so wie ein Maler Leinwand, Farbe, Rahmen von der Steuer absetzen könne. Insofern bekenne er sich schuldig, daß er seinen Sohn zu »dieser, wie ich zugeben muß, etwas gewaltsamen Anleihe bei der Bundeswehr ermutigt« habe. Er bäte um Verständnis dafür, daß er angesichts seiner Einstellung zu Recht und Gesetzsprechung weder um Freispruch noch um eine gerechte Strafe bitte, sondern »was immer kommen mag, wie Regen oder Sonnenschein« erwarte. Verteidiger und Staatsanwalt hatten keine Fragen mehr an den Angeklagten Gruhl sen.

Auch Gruhl jun. blieb ruhig und höflich, in einer Weise, die ihm später von der Agnes Hall als »fast ein bißchen snobistisch« angekreidet wurde. Er sagte, seine Gleichgültigkeit sei anderer Art als die seines Vaters; seine Gleichgültigkeit betreffe mehr den Wert des Autos. Er habe dieser Art Dienstfahrten, deren Natur ja hinlänglich beschrieben und belegt worden sei, im ganzen vier innerhalb eines Jahres gemacht, auf diese Weise habe er im ganzen »fast zwanzigtausend Kilometer gefressen, also eine halbe Erdumkreisung« abgemacht. Fast dreitausend Liter Benzin, die entsprechende Menge Öl habe er – meistens auf der Autobahn zwischen Düren und Frankfurt »hin- und herfahrend« auf diese Weise »verjubeln« müssen; auch sei er Zeuge sinnloser Verschwendung von Zeit, Material, Kraft und Geduld in anderen Bereichen des Militärischen geworden. Schließlich habe er, allein um diese zwanzigtausend Kilometer abzufressen, mehr als fünfundzwanzig Tage lang, »lediglich um den Kilometerzähler in Bewegung zu setzen«, Auto gefahren. Als Tischler sei er zu Arbeiten herangezogen worden, die ihm »ausgesprochen widerlich« gewesen seien; monatelang habe er an einer Bareinrichtung zuerst für ein Offiziers-, dann für ein Unteroffizierskasino gearbeitet, im Grunde sei es nur eine »schlechtbezahlte Zumutung gewesen«. Hier wurde er von Stollfuss unterbrochen, der ihn überraschend energisch aufforderte, hier nicht eine unangebrachte Wehrdienstphilosophie zu bieten, sondern zur Sache zu sprechen. Gruhl jun. entschuldigte sich, fuhr fort und sagte, er sei ein Künstler, und ein Kunstwerk, zu dem man staatliche oder behördliche Genehmigung einhole, wie es bisher bei allen Happenings der Fall gewesen sei, sei für ihn kein Kunstwerk. Die Beschaffung des Materials und die Auffindung des Ortes sei das Risiko, das jeder Künstler auf sich nehme; *er* habe diesen Vorgang geplant, habe sich das Material beschafft. Betonen möchte er nur noch: das verbrauchte Benzin, etwa achtzig Liter, habe *er* aus eigener Tasche bezahlt, es sei ihm »zu dumm« gewesen, deshalb noch in die Kaserne zu fahren und an der kompanieeigenen Tankstelle, wozu er berechtigt gewesen sei, zu tanken. Was er zugebe: das »Objekt«, ein Auto, sei möglicherweise zu groß gewesen; er hätte den gewünschten Effekt vielleicht mit einem kleineren Objekt erzielen können; ihm schwebe vor, nur Kanister zu nehmen, in deren Mitte eine Gewehrpyramide stehe – er habe sich schon durch einen Freund beziehungsweise Mittelsmann nach Gewehren erkundigen lassen, die man auf diese Weise unter »Bonbongeknatter« werde abbrennen lassen, deren übrigbleibende Metallteile er dann zu einer Plastik zusammenzuschweißen gedenke. Auch hier unterbrach ihn Stollfuss, indem er sagte, das gehöre nicht hierher; dann fragte er den jungen Gruhl, ob er sich klar darüber sei, worüber sein Vater sich offenbar klar sei: daß in der Aneignung so kostspieligen Materials eine Rechts- oder Gesetzesverletzung liege. Ja, sagte Gruhl jun., er sei sich klar darüber, aber – er dürfe das wohl jetzt bekanntgeben – das Material werde ersetzt werden, sofort wenn es sein müsse, und selbstverständlich werde er in Zukunft nur Kunstwerke erstellen, zu denen er selbst das Material stellen, besorgen und bezahlen werde. Da auch an den Angeklagten Gruhl jun. weder Verteidiger noch Staatsanwalt Fragen zu stellen hatten, wurde Kugl-Egger gebeten, mit seinem Plädoyer zu beginnen; gefragt, ob er zur Vorbereitung eine kleine Pause wünsche, sagte er nein, erhob sich, setzte sein Barett auf und begann zu sprechen. Er, Kugl-Egger, hatte nicht nur seine Ruhe, auch seine Fassung wiedergefunden; er sprach gelassen, fast mit einer gewissen Heiterkeit, ohne Konzept, blickte weder die Angeklagten noch den Vorsitzenden an, sondern über dessen Kopf hinweg auf eine Stelle an der Wand, die ihn schon den ganzen Tag interessiert hatte: dort war immer noch auf dem längst verblichenen, wie es in den entsprechenden Eingaben immer wieder hieß, »erbarmungswürdig schlechten Anstrich«, wenn man scharf genug hinsah, die Stelle zu erkennen, an der einmal ein Kruzifix gehangen hatte, als das Gebäude noch als Schule diente, ja, sogar, wie Kugl-Egger später beschwor, »jener fast wie ein Eisenbahnsignal schräg nach rechts oben verlaufende Balken, den der Buchsbaumzweig gebildet haben muß«. Kugl-Egger sprach leise, nicht gerade demütig, aber doch sanft, er sagte: sowohl die Glorifizierung des Angeklagten Gruhl sen. als »gesuchter Fachmann« wie dessen wirtschaftliche Lage sei ihm zu sehr betont, von der Verteidigung wie die Laufbahn eines wahren Märtyrers der menschlichen Gesellschaft herausgestellt worden; auch der wahre Aufmarsch an Entlastungszeugen habe bei ihm, Kugl-Egger, das Gegenteil vom Gewünschten erzielt, ein Mensch von derart sympathischer Grundhaltung sei, jedenfalls nach seiner Meinung, viel härter zur Verantwortung zu ziehen als irgend jemand, der sich weniger verdient gemacht habe. Ihm, Kugl-Egger, gehe es wie dem Polizeimeister Kirffel: das nackte Geständnis entsetze ihn. Er sehe alle Anklagepunkte als nachgewiesen an: Sachbeschädigung und grober Unfug. Beide Anklagepunkte seien vollauf bewiesen, sogar zugegeben. Auch sei der Leerlauf bei der Bundeswehr zu sehr betont worden; dieser Leerlauf betreffe alle Lebens-, alle Wirtschaftsbereiche. Inzwischen hatte er, immer noch auf den Kruzifixabdruck starrend, dort sogar, wie er später am Abend seiner Frau erzählte, verschiedene Buchsbaumspuren entdeckt – was ihn zu einem Lächeln veranlaßte, das von allen Anwesenden mißverstanden wurde, denn mit diesem sanften, fast schönen Lächeln noch auf dem Gesicht fuhr er fort, es sei hier viel von Kunst die Rede gewesen, von Ge- und Entstaltung, er sei sicher, daß der Zeuge Büren, den er als Gutachter betrachte, viel Widerspruch zu gewärtigen habe, wenn dieser Fall, was unvermeidlich sei, in Revision ginge. *Er* könne diesen angeblich grundsätzlichen Widerspruch zwischen Kunst und Gesellschaft, auch die angebliche Provokation in seinem Plädoyer nicht berücksichtigen. Kunst, das sei für ihn ein zu subjektiver, zu zufälliger Begriff. Darüber müsse »höheren und anderen Orts« entschieden werden. Er beantrage – und immer noch lächelte er zu der Stelle hin, wo einmal ein Kruzifix gehangen hatte –, er beantrage, er stehe hier als Vertreter des Staates, der durch die Tat der Angeklagten sozusagen in seiner Wurzel getroffen sei –, er beantrage zwei Jahre Gefängnis für Johann Heinrich Georg Gruhl, zweieinhalb Jahre für Georg Gruhl, vollen Schadenersatz, *keine* Anrechnung der Untersuchungshaft, die ja ohnehin eine leicht zu durchschauende Farce gewesen sei. Lächelnd setzte er sich hin, wandte nun sein Gesicht wieder den Angeklagten zu, die keine Bewegung erkennen ließen, während der hinter ihnen sitzende Bergnolte sichtbarlich zusammenzuckte, als Kugl-Egger seinen Strafantrag stellte.

Stollfuss, der den Antrag lächelnd entgegennahm, bat nun Hermes zu plädieren, forderte ihn mit der ihm gewohnten Höflichkeit auf, »doch bitte, Sie verstehen mich schon, Herr Kollege, nicht allzu ausschweifend« zu werden.

Hermes, dessen Plädoyer später von allen anwesenden Juristen, besonders von Bergnolte, als »großartig fair« und kurz bezeichnet wurde, stand lächelnd auf, blickte in die Runde, wobei sein Blick besonders lange auf dem Gesicht seiner Tante Agnes Hall verharrte, deren Gesichtsausdruck von Schroer später als »still, von innen heraus leuchtend« bezeichnet wurde – und sagte dann, auch er sei sich der Einmaligkeit des Falles, des verhandelten Gegenstandes bewußt, um so mehr bedaure er, daß die Öffentlichkeit »durch geschickte Manipulationen der Presseleute untereinander« so wenig, fast nichts von den Vorgängen, die heute hier verhandelt worden seien, erführe. Doch er wolle sich kurz fassen: seine Mandanten hätten gestanden, sie hätten keinerlei Schwierigkeiten bei der Beweisaufnahme gemacht, sie hätten zugegeben, »etwas zu weit gegangen zu sein«, sie wären nicht nur bereit, den entstandenen Schaden zu ersetzen, der Schaden *sei bereits* ersetzt auf Grund der Großzügigkeit »einer uns allen bekannten, vertrauten und lieben Mitbürgerin«, die ihm einen Blankoscheck überreicht habe. Für ihn, den Verteidiger, sei die ganze Angelegenheit auf eine Weise klar, die ihn fast schmerze, denn er, Hermes, liebe die komplizierten Fälle; dieser hier sei so einfach, daß es ihm fast gegen die Berufsehre gehe; es sei, sagte Hermes, von dem Wirtschaftstheoretiker Dr. Grähn hier gesagt worden, der moderne Wirtschaftsprozeß sei gnaden- und erbarmungslos – das sei also von einem Wissenschaftler be- stätigt, sei auf die ökonomische Situation des Angeklagten Gruhl direkt bezogen worden. Ob – und hier blickte Hermes mit *echter* Liebenswürdigkeit seinen Kollegen Kugl-Egger und mit *ach- tungsvoller* Liebenswürdigkeit den Vorsitzenden Dr. Stollfuss an: ob die Herrschaften je auf den Gedanken gekommen wären, das von den beiden Angeklagten, wie amtlich durch einen Professor bezeugt sei, erstellte Kunstwerk könne möglicherweise jene Gnaden-, jene Erbarmungslosigkeit haben ausdrücken sollen? Er wisse sehr wohl, daß Interpretation von Kunstwerken Glücks- sache sei, aber er wage diese Interpretation. Schließlich sei die Er- barmungslosigkeit jener neuen Kunstrichtung, die man Happen- ing nenne, in einer überregionalen Zeitung von hohem Ansehen, einer Zeitung, die nicht im geringsten verdächtig sei, öffentlich anerkannt worden; ja, es sei sogar in einer Bundestagsdebatte die Rolle der Bundeswehr im Zusammenhang mit einer solchen Veranstaltung zur Sprache gekommen. Nun gut, er, Hermes, wolle nicht kneifen und die beiden Anklagepunkte nicht um- gehen: grober Unfug, Sachbeschädigung –. Aber ob nicht in jeder Kunst, *jeder* Kunstäußerung diese beiden Elemente von der Natur der Sache her enthalten sein müßten, denn Sachbeschädi- gung im Sinne einer kunstfeindlichen Theorie sei alle Kunst, da sie Material verändere, verwandle und sogar direkt zerstören könne. Er wisse wohl, sagte Hermes, der Stollfuss durch einen Blick zu verstehen gab, daß er nun zum Ende komme, er wisse sehr wohl, daß der Staat das alles nicht so hinnehmen könne, aber ob denn diese heutige Verhandlung nicht ein wenig wenig- stens dazu beitragen könne, das Verhältnis des Staates, der Öffent- lichkeit zur Kunst, die zugegebenermaßen beide Anklagepunkte ihrer Natur nach enthalte – dieses Verhältnis zu klären, indem die Angeklagten freigesprochen würden? Ja, er fordere Freispruch und fordere, daß die Kosten des Verfahrens zu Lasten der Staats- kasse gingen. Noch einen Punkt müsse er erwähnen, fügte Her- mes, der sich schon gesetzt hatte, nun wieder aufstand, hinzu: im Zusammenhang mit dem Schadenersatzanspruch der Bundes- wehr erhebe sich die Frage, die er auch zu entscheiden bitte: ob die Bundeswehr, wenn sie den Schadenersatz annehme, nicht verpflichtet sei, das Instrument des Kunstwerks, das Autowrack, wieder herauszugeben; schließlich hätten seine Mandanten Anspruch auf dieses Instrument, wenn sie den Schaden ersetzt hätten. Er behalte sich Weiteres in dieser Sache vor.

In der kurzen Pause, die Stollfuss nur der Form halber anberaumte, weil es ihm schien, es sei besser, die Würde des Gerichts und dessen Formen zu wahren, indem er vor der Urteilsbegründung und -verkündung wenigstens eine symbolische Pause einlegte; in der kurzen Pause blieben alle außer Bergnolte im Gerichtssaal; die beiden Gruhl flüsterten ungeniert mit der Hall, Hermes mit Kugl-Egger, der diesem lächelnd erzählte, die Schroer sei doch eine »tolle Person«, er schmecke jetzt erst durch, daß sie ihm nicht nur Cognac, sondern, durch diesen getarnt, in diesen »sozusagen verpackt« auch Baldrian ins Wasser getan, und: er werde sich die Sache noch gründlich, in Ruhe und für einige Tage überlegen, ob er nicht die ihm, wie Hermes ja wohl wisse »anderen, höheren Orts angeratene Taktik« widerrufen und Einspruch einlegen solle; lediglich Außem blieb auf seinem Platz und machte sich an seinem Protokoll zu schaffen, dem er, wie er später gestand, einen gewissen literarischen Schliff gab; Bergnolte verließ den Saal kurz, um mit der Schroer in deren Küche abzurechnen, da er den letzten Zug, der gegen 0.30 Uhr von Birglar in die nahe gelegene Großstadt abfuhr, zu erreichen gedachte. Zu seiner Überraschung entdeckte er in der Schroerschen Küche die Damen Hermes und Kugl-Egger, erstere legte den Finger auf den Mund, trank genüßlich an einer Tasse Fleischbrühe, letztere, sowohl beunruhigt wie bereits wieder beruhigt, ließ sich von der Schroer den Anfall ihres Mannes und dessen Behandlung schildern, wobei die Schroer zu bedenken gab, »diese Gruhl-Sache« müsse »ja auch für jeden Staatsanwalt eine Zumutung sein, wenn er nicht richtig loslegen« dürfe. Des Bergnolte plötzliches Auftreten wurde von keiner der drei Damen ausgesprochen freundlich aufgenommen: die Hermes legte nicht nur den Finger auf den Mund, runzelte auch die Stirn und fragte die Schroer nicht sehr leise, ob sie »ein Klopfen an die Tür gehört« habe, was diese verneinte. Der Kugl-Egger, die mit dem Anstreicher Ärger gehabt hatte, weil dieser ihr in einer, wie ihr schien, etwas zu selbstgefälligen »Volkshochschul-Farblehre-Manier« bestimmte Farben hatte aufdrängen wollen; die außerdem natürlich durch die Hermes, ihren und deren Mann darüber unterrichtet war, daß Bergnolte hier als Schnüffler anwesend war; der Kugl-Egger entschlüpfte ein »o mei!«, wie sie es möglicherweise auch beim plötzlichen Anblick eines unangenehmen Tiers hätte ausstoßen können. Die Schroer schließlich, der durchaus Rang und Aufgabe des Bergnolte bekannt war, begnügte sich mit einem ziemlich unwirschen »Ja, und?«, das Bergnolte, der sich durch »diese Weiber«, wie er später sagte, »nicht aus der Fassung bringen lassen wollte«, mit der Frage nach dem Preis für die »kürzlich eingenommene Mahlzeit« beantwortete. Die Schroer, der durch Wachtmeister Sterck mitgeteilt worden war, daß »dieser Herr möglicherweise« Stollfuss' Nachfolger werden solle, nahm die Gelegenheit wahr, »gleich von vornherein klarzustellen, wer hier Herr im Hause ist«, und sagte nicht sehr freundlich, mit siebzig Pfennigen sei die Zeche bezahlt. Das kam dem Bergnolte, »wie fast alles in Birglar, verdächtig vor«; unfähig, die schnippische Mundknospe der Schroer, der es keineswegs an erotischer Explosivität ermangelte, unfähig, diese schnippische Mundknospe recht zu deuten – »einen, wenn auch winzigen Bestechungsversuch« witternd, nicht ahnend, daß man derartige Gefälligkeitsbewirtungen am besten durch eine Schachtel Pralinen oder durch ein, wenn auch verspätetes Blumensträußchen nicht bezahlt, sondern honoriert, er bestand mit ziemlich harter Stimme darauf, »den wahren und wirklichen Preis für die Mahlzeit zu bezahlen«. Die Schroer – die beiden anwesenden Damen, die sich ein Ausplatzen verkneifen mußten, dabei anblickend, nicht ohne Pose und Sinn für diese Pose – rechnete dem Bergnolte vor, daß ein gekochtes Ei mit fünfundzwanzig Pfennig reichlich bezahlt sei, daß sie die Bouillon, die sie in großen Mengen herzustellen pflege, auch mit fünfundzwanzig Pfennig als abgegolten bezeichnen würde, und ihr, wenn sie es recht bedenke, zwanzig Pfennig für eine Scheibe Brot mit Butter doch etwas reichlich vorkämen, sie also den »Herrn Amtsgerichtsrat bitte«, es bei sechzig Pfennig zu belassen; sie habe, wie sie ausdrücklich betone, hier keine Kneipe, sondern eine »Gefälligkeitsimbißstube«; sie ließ während ihrer erst demütig, dann mit verschärfter Demut, zuletzt mit bitterer Demut vorgetragenen Rechnung den Blick, wobei sie jeden der Betroffenen anders ansah, von der Hermes zur Kugl-Egger, von dort zu Bergnolte, den Weg zurück noch einmal bis zu Bergnolte gleiten. Der – zwischen, wie er später erzählte, »Unterwerfung und Aufruhr schwankend« – wählte die Unterwerfung; im letzten Augenblick fiel ihm ein, daß ein Trinkgeld, das zu geben er tatsächlich sogar in diesem Stadium der Verhandlung noch erwogen habe, »völlig, aber auch völlig unangebracht« sei; er zählte mit einer Miene, die von der Schroer später den beiden Gruhls und ihrem Mann als »ausgesprochen beschissen« beschrieben wurde, die Münzen aus seinem Portemonnaie auf den Küchentisch und war, wie er später gestand, »heilfroh, es passend zu haben«. Nachdem er betreten, vor Verlegenheit sogar vergessend, die Damen der Kollegen zu grüßen, die Küche verlassen hatte, horchte er, weil er sicher war, hinter ihm würde das Weiberlachen losplatzen. Er wartete und horchte vergebens, ging, als er im Saal das Geräusch scharrender Füße und gerückter Stühle hörte, rasch hinein, ohne zu ahnen, daß die Hermes, die nach seinem Weggang wieder den Finger auf den Mund gelegt, genau in dem Augenblick erst das Lachen auch der beiden anderen Damen »freiließ«.

Wenige Tage später, als er die stenografisch aufgenommene Urteilsverkündung und Begründung der Sekretärin von Stollfuss in die Maschine diktierte, habe er, gestand Außem, sich doch nochmal »eine flüchtige Spur Feuchtigkeit« aus dem Auge wischen müssen, nicht gerade Tränen, aber, »na, Sie wissen schon«. Als Stollfuss jetzt einzog, war es fast schon Mitternacht, und Bergnolte, der gerade noch rechtzeitig kam, bezeichnete sich später seiner Frau gegenüber als »widerwärtiger, unverbesserlicher Pedant«, weil er dauernd habe auf die Uhr schauen und an diesen »verfluchten letzten Zug denken« müssen, im Herzen eine »unausrottbare Bangigkeit wegen der dem Staat eventuell entstehenden hohen Taxikosten – ich bin und bleibe nun einmal ein Beamter, weißt du, und ich bin noch stolz darauf«. Schließlich vergaß sogar Bergnolte die Uhr, während Agnes schon nach den ersten von Stollfuss' Worten absolut versunken gewesen zu sein behauptete. Stollfuss sprach erst ohne Barett, er blickte Agnes, die Gruhls, Hermes, Außem, Kugl-Egger, wieder Agnes an, der er jetzt offen und unwidersprochenerweise zunickte, dann lächelte er, weil die Damen Hermes und Kugl-Egger eintraten, leise, wie Leute, die zu spät in die Kirche kommen und den Prediger nicht stören wollen. Solange er ohne Barett sprach, sagte Stollfuss nur Persönliches; er zöge bald die Robe aus, dieses sei nicht nur wahrscheinlich, sondern sicher, wie ihm mitgeteilt worden sei, sein letztes Verfahren, sein letztes öffentliches Auftreten, und er bedaure es, daß nicht alle Bewohner des Kreises Birglar, die zu be- und abzuurteilen er gezwungen gewesen sei, jetzt hier versammelt wären; das sei eine stattliche Zahl, eine »ziemlich große Herde«; nicht alle, aber die meisten seien eigentlich ganz nette Menschen gewesen, ein bißchen verstrickt, hin und wieder bösartig, doch – und er bezöge darin den Sittlichkeitsverbrecher Hepperle ein – die meisten »richtig nett«. Dieser Prozeß hier aber – und er sähe dies als eine günstige Fügung an – sei der netteste von allen gewesen; die Angeklagten, alle Zeugen, ja *alle*, womit er nach der Meinung der Hall auf die Seiffert anspielte, der Ankläger, der Verteidiger, das Publikum und ganz besonders die hochverehrte Dame dort im Zuschauerraum, die an nicht fast, sondern buchstäblich an allen seiner öffentlichen Verhandlungen teilgenommen habe. Ihn betrübe der Vorfall mit dem Finanzoberinspektor Kirffel, an dem er sich schuldig erkläre, er würde sich noch einmal bei Kirffel entschuldigen; ihm seien angesichts der Kompliziertheit des Falles – darin müsse leider dem Herrn Kollegen Hermes widersprochen werden – die Nerven durchgegangen. Der Fall selbst – und er setzte immer noch nicht sein Barett auf, nun, er sei sich klar darüber, daß sein Urteil nicht endgültig sein könne; dieser Fall überschreite nicht etwa nur seine, eines Amtsgerichtsdirektors Kompetenz, er überschreite sogar die Kompetenz der allerhöchsten Gerichte, denn er spiele sich ab an einem »wahren Schnittpunkt, ja Kreuzweg«, und er sei keineswegs der Mann, in einem solchen Fall ein gültiges Urteil zu sprechen. Ein Urteil spreche er, und es sei für *ihn* ein endgültiges Urteil, aber ob man höheren Orts und anderen Orts sich damit zufriedengeben werde? Er wisse es nicht, wage fast zu sagen, er *hoffe* es nicht, denn was er als Richter immer angestrengt, wohl selten erreicht habe: Gerechtigkeit, das habe er in diesem Prozeß am allerwenigsten von allen durch ihn geführten Prozessen erreicht: *gerecht* würde er der Tat, würde er dem Vorgang, würde er dem Werk – würde er der Anrichtung –, er bitte den Herrn Referendar Außem keines dieser Worte in Anführungszeichen zu setzen, *gerecht* könne er einer »solchen Sache« nicht werden. Ihn habe – und jetzt setzte er sein Barett auf – sowohl der Verteidiger wie der Ankläger überzeugt: er aber sehe zwar groben Unfug nicht aber Sachbeschädigung als erwiesen an. Ihn hätten aber auch die Angeklagten überzeugt: freimütig hätten sie zu Protokoll gegeben, was er als Richter zugebe: daß es in einer solchen Sache keine Gerechtigkeit gebe, und sie, die Angeklagten solche nicht erwarteten. Daß er als Richter sich hier für hilflos erkläre, daß ihm als letzter Fall ein Fall gegeben worden sei, der die Hilflosigkeit der menschlichen Rechtsprechung so deutlich zum Ausdruck bringe: *das* sei für ihn das schönste Abschiedsgeschenk jener Göttin mit verbundenen Augen, die für ihn, Stollfuss, so viele Gesichter gehabt habe: manchmal das einer Hure, hin und wieder das einer verstrickten Frau, nie das einer Heiligen, in den meisten Fällen das einer durch ihn, den Richter, zu Wort kommenden stöhnenden, geplagten Kreatur, die Tier, Mensch und ein kleines, kleines bißchen Göttin gewesen sei. Er verurteilte die Angeklagten zu vollem Schadenersatz, verpflichtete die Bundeswehr zur Herausgabe des Kunst-Instruments, denn daß es sich um ein solches gehandelt habe, davon habe ihn nicht nur die Aussage des Zeugen Professor Büren überzeugt. Wenn aber diese Art, »Kunstwerke oder kunstgeschwängerte Augenblicke zu schaffen«, um sich greife, so habe das verheerende Folgen, zumal es ja wahrscheinlich wie alles Popularisierte zum Kitsch erstarren, zum Kunstgewerbe degradiert werde. Er müsse deshalb – und er täte das ohne Reue und ohne Bedenken – die Angeklagten zu sechs Wochen Haft verurteilen, die durch die Untersuchungshaft verbüßt seien. Die Angeklagten würden es ihm gewiß nicht übelnehmen, wenn er – und er nahm wieder sein Barett ab –, der ihr Vater beziehungsweise Großvater sein könne, ihnen einen Rat gebe: sie sollten sich unabhängig vom Staat machen, indem sie ihm – das betreffe die Steuerschuld des Angeklagten Gruhl sen. – gar keine Möglichkeit gäben, sie in ihrer Freiheit einzuschränken, und sie sollten, wenn sie diesen Tribut entrichteten, schlau wie die Füchse sein, denn es sei hier von einem Wissenschaftler, der als kompetente Kapazität gelte, die Gnaden- und Erbarmungslosigkeit des Wirtschaftsprozesses geradezu *bescheinigt* worden, und einer gnadenlosen, erbarmungslosen Gesellschaft dürfe man nicht ungewappnet entgegentreten. Es war fünfundzwanzig Minuten nach zwölf – was auf Stollfuss' Wunsch später im Protokoll in 23.46 Uhr umgewandelt wurde, da er nicht den neuen Tag mit »dieser Sache behangen« sehen wollte –, als Stollfuss, nun wieder energisch, die Angeklagten bat vorzutreten und zu sagen, ob sie das Urteil annähmen. Die beiden berieten sich sehr kurz, fast stumm, indem sie Hermes fragend anblickten, der ihnen zunickte, mit ihrem Anwalt, traten dann vor und erklärten, sie nähmen das Urteil an. Stollfuss verließ sehr rasch den Gerichtssaal. Er selbst war nicht nur viel weniger, er war gar nicht gerührt, als er oben in dem sehr schwach beleuchteten Flur seine Robe an den Haken hängte; er strich sich über den Kahlkopf, rieb sich die müden Augen, und als er sich vorbeugte, um seinen Hut vom Haken zu nehmen, sah er unten Bergnolte über den dunklen Hof laufen und lächelte.

5

Im Saal unten hielten Müdigkeit und Rührung einander die Waage, hinderte die eine die andere einige Minuten lang auszubrechen, biß die Müdigkeit Übergewicht bekam, Tränen der Rührung ungeweint blieben und Seufzer von Gähnen unterdrückt wurden. Sogar die Gruhls waren nun erschöpft, spürten, wieviel Tempo sich in der Prozedur verborgen hatte, die sich ihnen als träge dahinschleppende Wiederholung bekannter Aussagen dargestellt hatte. War ihnen die Bezeichnung der Schroer »Eil- und Gewaltmarsch« den ganzen Tag über unangemessen erschienen, nun begriffen sie, wie rasch das gegangen war. Nun auch kam ihnen die kurze Haftzeit plötzlich unendlich lang vor, traf sie die plötzlich erhaltene Freiheit – so drückte Gruhl sen. es aus – »wie ein Schlag mit dem Hammer«. Nach Huskirchen, in ihre unaufgeräumte, kalte Wohnung mochten sie keinesfalls noch in dieser Nacht zurück, und die Schmitz in den Duhr-Terrassen um Quartier zu bitten, schien ihnen angesichts der vorgerückten Stunde und der durch die Qualität des Abendessens ausgedrückten Kriegserklärung des Schmitz nicht ratsam. Ihr Begehren, sofort in ihre Zellen zurückgeführt zu werden, wurde von Schroer überraschend energisch abgelehnt, der meinte, das sei ja »immerhin eine staatliche Unterkunft, verflucht, Hännchen, wir sind ja schließlich kein Hotel«, und außerdem, er, Gruhl, wisse doch, daß es nicht angebracht sei, die eventuelle Aufmerksamkeit der Öffentlichkeit auf das Birglarer Zellenparadies zu lenken, und im übrigen liege ihm, Schroer, nicht daran, »sich zur juristischen Witzblattfigur« zu entwickeln. Da Stollfuss schon gegangen war, man ihn nicht anrufen mochte, Kugl-Egger sich für so erschöpft erklärte, daß er keine Entscheidung und besonders nicht in einer so heiklen Sache fähig sei; das einzige, was er begehre, seien zwei Liter Bier und achtundvierzig Stunden Schlaf; und da außerdem Hermes es für unklug erklärte, nach einem solchen Urteil die Gastfreundschaft der Justizbehörde zu begehren, nahmen die Gruhls das sehr schüchterne Angebot der Agnes Hall, doch in ihrem Haus zu übernachten, an, wurden mit der Aussicht auf eine Ochsenschwanzsuppe, Spargel »leider aus der Büchse«, italienischem Salat, den sie, die Hall, schmackhaft zu bereiten wisse, gelockt; Bier allerdings habe sie nicht zu bieten, wohl eine gute Flasche Wein, und zudem sei es ja vielleicht ganz gut, das nächste Happening, an dem musikalisch mitzuwirken sie bereit sei, »schon jetzt zu besprechen«. Sie habe gelesen, alte Klaviere seien begehrte Instrumente bei solchen Veranstaltungen, und ob man nicht ein *neues* Auto und ein *altes* Klavier, sie habe davon zwei im Keller stehen – aber hier wurde sie von Hermes, dem die Erörterungen solcher Pläne »in Gegenwart des Staatsanwalts dann doch zu makaber« waren, geschickt unterbrochen, der seine Tante bei der Schulter nahm, sie höflich aus dem Gerichtsgebäude drängte, die Gruhls hinterdrein. Lisa Schroer, der jetzt – etwa ein Uhr nachts –, wie sie später erzählte, »doch allmählich die Geduld ausging«, meldete die Ankunft des Taxis für die Kugl-Eggers, die gemeinsam mit den beiden Hermes das Gerichtsgebäude verließen, in dem nur noch Außem verblieb, der mit seiner von der Schroer als »pingelig« bezeichneten Handschrift noch an seinem Protokoll arbeitete.

Als einzige noch frische Person hätte man die Hermes bezeichnen können, die mit ihrer Freundin einen angenehmen Kaffeenachmittag verbracht, mit ihr über ein Thema gesprochen, das ihren Beinamen »Pillen-Else« als gerechtfertigt hätte erscheinen lassen, dann einige Stunden geschlafen hatte, zu Fuß an »Küppers Baum« vorbei nach Huskirchen gewandert war, wo sie gerade rechtzeitig in der Kugl-Eggerschen Wohnung ankam, um der Marlies im Kampf mit dem, wie beide Frauen meinten, ver- und übergebildeten Malermeister beizustehen; was ihr gelang, da sie dessen im zungenschweren Dialekt dieser Rübenackerlandschaft hingemurmelte Bemerkungen verstand, als recht derb erkannte und in gleicher Münze – derb und im Dialekt – heimzahlte. Hermes, der müde und blaß, um einige Jahre älter wirkend, am Arm seiner Frau durch das stille, schlafende Birglar fast nach Hause taumelte, widersprach heftig, als diese »wie eine Motte ins Licht« auf das einzige noch in Birglar erleuchtete Fenster der Druckerei des »Duhrtalboten« zugehen und dort eindringen wollte, »um denen einmal den Kopf zurechtzurücken«. Obwohl wenig Widerstandskraft in ihm verblieben war, gelang es Hermes, das Mitleid seiner energischen Frau zu erwecken, für die es ein ziemliches Opfer zu sein schien, auf eine nächtliche Auseinandersetzung mit Hollweg zu verzichten.

Bergnolte erreichte den ersten Vorortbahnhof der nahe gelegenen Großstadt schon bevor die Schroer endlich hinter Außem die Tür abschließen und sich mit ihrem Mann zu einem letzten Imbiß hinsetzen konnte, bei dem sie ohne Zögern und ohne die geringsten Skrupel die von den Gruhls hinterlassenen mit Landleberwurst bestrichenen Margarinebrote servierte, weil sie »zu müde war, auch nur ein Messer anzupacken«. Weisungsgemäß – »und wenn es drei Uhr früh wird!« hatte Grellber gesagt – eilte Bergnolte zum nächsten Taxistand und ließ sich in den stillen Vorort hinausfahren, wo er in Grellbers Villa zu seiner Erleichterung Licht brennen sah; den ganzen Abend über hatte ihn die Vorstellung gequält, er könnte gezwungen sein, den Präsidenten durch intensives Klingeln aus dem Schlaf zu wecken, was ihm, selbst wenn es weisungsgemäß geschehen, sehr schwergefallen wäre. Doch Grellber hatte nicht nur Licht, er schien auf das Geräusch des sich nahenden Autos gewartet zu haben; kaum hatte Bergnolte den Fahrer entlohnt, der ihm gram zu sein schien und etwas wie »um ein Uhr nachts sind gewöhnlich auch die Trinkgelder höher« hinmurmelte, mit offensichtlichem Widerwillen auch noch Bergnoltes Begehren nach einer Quittung erfüllte, indem er diese »mit geradezu aufreizender Renitenz«, wie Bergnolte später erzählte, vom Block riß; kaum hatte Bergnolte alle diese unvermeidlichen Aufhaltungen hinter sich gebracht, da war Grellber nicht nur schon an der Haustür erschienen, hatte diese nicht nur schon geöffnet, sondern war Bergnolte schon die Treppe hinunter entgegengekommen, nahm ihn nun väterlich an der Schulter und fragte, als sie ins Haus gingen: »Na, war das Essen da nicht vorzüglich? In diesen Nestern gibt's noch Köchinnen, was?« Wider besseres Wissen und indem er schnöden Verrat an seinem Gaumen übte, sagte Bergnolte: »Ja, vorzüglich, ich möchte fast sagen: es war einmalig!« In seinem Arbeitszimmer, in dem frischer Zigarrenrauch eine präsente, alter Zigarrenrauch eine tradierte Männlichkeit, in dem wie Bergnolte es später nannte, eine riesige alte Stehlampe mit grünem Seidenschirm matte Würde, vollgestopfte Bücherregale schließlich wissenschaftliche Gediegenheit verbreiteten, gab Grellber, dessen Güte nicht nur auf seinem Gesicht abzulesen war, auch von fast allen seinen Studenten und Untergebenen (»ein paar miese Burschen ausgenommen«) hätte bestätigt werden können – Grellber gab »diese geheiligte Halle ausnahmsweise für Zigaretten frei«, forderte aber Bergnolte nicht auf, den Mantel auszuziehen. Grellber lachte, als er von des Staatsanwalts Nervenkrise, von dessen Strafantrag hörte, lächelte, als er das von Stollfuss verkündete Urteil vernahm, notierte sich die Namen: Kolb, Büren und Kuttke, und selbst die Art, mit der er Bergnoltes Bericht hin und wieder unterbrach, wenn jener sich, anstatt die erwähnten Personen kurz zu charakterisieren, in mehr oder weniger rechts- oder staatsphilosophische Spekulationen zu verlieren drohte, selbst das war so liebenswürdig und gütig wie jene abschließende Geste, mit der er das Gespräch für beendet erklärte und »ohne viel Federlesens«, wie Bergnolte es an ihm gewohnt war, eigenhändig das Telefon nahm, wählte, mit eigener Stimme dann ein Taxi für Bergnolte bestellte, dem er eine »sehr, sehr wohlverdiente Nachtruhe« wünschte. Als besonders delikat empfand es Bergnolte, daß Grellber an *diesem* Tag nicht auf die Amtsdirektorenstelle zu sprechen kam, die dem Bergnolte nicht nur versprochen war, sondern zustand. Wissend, daß er niemanden aufwecken, nur einem automatisch sich einschaltenden Tonband sich mitteilen würde, wählte Grellber, nachdem er Bergnolte im Taxi hatte wegfahren sehen, die Nummer jenes Abgeordneten, mit dem er Hollweg am vergangenen Abend nach dem Theater getroffen hatte. Er diktierte dem Tonband die Höhe der Strafe, die Namen Kuttke, Major Troeger und Oberst von Greblothe, sprach dann einige artikulierte Sätze, in denen er den Abgeordneten bat, doch den Kultusminister des Landes, der zwar kein Parteifreund, doch ein Freund des Abgeordneten war, um möglichst erschöpfende Auskunft über einen gewissen Professor Büren zu bitten. Er legte auf, zögerte eine Weile, ob es möglich und wichtig genug sei, um diese Zeit noch einen Prälaten anzurufen, mit dem er befreundet genug war, ihn in wichtigen Fällen auch zu nächtlicher Stunde aufzuschrecken. Dann, er hatte den Telefonhörer schon in der Hand, fiel ihm ein, daß bei der Aussage des Pfarrers Kolb nach dem Bericht des Bergnolte nur *zwei* außerordentliche Zuhörer anwesend gewesen waren, und er verschob das Gespräch auf den kommenden Vormittag (als er den Prälaten gegen elf dann wirklich anrief, jener ihn als erstes fragte, *wieviel* Zuhörer denn anwesend gewesen seien, Grellber dann die Zahl Zwei nannte, brach der Prälat in ein herzliches, angesichts seines Alters zu herzliches Lachen aus, er verschluckte sich und bekam einen Anfall von Atemnot, mußte das Gespräch abbrechen, noch bevor er dem Grellber sagen konnte, daß Kolb seine »merkwürdigen Ansichten« sonntags vor etwa zwei-, dreihundert Pfarrkindern öffentlich von sich zu geben pflegte).

Referendar Außem verließ als letzter das Gerichtsgebäude. Eine Einladung der Schroer, die ihn mochte, über seine Mutter mit ihm verwandt war und darauf bestand, »außer Dienst« von ihm Tante genannt zu werden, an dem Verzehr der Schmitzschen Landleberwurstbrote teilzunehmen, lehnte er ab, schlenderte über den ehemaligen Schulhof der Duhrbrücke zu. Außem befand sich, nachdem er seiner Müdigkeit durch kaltes Wasser Herr geworden, in fast euphorischer, mit Rührung über den alten Stollfuss gemischter Stimmung; er begehrte nach menschlicher Gesellschaft, schwenkte in der Vorstellung, daß solche zu dieser Stunde am ehesten dort zu finden sei, hinter der Nepomukstatue rechts ab auf die Hallsche Villa zu, die er zu seinem Erstaunen in tiefem Dunkel, in deren Toreingang er zu seinem weniger geringen Staunen den jungen Gruhl mit der Eva Schmitz in einer Umarmung fand, die er später als »fast schon statuenhaft« bezeichnete, änderte rasch seine Richtung, schon gute Laune verlierend, da nicht nur Eifersucht an ihm nagte, er auch betrübt das Lokal der Seiffert ausschließen mußte, weil die ihm angedroht, wenn er nicht seine Schulden bezahle, werde sie seinen Vater, den Schuhmachermeister Außem, über seine »großkotzigen Sektspendiereien« informieren; er spürte nicht Widerstandskraft genug, in dieser fast lyrischen Stimmung die zungenfertige Seiffert zu weiterem Kredit zu überreden, war schon »kurz vor der Resignation«, jedenfalls in sein Schicksal ergeben, daß er nach Hause gehen müsse, wo ihm der Ledergeruch »zwar nicht immer, aber doch manchmal mehr zu schaffen« machte als die versonnene Melancholie seines früh verwitweten Vaters; da entdeckte er, »und ich begriff zum erstenmal, wieviel Hoffnung und Freude der Ausdruck ›ein Licht in der Finsternis‹ bedeuten kann«, Licht in der Druckerei des Duhrtalboten, strebte darauf zu, fand die Tür offen, trat ein, unterbrach seinen Parteifreund Hollweg und den der gleichen Partei »nahe stehenden« Brehsel in heftigem Disput, wobei ihm, wie er ebenfalls später erzählte, zum erstenmal auffiel, »wie ausgesprochen dümmlich Hollwegs liebes und hübsches Gesicht plötzlich wirken kann«. Mit heruntergezogener Krawatte, aufgekrempelten Hemdsärmeln, die »Bierflasche wie ein Bauarbeiter schwingend«, saß Hollweg wieder einmal an der Setzmaschine (seine Arbeit wurde übrigens vom Setzer des Duhrtalboten als vollkommen »sinnlos und überflüssig« bezeichnet, da er, der Setzer, gewöhnlich den ganzen Krempel sowieso neu setzen müsse, seine Arbeitsstunden aber nicht anrechnen könne, weil natürlich niemand wisse, am wenigsten Hollweg selbst erfahren dürfe, daß die »nächtlichen oder frühmorgendlichen Spielereien für die Katz sind«) und stritt sich gerade mit dem mürrisch wirkenden Brehsel über das Wörtchen »wulstig«, das er bei der Beschreibung des Schewenschen Gesichts vermisse; er, Hollweg, habe in zwei überregionalen Tageszeitungen und einer überregionalen Wochenzeitung, von drei verschiedenen Berichterstattern, auf des Kindermörders Schewen Lippen angewandt, das Beiwort »wulstig« gelesen, wieso es ausgerechnet bei ihm, Brehsel, fehlte? Weil, meinte Brehsel, der seine Ungeduld und auch seine Verachtung der Hollwegschen Dümmlichkeit schon nicht mehr verbarg, weil die Lippen des Schewen einfach nicht wulstig *seien;* sie seien nicht einmal »aufgeworfen«, sie seien einfach »ganz und gar ohne besondere Merkmale«; er würde sie »normale Lippen« nennen, wenn ihm der Ausdruck normale Lippen nicht reichlich komisch vorkäme; ob denn, fragte Hollweg, der trotz seiner »Schwerarbeiterattitüde«, die dem Außem ohnehin »reichlich künstlich« vorkam, nun plötzlich den Chef herauskehrte, alle, aber auch alle anderen Berichterstatter blind, dumm oder voreingenommen seien und er, der Herr Wolfgang Brehsel, »der einzig Sehende sei, der die Wahrheit über Schewens Lippen gepachtet« habe; nein, sagte Brehsel, er sei nicht der einzig Sehende, habe keinerlei Wahrheit gepachtet, übrigens sei die Wahrheit gar nicht zu pachten, aber die Lippen des Schewen seien nun einmal nicht wulstig, seien es jedenfalls den ganzen Tag über – und er habe Schewen acht Stunden hintereinander gesehen –, seien es jedenfalls nicht an diesem Tag gewesen! Aha, meinte Hollweg, nun wieder kollegialer und lud Außem ein, sich aus einem Kasten mit Flaschenbier zu bedienen, jetzt zöge sich Brehsel schon auf ein *gewesen* zurück. Ein Archivfoto von Schewen, das diesen unrasiert mit einer Zigarette im Mund zeigte, lehnte Brehsel als Beweisstück für die Wulstigkeit der Lippen ab; ja, er steckte sich eine Zigarette in den Mund, so, daß sie nach oben zeigte, und demonstrierte so, wie seine, Brehsels Lippen, die nicht im geringsten wulstig seien, durch die Klemmung der Zigarette eine »gewisse Wulstigkeit« zeigten; dieses Foto, das einzige bis zum Prozeßbeginn veröffentlichte, sei es ja, das die Berichterstatter der anderen Zeitungen zu der Bezeichnung »wulstig« veranlaßt habe; er, Brehsel, weigere sich, in seinem Bericht die Bezeichnung wulstig aufnehmen zu lassen; im übrigen sei der Prozeß gegen Schewen »bemerkenswert uninteressant«, und er schlage vor, vom morgigen, nein, vom heutigen Tag an, es sei ja bereits halb zwei und er sei hundemüde, die Berichte einer Agentur zu übernehmen, »meinetwegen mit den wulstigen Lippen, aber *ich* schreibe nicht, daß er wulstige Lippen hat«. Außem, dem die Dümmlichkeit des Hollweg noch nie so recht klargeworden war, der insgeheim auch hoffte, von Hollweg in das Lokal der Seiffert eingeladen zu werden, das bis vier Uhr früh geöffnet war, wurde von Hollweg zum Schiedsrichter aufgerufen, spürte nur kurz die Versuchung, jenem Recht zu geben und sich damit zwei, wie er aus Erfahrung wußte, sichere Whisky-Soda zu erkaufen; später, als er sich noch einmal diesen Vorgang in Erinnerung rief und mit seinem Sinn für Genauigkeit herauszufinden versuchte, ob nicht die ihm plötzlich »unglaublich langweilig und ermüdend« erscheinende Aussicht, den Rest der Nacht in Hollwegs Gesellschaft zu verbringen, den Ausschlag gegeben habe, entschied er sich dafür, sich selbst zuzubilligen, er habe sich nicht stimmungs-, sondern wahrheitsgemäß für Brehsel entschieden, indem er seine erhebliche Erfahrung mit den Schilderungen von Augenzeugen, »selbst hochintelligenten«, ins Treffen führte, die meistens nicht ihrem Urteil, nicht ihren Sinnen, sondern einem Vorurteil folgten; der einzig wirklich zuverlässige, präzise Augenzeuge, den er kenne, sei eben doch der alte Polizeimeister Kirffel, der gewiß nicht zögern würde, die Lippen des Schewen als *nicht wulstig* zu bezeichnen, wenn er sie nicht wulstig fände, und wenn er in einem halben Dutzend regionaler oder überregionaler Zeitungen gelesen hätte, sie *seien* wulstig. Kirffel sei überhaupt –, aber hier unterbrach ihn Hollweg mit der gleichen Gereiztheit, die den Außem schon mittags in den Duhr-Terrassen verletzt hatte, und sagte, er habe die Nase rundherum voll von diesem »Herumwühlen in Birglarer Provinzmief«, *er* habe zu arbeiten; gut, er wolle auf das Wörtchen »wulstig« verzichten, da er die *Freiheit* respektiere, selbst wenn sie sich gegen seine Überzeugung artikuliere, aber die Namen Kirffel, Hall, Kirffel und wieder Hall, die könne er nun wirklich bald nicht mehr hören. Als Außem nun fragte, ob er den Namen Gruhl denn noch hören könne, wurde Hollweg, was selten geschah, geradezu unhöflich und sagte, *er,* Hollweg, sei kein Beamter, sein Gehalt läge nicht jeden Ersten auf der Bank, *er* habe zu tun. Brehsel verabschiedete sich rasch, überließ es dem Außem, sich noch einige Minuten lang Hollwegs »alte Leier« anzuhören; daß es notwendig sei, Blätter wie den ›Duhrtalboten‹ frei und unabhängig zu halten, unerläßlich für Freiheit und Demokratie, und daß es keineswegs ein Sport oder ein Vergnügen sei, wenn er sich eigenhändig an der Setzmaschine zu schaffen mache. Mehr aus Müdigkeit, die nach dem soeben genossenen Flaschenbier wieder in ihm aufbrach, denn aus Höflichkeit, hörte Außem noch einige Minuten den überraschend aggressiven Worten des Hollweg zu, bevor auch er sich verabschiedete und nach Hause ging. Den häuslichen Ledergeruch fürchtete er längst schon nicht mehr, er begehrte fast danach.

Böll erhielt den Preis für eine Dichtung, die
durch ihren zeitgeschichtlichen Weitblick in
Verbindung mit ihrer von sensiblem
Einfühlungsvermögen geprägten
Darstellungskunst erneuernd im Bereich der
deutschen Literatur gewirkt hat. Aus der Begründung zur Verleihung
des Nobelpreises an Heinrich Böll.

Nobelpreis
für Literatur 1972

Heinrich Böll k&w

Balladen, Schüttelreime, Epigramme

Himmlisch war's, wenn ich bezwang
Meine sündige Begier;
Aber wenn's mir nicht gelang,
Hatt' ich doch ein groß Pläsier.
(Epigramm von Heinrich Heine)

**François Villon:
Die lasterhaften Balladen
und Lieder. Nachdichtung
von Paul Zech**

**Fritz Graßhoff:
Die große Halunken-
postille**

**Fritz Graßhoff:
Die klassische
Halunkenpostille**

**Christian Morgenstern:
Palmström. Palma Kunkel**

**Christian Morgenstern:
Galgenlieder.
Der Ginganz**

**Die schönsten
Schüttelgedichte**

**Deutsche Epigramme
aus fünf Jahrhunderten**

Christian
Morgenstern:
Palmström
Palma Kunkel

dtv

Die lasterhaften
Balladen und Lieder
des François Villon
Nachdichtung:
Paul Zech

dtv

Fritz Graßhoff:
Die klassische
Halunkenpostille

dtv

Die schönsten
Schüttelgedichte

dtv

Allgemeine Reihe dtv

Mensch und Tier

Konrad Lorenz:
**Er redete mit dem Vieh,
den Vögeln und den
Fischen**

Konrad Lorenz:
**So kam der Mensch auf
den Hund**

Konrad Lorenz:
**Vom Weltbild des
Verhaltensforschers**

Mensch und Tier
Mit Beiträgen von
Autrum, Frisch,
Grzimek, Lorenz u. a.

Otto Koenig:
**Kultur und Verhaltens-
forschung**
Mit einem Vorwort von
Konrad Lorenz

Antony Alpers:
**Delphine. Wunderkinder
des Meeres**

Konrad Lorenz:
So kam der Mensch
auf den Hund

dtv

Konrad Lorenz:
Er redete mit
dem Vieh, den Vögeln
und den Fischen

dtv

Mensch und Tier

Beiträge von Hansjochem Autrum,
S. Dijkgraaf, Karl von Frisch, Bernhard Grzimek,
Erich von Holst, Otto Koehler,
Konrad Lorenz, N. Tinbergen

dtv

Antony Alpers:
Delphine

Wunderkinder des Meeres

dtv

Allgemeine Reihe dtv

Cartoons im dtv

Gerard Hoffnung:
Hoffnungslos
Cartoons

Grandville:
Un autre monde
Entwürfe einer
anderen Welt

Chas Addams:
Es war einmal . . .
Addams und Eva
Cartoons

Henri M. Brockmann:
Iwan der Schreckliche

Roy McKie / Siné:
Hund und Katz
Cartoons

Bosc:
Bilderbuch für
Erwachsene

Roy McKie/Siné:
Hund und Katz
Cartoons

Bosc:
Bilderbuch für
Erwachsene
Cartoons

Chas Addams:
Es war einmal...
Addams und Eva
Cartoons

Gerard Hoffnung:
Hoffnungslos
Cartoons

Allgemeine Reihe dtv

dtv

Deutsche Erzähler
im dtv

Alfred Andersch
Stefan Andres
Ingeborg Bachmann
Reinhard Baumgart
Horst Bienek
Horst Bingel
Johannes Bobrowski
Heinrich Böll
Hermann Broch
Heimito von Doderer
Alfred Döblin
Jürg Federspiel
Hans J. Fröhlich
Günter Bruno Fuchs
Rudolf Hagelstange
Peter Handke
Ernst Herhaus
Hermann Hesse
Ödön v. Horváth
Hermann Kant
Marie Luise Kaschnitz
Hermann Kesten
Günter Kunert
Siegfried Lenz
Renate Rasp
Franziska zu Reventlow
Hans Werner Richter
Wolfdietrich Schnurre
Günter Seuren
Gerhard Zwerenz

Alfred Döblin:
Berlin Alexanderplatz
Roman

Siegfried Lenz:
Das Feuerschiff
Erzählungen

Heinrich Böll:
Ansichten
eines Clowns
Roman

Hans Werner Richter:
Die Geschlagenen
Roman

Allgemeine Reihe dtv

Erkenntnisse und Theorien maßgebender Wissenschaftler, Künstler, Philosophen und Politiker

**John Lyons:
Noam Chomsky**

moderne theoretiker

dtv

**Alasdair
MacIntyre:
Herbert Marcuse**

moderne theoretiker

dtv

**Conor
Cruise O'Brien:
Albert Camus**

moderne theoretiker

dtv

**David Pears:
Ludwig
Wittgenstein**

moderne theoretiker

dtv

Moderne Theoretiker